그 바다의
마지막
새

# 그 바다의 마지막 새

시빌 그랭베르 장편소설

이세욱 옮김

LE DERNIER DES SIENS

**LE DERNIER DES SIENS
by SIBYLLE GRIMBERT**

Copyright (C) S.N. Éditions Anne Carrière, Paris, 2022
Korean Translation Copyright (C) The Open Books Co., 2025
All rights reserved.

This Korean edition is published by arrangement with S.N. Éditions Anne
Carrière through Milena ASCIONE, BOOKAGENT - France (www.booksagent.fr)
and SHINWON AGENCY CO., Republic of Korea.

베아트리스, 미셸, 다비드, 플로랑에게

I

멀리에서 해안 절벽을 바라보니 그 새들 배에 생긴 흰 반점이 유독 눈에 잘 띄었다. 반점 위쪽에서 부리가 빛나고 있었다. 부리는 맹금류의 것처럼 갈고리 모양으로 굽어 있지만, 훨씬 더 길어 보였다. 새들은 좌우로 몸을 흔들면서 나아갔다. 움직임이 여유로워 보였다. 마치 한 걸음 내디딜 때마다 스스로 안정을 유지하고 있는지 확인하는 듯한 인상을 주었다. 발걸음을 옮기고 나면 어김없이 골반을 흔들어 균형을 잡는 것 같은 모습이었다. 사람들 역시 나아가고 있었다. 하지만 그 작은 섬의 질퍽하게 물에 잠긴 바닥에서 발 디딜 자리를 찾아야 하는 터라 그러기는 쉽지 않았다. 그들은 물기슭과 거의 나란해 보일 만큼 수그리고 팔다리를 뻗은 자세로 움직였다. 마치 거대한 게들이 큰바다쇠오리[1]들을

[1] 우리와 함께 갈 이 바닷새의 학명은 *Pinguinus impennis*, 즉 날갯죽지를 이루는 빳빳하고 긴 칼깃이 없어서 날지 못하는 펭구이누스라는 뜻이다. 이 새를 프랑스인들은 〈그랑 팽구앵grand pingouin〉이라 부른다. 언뜻 보면 〈큰 펭귄〉으로 옮길 법한 이 말을 우리는 〈큰바다쇠오리〉라 옮긴다. 이 바닷새의 학명과 일반명에는 긴 사연이 얽혀 있다. 그 이야기는 책 뒤의 「옮긴이의 말」에 실었다. 이하 모

마주하고 줄을 서 있는 형상이었다. 큰바다쇠오리들은 자기들 나름대로 조심스럽게 물가를 향해 계속 이동할 뿐, 그런 상황에 전혀 아랑곳하지 않았다.

날씨는 괜찮은 편이었다. 가파르게 솟은 이 바위섬 엘데이에서 멀리에 있는 아이슬란드 해안을 볼 수 있었으니 보통날에 비하면 날씨가 좋다고 할 만했다. 대개는 파도가 크게 일어서, 비가 내리지 않아도 축축하고 차가운 기운이 공기 중에 자욱하게 서려 시야를 가리기가 일쑤다. 오늘따라 하늘은 전체가 회색의 일매진 빛깔로 되어 있어 그 단색광 같은 날빛 속에서 인간과 동물의 실루엣이 분명하게 눈에 들어왔다. 모래톱 위에서 사람들과 새들이 서로 다가들다가, 사람들이 아주 빠른 동작으로 새들에게 덤벼드는 광경이 벌어지고 있었다. 어떤 자들은 몽둥이로 때렸고, 또 어떤 자들은 몸부림치는 새들을 있는 힘껏 누르거나 목을 비틀었다. 그러다가 그 살생자들이 다시 일어서서는, 축 늘어진 큰바다쇠오리의 머리를 잡고 끌고 가더니 한곳에 던져 더미를 만들었다. 큰바다쇠오리의 부리와 눈 사이에 있는 두 개의 하얀 반점들이 뚜렷하게 보였다. 마치 죽은 몸에 나비가 내려앉은 듯한 형상이었다.

그 장면은 오래 이어지지 않았다. 아마도 몇 분쯤 걸렸을 것이다. 예사롭지 않은 일이 벌어질 때면 늘 그렇듯이, 새들이, 날아다니는 새들이 울면서 해안 절벽 주위를 돌았다. 기나긴 세월 이어져 온 행복과 평안 때문에 날개가 작아져 버린 큰바다쇠오리들이 겪는 재난의 현장을 지켜보며 날고 있

든 주는 옮긴이의 주이다.

었다. 피는 땅에 스며드는데, 사람들이 부주의하게 깨뜨린 알들은 바닷가 검은 화산암 위에 반짝거리는 자취를, 아마도 미끄러울 것 같은 자취를 남겼다. 하지만 사람들은 대개 알들을 깨뜨리지 않고 주워서 새들의 시체 더미 발치에 놓아두었다. 더미를 이루며 쌓여 있는 새들은 그 알들의 부모였으리라.

그 장면을 육지와 섬의 중간쯤에서 기다리고 있던 어선이나 그 어선에 딸린 작은 배에서 바라보면 바라볼수록, 그 움직임들은 점점 더 추상적인 모습으로 변해 갔다. 크기가 서로 다른 흔적들이 점으로 변하여 희부연 빛 속에서 반복적이고 기하학적인 선을 따라가는 형상이었다. 그러자 사람이든 큰바다쇠오리든 그것들이 살아 있는 존재라는 사실을 잊게 되었다. 그 장면은 이제 최면에 빠지게 하기보다는 그저 조금 따분해 보일 뿐이었다. 그러다가 다리나 부리 같은 것이 다시 눈에 들어오면 무슨 일이 벌어지고 있는지를 새삼 분명하게 깨달았다. 새가 죽은 아이처럼 모래톱 위로 끌려가던 모습이 다시 생각나고, 기억에 새겨진 뱃사람들의 얼굴이 다시 떠올랐다. 일찍이 만져 본 적 없는 그 동물들의 맥박, 손으로 짚어 본 적 없는 파동이 보는 사람들의 가슴속으로 희미하게 전해졌고, 작은 배나 큰 어선의 난간을 잡은 손들의 엄지와 검지 사이, 탄력적인 살갗 아래에서 팔딱거렸다.

문득, 모든 것이 다시 고요해졌다. 섬에 있는 사람들도 더는 소리를 지르지 않았다. 그때 왼쪽에서 무언가 일이 벌어졌다. 고생 끝에 누리는 짧은 휴식과도 같던 그 짬을 혼란스럽게 만들기라도 하듯, 해안 절벽의 한쪽 끄트머리가 무너져 내린 것이다. 비명이 터져 나오다가 이내 멎어 버린 듯한 기척이 났다. 뱃사람 하나가 바윗덩어리 쪽으로 다가가더니 돌 하나를 들어 올렸다. 그는 몸을 기울이다가 갑자기 뒤로 물러서며 돌을 땅바닥에 떨어뜨렸다. 자기를 물려고 덤벼드는 부리를 가까스로 피한 것이다. 뱃사람은 다시 돌을 집더니 자기 머리 위로 들었다. 곧이어 새를 향해 던지자 무언가가 구겨지는 듯한 둔중한 소리가 들렸다. 시간이 좀 지나서 어선에 오른 뒤 그가 말한 바에 따르면, 그 순간 큰바다쇠오리는 도망치려고 하지 않고 부리를 구부려 품고 있던 알을 지키면서 꼼짝 않고 뱃사람을 바라보았다는 것이었다. 결국 뱃사람은 재차 몸을 굽혀 큰바다쇠오리를 죽였고, 그렇게 죽은 바닷새와 그 새가 몸을 바쳐 온전하게 지켜 낸 알을 챙겨 들었다.

이로써 섬에는 살아 있는 동물이 단 한 마리도 없게 되었다. 사실 이 바닷새의 군집은 개체 수가 30에도 미치지 못할 만큼 규모가 작았다. 지난해에 그 군집을 본 몇몇 뱃사람들은 수가 더 줄었다고 말했다. 뱃사람들이 죽은 바닷새를 든 채로 작은 배에 올라탔다. 그들의 노랫소리가 들렸다. 그들은 저녁에 정찬이 맛있게 차려지리라는 것을 알고 있었다. 그들은 큰바다쇠오리의 연한 고기, 단백질이 풍부한 엄청나게 큰 오믈렛을 먹게 될 터였다.

오귀스트는 작은 배에서 그 장면을 지켜보았다. 작은 배가 모선 쪽으로 다시 나아가는 순간, 그는 어떤 검은 형체가 바닷속에서 자기네 가까이로 지나가는 것을 보았다. 브리지 부인이 바닥을 닦을 때 사용하던 마포 조각과 비슷하게 생긴 형체였다. 그는 몸을 숙여 그 형체를 잡았다. 큰바다쇠오리였다. 그 바닷새가 매우 흥분해 있다는 것이 느껴졌다. 약해진 상태이긴 하지만 그 힘도 느낄 수 있었다. 하기야 그런 힘이 없다면 거기에 떠 있을 수도 없었으리라. 그가 큰바다쇠오리를 배로 끌어 올리자, 바닷새가 부러진 한쪽 날개를 배에 매단 채로 울부짖었다. 바닷새는 성한 쪽의 날개를 한껏 곧추세우면서 오귀스트를 물려고 했다. 그의 두 손 사이에서 미끄덩거리는 새의 몸뚱이는 그의 허리께까지 올라왔는데, 마치 근육처럼 단단하게 느껴졌다. 하지만 큰바다쇠오리가 다 그렇듯이 물 밖에 나오니 이 바닷새의 몸놀림은 자유롭지 않았다. 누군가가 뱃전 어름에 나뒹굴던 그물을 던지자, 큰바다쇠오리가 그물에 옭매인 채 헛되이 버둥거리며 규칙적인 간격으로 거친 비명을 내질렀다. 어느 뱃사람의 말에 따르면, 마녀가 내지르는 소리를 연상시키는 울음소리였다.

큰 배로 옮겨 타자 사람들은 그 새를 새장에 가두었다. 새는 즉시 울음을 멈추었다. 물고기 한 마리를 가져다주었지만 먹기를 거부했다. 새장의 살들 너머에서 새가 오귀스트를 바라보고 있었다. 격앙된 상태를 보이는 것에 그치지 않고 증오심까지 품은 기색이었다. 새의 발치에 물고기 한 마리를 더 놓아 주던 오귀스트가 손을 부들거릴 정도였다. 이 순간까지 그는 큰바다쇠오리에게 표정이 있다는 점에 주목한 적이 없었다. 사람들이 보통 〈귀스〉라고 줄여 부르는 오귀스트는 어떤 박물학자에게 고용되어 있었는데, 큰바다쇠오리가 비난이 담긴 눈빛을 보낼 수 있다고 그 박물학자에게 얘기해도 될는지 생각해 보았다. 사실, 귀스는 자기에게 큰바다쇠오리를 사로잡는 행운이 올 줄은 전혀 몰랐다. 그런 일이 생기기보다는 죽은 큰바다쇠오리를 구해서 릴의 자연사 박물관에 보낼 거라고, 그러면 거기에서 그 새를 박제로 만들 것이라고 생각한 터였다. 그가 이 어선을 탄 이유도 바로 그것이었다. 뱃사람들의 항로를 미리 알아보니, 엘데이섬 앞으로 지나간다고 했다. 이 지역의 마지막 군집이라고 알려진 큰바다쇠오리들이 여름이면 이 섬에서 둥지를 틀었다. 하지만 살아 있는 큰바다쇠오리를 데리고 뭍으로 돌아오리라고는 생각조차 하지 못했다. 물론 새가 당장은 살아 있다 해도 붙잡혀 있다 보면 절망에 빠진 채 죽어 가겠지만, 갖가지 방식으로 새를 관찰해 볼 시간은 있을 것이었다.

시간이 흐르자 큰바다쇠오리는 잠에 빠져들었다. 자는 게 아니라 자는 척하는 것일 수도 있었다. 귀스는 새장에 더 다가들어 살 너머의 새를 살펴보았다. 큰바다쇠오리가 깃털을 가졌다는 건 오래전부터 알고 있었지만, 가까이서 살펴보니 솜털도 보였다. 귀스에겐 놀라운 발견이었다. 그때까지 그는 큰바다쇠오리를 몸에 기름을 바른 것처럼 번들거리는 동물, 물개나 물범에 가까운 바닷새로 여겼다. 저녁 식사 때 고기를 먹어 보니 아닌 게 아니라 맛이 물범 고기와 비슷하다는 생각이 들었다. 느끼할 정도로 기름기가 많았다. 그는 더 먹지 않았다.

스코틀랜드 북동부 해안에서 멀지 않은 오크니 제도까지

항해하는 데는 이틀 가까운 시간이 걸렸다. 배가 제도의 섬들을 지날 때, 큰바다쇠오리는 머리를 뱃전 난간 쪽으로 돌리고 있었다. 새가 내내 그러는 모습에 흥미를 느끼던 귀스의 눈에도, 그런 것에 아무 관심이 없던 뱃사람들의 눈에도, 새의 다른 부위는 들어오지 않고 그저 새의 등, 머리가 없다는 착각을 주는 움츠린 목, 미동도 하지 않는 꼬리만 보일 뿐이었다. 아무도 새장이 너무 좁다고는 생각하지 않았다. 다만 한 뱃사람이 새의 다리에 끈을 매달아서 새를 새장에서 꺼내 바닷물에서 놀게 하자고 제안했다. 그러나 귀스는 이 제안을 받아들이지 않았다. 새가 달아나지 않을까 염려한 것이었다. 다행히도 물보라가 날아들거나 차가운 바닷물의 습기가 퍼져 오기도 하고, 비도 간간이 내려서 바닷새를 적셔 주었다.

배가 오크니 제도의 중심 도시인 스트롬니스에 닿았다. 이 도시는 귀스가 6개월 전인 1834년 1월에 동물상(動物相)을 연구하고자 정착한 곳이다. 그는 배에서 사용한 것보다 조금 더 큰 새장을 구하여 거기에 큰바다쇠오리를 가두고, 자기가 세내어 사는 집의 방 한 칸을 골라 새장을 가져다 놓았다. 식사를 차려 주고 집 청소를 맡아서 해주는 브리지 부인이 화를 냈다. 자기가 보기엔 흉측하고 무시무시한 날짐승인데, 그런 새를 집 안에 둔다는 사실에 격분한 것이었다. 귀스는 무엇을 해달라고 하지도 않을 것이고, 새에 접근하게 하지도 않을 거라고 그 아주머니에게 약속하지 않을 수 없었다. 이틀이 지나서는 아예 새장을 맨 아래층의 제법 큰 방으로 옮겼다. 앞으로는 아주머니의 청소 구역에서 멀리 떨어진 그 방에서 일할 작정이었다. 그는 아주머니에게 그곳에 드나들지 말라고 당부했다.

날이면 날마다 그는 새장에 몇 병씩 물을 부었다. 큰바다쇠오리는 몇 분이 길게 지나도록 두 날개를 벌리고 목을 쑥 내미는가 하면, 부리로 자기 배를, 이어서 등을 문질러 댔다. 그때가 아니면 큰바다쇠오리는 움직임을 보이지 않았다. 물론 귀스가 물고기를 가까이 가져다 바닥에 놓으면 그것을 삼키려고 움직이기는 했다. 조금 뛰어서 뒤로 살그머니 물러났다가 물갈퀴가 있는 두 발 사이로 부리를 낮추어 물고기를 잡았다. 다른 시간에는 꼼짝달싹하지 않았다. 부리를 가슴에 박은 채로 몸을 웅크리고 있는 품이 마치 고정된 두 발에 몸이 정지된 채로 들러붙어 있는 것만 같았다. 이따금 귀스가 새의 옆모습을 볼 때면, 새가 검은색 또는 아주 진한 밤색 눈으로 자기를 뚫어지게 바라보는 게 보였다. 그 눈빛에는 분명히 적대감이 담겨 있었다. 귀스는 벌벌 떨 정도는 아니라도 이 바닷새를 무서워하는 편이었다. 따지고 보면 브리지 부인의 말대로 이 새는 위험할지도 모를 일이었다. 하기야 어떤 뱃사람이 이런 말을 한 적도 있었다. 큰바다쇠오리는 부리가 갈고리 모양으로 구부러지고 울음소리가 허스키한 것이 꼭 마녀를 닮았다고.

아닌 게 아니라 그 부리는 사람들의 눈길을 끌 만했다. 귀스는 이미 뷔퐁의 『박물지』에 들어 있는, 큰바다쇠오리를 그린 유일한 삽화에서 그런 부리를 유심히 살펴본 적이 있었다. 그 삽화는 이 바닷새를 본 적 없는 화가가 세상에서 처음으로 형상화한 터라 사생화가 아니었고, 뱃사람들의 서술을 바탕으로 화가가 그리고 판화 작가가 새겼을 터였다. 그 삽화를 다시 생각하기만 해도 후끈한 기운이 가슴을 스치고 심장이 두근거렸다. 당시에 자세히 살펴봤을 때, 그 부리는 그가 여러 가지로 상상했던 것보다 훨씬 더 기이했었다. 예를 들어 부리는 앵무새의 것과는 전혀 닮지 않았다. 삽화 속의 부리는 앵무새의 부리보다 더 길었고, 콧구멍 자리에 게의 집게발이 붙어 있는 형상에 더 가까웠다. 데생 화가는 그렇게 생각하고 그렸을 것이다. 물론 부리는 검은색이었고 반짝거리는 듯한 느낌을 주기도 했다. 그런데 이 부리에 굵은 줄무늬가 나 있었다. 곱지도 흉하지도 않은 이 줄무늬는 아프리카의 원주민들이나 오스트레일리아 쪽의 토착민들 얼굴을 그린 회화 작품만큼이나 인상적이었다.

Jacques de Sève (1785), Le Grand Pingouin.
*Illustrations de Histoire naturelle des oiseaux t. IX* (Paris: Imprimerie royale, 1785)

현실을 받아들이지 않을 수 없었다. 큰바다쇠오리는 새장에서 시들시들 쪼그라들고 있었다. 사흘이 지나자마자 방 안에서 썩은 내가 나기 시작했다. 브리지 부인이 청소를 하려고 위층으로 올라가자면 귀스의 그 사무실 문 앞으로 지나가야 했는데, 그때마다 이 엄격한 노부인은 잔뜩 인상을 썼다. 주름진 입 주위가 삐죽 나올 정도였다. 입을 벌리지 않는 것은 당연하고 콧구멍, 눈구멍 등 모든 구멍을 스스로 막아 버리고 싶어 하는 듯한 표정이었다. 이틀 전부터 부인은 뜨개질한 보닛을 쓰고 다녔다. 귀를 가려 주는 이 모자를 쓰고 다닌 이유는 아마도 바닷새에서 나올지도 모르는 독한 기운이 들어오는 것을 막기 위함이었으리라. 부인은 귀스 쪽으로 눈을 돌리지 않으려고 애썼다. 귀스는 자기에게서 나쁜 냄새가 나는 게 아닌가 하는 느낌을 갖게 되었다. 아닌 게 아니라, 어쩔 수 없이 바닷새와 함께 사무실에 갇혀 지낸 터라 상한 물고기 냄새 같은 악취가 몸에 뱄을 것이고, 꾀죄죄하게 전 땟국의 냄새도 섞여 들었을 것이었다.

속도를 내서 작업해야 하는 상황이었다. 빨리 알아내야 할 것들이 너무 많았다. 귀스는 프랑스 북부 도시 릴의 자연사 박물관을 이끄는 박물학자에게 고용되어 있어 그에게 편지를 써야 하는 처지였다. 아주 희귀한 그 새를 사로잡았다는 굉장한 소식을 편지를 보내 알려야 했다. 하지만 그는 그럴 시간을 조금도 내지 못할 만큼 경황이 없었다. 새가 죽기 전에 요모조모 관찰하고 되도록 모든 각도에서 새를 그려내야 했다. 물론 새장에 가두어 놓았으니 상상력을 발휘하지 않을 수 없었다. 다행히도 처음 며칠 동안은 귀스가 머리에 물을 부어 줄 때마다 새가 자연스러운 태도를 보였다. 하지만 그 뒤로는 일이 제대로 돌아가지 않았다. 새는 꼼짝달싹하지 않았다. 귀스가 물을 마구 쏟아부어도 그저 움츠릴 뿐이었다. 이 바닷새가 자기 종의 모든 습성을 그대로 보여주는 순간을 만들려면 물에 잠긴 것 같은 상태를 조성해야 하는 것이었다. 그래서 귀스는 물통을 비우자마자 다른 물통을 가져와서 다시 부어 주었다. 그게 어리석은 짓임을 그는 잘 알고 있었다. 하지만 그 새가 자기 등을 씻으려고 고개를 뒤로 비튼 모습을 그린 사람은 이제껏 아무도 없었을 것이었다.

그는 훌륭한 뱃사람이자, 모험심이 강한 사람이기도 했다. 그런 그가 살아 있는 큰바다쇠오리를 최초로 오랫동안 관찰한다면, 그는 그런 일을 해낸 유일한 여행자일 뿐만 아니라, 자연사 박물관의 소중한 조력자가 될 가능성이 높았다(그러면 그의 다음 여행들과 관련된 재정 문제가 해결될 것이었다). 그가 예외적으로 뛰어난 동물학적 지식을 지닌 건 아니었지만 — 그는 약학을 공부한 사람이었다 — 그래도 이 새와 관련된 몇 가지 사실은 알고 있었다. 이따금 사람들은 큰바다쇠오리를 남아프리카펭귄과 비슷한 새로 여겼지만, 북대서양에서만 볼 수 있는 이 새는 전혀 다른 종이었다. 예전에는 아메리카 대륙의 해안에도 수십만에 달하는 개체가 살았지만, 거기에서 사라진 뒤로 전설적인 바닷새가 되었다.

 어쨌거나 귀스의 바닷새는 그냥 선 채로 죽어 가는 것처럼 보였다. 정말이지 하나의 재앙이었다. 깃털에는 보풀이 일고, 몸통 이곳저곳이 엉망으로 변해 갔다. 큰바다쇠오리라면 으레 갖추어야 할 모습을 점점 잃는 중이었다. 이 바닷새는 실크해트의 깁만큼이나 윤기가 자르르하게 흐르지도 않았고, 풍채가 당당한 것은 더욱 아니었다. 살가죽에 얼룩이 생길 만큼 빠져나온 깃털이 방 안의 허공에 떠돌았고, 그 몸뚱이는 일종의 세계 지도 같은 형상으로 변하였다. 솜털의 대륙들이 깃털의 반들거리는 대양과 이웃해 있는 모습이었다. 조리에 닿지 않게 전체적으로 혼돈에 빠져 있는 양상이 지구 자체의 혼돈을 방불케 했다. 귀스는 이틀에 걸쳐 큰바다쇠오리를 관찰하고 나서 알아차렸다. 이 새는 털갈이를 하고 있었다. 정말이지 불운한 상황이었다. 새장에 갇혀 시름없이 나날을 보내는 이 큰바다쇠오리는 전혀 좋은 기품을 보이지 않았다. 깃털에 윤기가 흐르지도 않았고, 공중에 던진 물고기를 부리로 받아 즐겁게 삼키는 행동 같은 것을 보여 주지도 않았다. 이를테면 한낱 볼썽사나운 새, 생김새를 겨우 갖춘 어설픈 새의 형상이라서, 어떤 데생 화가도 그것에서 무언가를 끌어낼 수 없을 것 같았다.

나흘째 되는 날, 새는 먹기를 거부했다.

귀스가 생각건대, 이 새는 고집이 세고 지능이 부족한 데다 앞날을 내다볼 줄 모르며 아둔했다. 새장에 갇혀 있기보다 굶어 죽는 쪽을 더 좋아하는 모양이었다. 귀스는 자기에게 잘못이 있는지 돌아보기보다는 새를 탓했다. 사람이 감방에 갇혀 있다고 해서 먹기를 그만두지는 않을 터였다. 그런데 이 큰바다쇠오리는 역경에 굴하지 않는 꿋꿋한 기상이 없었다. 말하자면 패배주의자였다. 머리를 가슴에 묻고 있는 꼴이 나무토막 같아 보이기도 하고, 드루이드교에서 숭배하던 물건이나 스톤헨지의 거석을 줄여 놓은 돌처럼 보이기도 했다.

나날이 큰바다쇠오리를 다시 볼 때면 덩치가 크다는 사실에 새삼 놀라곤 했는데, 자꾸 보다 보니 그런대로 익숙해졌다. 문제는 큰바다쇠오리를 계속 관찰하기는 하지만 그런 상황에서는 더 연구할 것이 없다는 점이었다. 새가 움직이기를 멈춰 버리면, 물갈퀴를 바닥에 어떻게 대는지, 걸을 때 고개를 어떻게 가누는지 알아낼 길이 없을 터였다. 새의 울음소리를 정확하게 묘사하는 일도 불가능하게 될 것이었다. 실상을 제대로 알아내지 못하면 그 모든 것을 귀스가 지어내야 했다. 그는 아무도 그토록 가까이 다가가 본 적이 없는 바닷새를 데리고 있었다. 그리고 자기가 관찰한 바를 가짜로라도 적어 내야 하는 처지였다. 그는 릴 자연사 박물관의 가르니에에게 계속 편지를 보내어 소식을 알려 주고, 큰바다쇠오리를 어떻게 할 것인지 물어보아야 했다. 큰바다쇠오리가 죽기 전에 하지 않으면, 가르니에가 그를 믿지 않게 될 염려가 있었다. 더 일찍 알려 주지 않았다고 나무랄 가능성도 있었고, 그가 큰바다쇠오리를 손에 넣은 것은 잘한 일이지만 그 새를 돌보는 방식이 잘못되었다고 책망할 수도 있을 것이었다. 따라서 오늘 당장 가르니에 앞으로 편지를 써야 했다. 큰바다쇠오리의 한심한 상태에 관해서는 말하지 않더라도, 미묘한 표현으로 언질을 줌으로써 그 박물학자의 과도한 낙관주의를 부추기지 말아야 할 터였다.

귀스는 새장의 문을 열었다. 큰바다쇠오리는 달아나지 않고 가엾은 모습 그대로 서 있었다. 귀스는 새가 놓인 탁자 주위를 돌면서 새를 가만히 내버려두었다. 역시 아무 일도 일어나지 않았다. 새는 자기 감옥을 떠나지 않았다. 귀스는 새에게 가까이 다가들어 날개 쪽으로 손가락을 내밀었다. 그러고는 추레해진 깃털 사이를 쿡 찔렀다가, 마치 불안스러운 미지의 물질에 손을 대기라도 한 것처럼 얼른 손가락을 거두었다. 그런데 잠깐 동안이지만 날개의 질감이 느껴졌다. 까칠까칠하면서도 가냘프고 앙상한 느낌이었다. 문득 이 새가 엘데이섬에서 상처를 입었다는 사실에 생각이 미쳤다. 그래도 겉으로 보기에는 고통을 겪지 않는 것처럼 보였다. 그건 새가 전혀 움직이지 않기 때문이었다.

귀스는 사람들이 비둘기를 부를 때처럼 소리를 내기 시작했다. 큰바다쇠오리는 머리를 가슴에 묻은 채로 부동자세를 고집했다. 귀스는 〈텅 비어 있다〉라는 말을 떠올렸다. 무정형의 텅 빈 존재를 대하고 있다는 느낌이 들었다. 그는 새를 바라보는 일에 지쳐서 자기 탁자로 돌아갔다.

그가 가르니에 앞으로 편지를 쓰고 있는데 웬 소리가 들렸다. 그는 고개를 들었다. 큰바다쇠오리가 새장에서 10센티미터쯤 움직이다가 아래로 떨어진 것이었다. 새는 방바닥에서 버둥거렸다. 앞으로 나아갈 수 없다는 사실에 질겁한 기색이었다. 마치 타일 바닥 위에서 헤엄을 치려고 애쓰는 것만 같았다. 귀스는 서둘러 새에게 달려갔다. 그의 발이 새의 머리 가까이로 다가들자마자, 새는 부리를 내밀어 그의 아킬레스건 위쪽 발목을 물려고 했다. 그의 발목이 새가 쪼기에 딱 좋은 자리에 있었다. 귀스는 뒤로 물러서며 나직한 소리로 〈가만가만〉 하고 말했다. 자기가 강아지를 상대로 말하고 있다는 느낌이 들었다. 새는 새되고 거친 소리를 내질렀다. 매우 불쾌한 소리였다. 브리지 부인이 질색할 참이었다. 보지 않아도 뻔했다. 큰바다쇠오리는 방바닥에서 버둥거렸다. 이쪽저쪽으로 미끄러지기만 할 뿐, 손톱만큼도 나아가지 못했다. 새의 다친 날개가 이따금 몸통에 깔렸고 그럴 때면 비명은 더욱 커졌다. 새는 물갈퀴까지 바르르 떨어 가며 발톱으로 바닥을 긁어 댔다.

그때 귀스의 머릿속에 한 가지 방안이 떠올랐다. 새를 뒤쪽에서 붙잡아 버둥거림을 멈추자는 생각이었다. 그런대로 효과가 있었다. 겁을 먹은 듯 새는 소리 지르기를 그쳤고, 자기를 꼭 쥔 귀스의 두 손 사이에서 맥이 풀린 채로 움직임을 멈추었다. 어쩌면 죽기를 기다리고 있는지도 모를 일이었다. 도무지 이해할 수 없는 운명을 겪고 있으니 체념에 빠질 법도 했다. 바다라는 생활 터전에서 쫓겨나고, 자기 목숨을 앗아 갈 지 모르는 위험들을 분간할 수 없는 처지에 놓였으니 말이다. 귀스는 묵은 털이 빠진 자리에 새로 나는 털 아래에서 심장이 박동하는 것을 느꼈다. 새 깃털에 덮인 살가죽은 더없이 보드랍고 벨벳처럼 감촉이 좋은 데다가 염소 가죽으로 만든 장갑처럼 반질거렸다. 다만 심장이 몹시 팔딱거렸다. 그 빠르기가 증기 기관차 같았다. 귀스는 다시 〈가만가만〉이라고 말하고는 큰바다쇠오리를 일으켜 세웠다. 새가 앞뒤로 흔들리는 모습을 보니, 며칠 잡혀 있는 동안 다리 근육이 마비된 게 아닌가 싶었다. 귀스는 새를 다시 새장 속에 넣고 물고기를 가져다주었다. 새장 문은 닫지 않고 열어 두었다.

더는 편지 쓰는 일에 정신을 쏟을 수가 없었다. 귀스는 탁자로 돌아와 앉아서 그저 큰바다쇠오리만 살폈다. 그러지 않으려고 해도 어쩔 도리가 없었다. 한 문장을 쓰려고 하다가도 마침표를 찍기 전에 눈이 돌아갔다. 마침표도, 그것을 찍기에 앞서 해야 할 애벌 생각도 언제 이루어질지 알 수 없었다. 브리지 부인이 집 안에서 왔다 갔다 하는 소리가 들렸다. 문을 쾅쾅 여닫고 가구를 옮기고 카펫을 흔들어 대는 것으로 보아, 길이 들지 않아 거친 데다가 시끄럽기까지 한 바닷새와 같은 공간에서 숨을 쉬어야 하는 상황에 화가 나 있음을 알려 주려는 게 분명했다. 아주머니는 무서워하고 있었고, 그러기는 큰바다쇠오리도 마찬가지였다. 귀스만이 차분한 마음을 유지하고 있었다.

그는 편지 쓰기를 포기했다. 시간이 흐르고 있었지만 아랑곳하지 않았다. 바닷새는 목을 움직이고 부리로 바닥을 쪼았다. 쪼아 올린 물고기를 삼키고, 가만히 있다가, 소리를 한 번 지르고는 다시 침묵을 지켰다. 귀스는 가만히 앉은 채로 머리를 좌우로 기울이며 새의 움직임을 지켜보다가, 새에게 방해가 되지 않도록 상반신이 탁자에 닿게 몸을 기울여 더 가까이에서 살펴보았다. 그때 갑자기 집의 현관문을 쾅 닫는 소리가 들려왔다. 귀스는 무슨 일인가 싶어 자리에서 일어나 작업실 밖으로 나갔다. 하지만 이미 일은 벌어지고 보이는 거라곤 현관문 손잡이에 매달린 브리지 부인의 일옷뿐이었다. 그 일옷은 마치 어떤 적이 그에게 전쟁을 선포하려고 그의 정원에 꽂아 놓은 깃발처럼 보였다. 귀스는 창 너머로 브리지 부인을 보았다. 노부인은 두 팔을 허위허위 내저으며 집의 대문을 건너가고 있었다. 헝겊 모자의 레이스 장식 끈들이 바람에 날리고 있어서, 마치 허수아비는 폭풍을 맞고 있는 것만 같았다.

  그는 다시 작업실로 돌아왔다. 노부인을 뒤쫓아 가서 달래야겠지만, 당장은 그럴 때가 아니었다. 큰바다쇠오리를 혼자 두고 나갈 수가 없었다. 사실, 노부인이 화가 나서 가버린 일을 문제로 여길 계제가 아니었다. 바닷새에 다시 눈길이 닿자마자 그는 새의 아주 작은 움직임도 홀린 듯이 바라보았다. 그 움직임들은 이미 본 것과 별다르지 않았지만, 들어오는 빛살이 변하거나 부리로 깃털을 반복적으로 쪼아 대는 모습을 얼마쯤 바라보다 보면 모든 게 달라 보였다. 다시 시간이 흘렀다. 이윽고 바닷새는 새장에서 나와 두세 발짝 떼면서 이쪽저쪽으로 기우뚱거렸다. 조금 벌어진 다친 날개를 위쪽 몸통에 매단 채로. 귀스는 무심결에 물고기 한 마리를 집어다가 새에게 다가가 1미터 거리에 놓은 다음 웅크려 앉았다. 큰바다쇠오리는 멈춰 서 있다가 다가오고, 다시 멈춰 서 있다가 또 한 발짝을 떼었다.

새의 부리가 작업실의 흰 벽을 배경으로 뚜렷하게 모습을 드러냈다. 새는 귀스를 살피느라고 옆얼굴을 보이며 한쪽 눈으로 그를 빤히 바라보았다. 그러면서도 몸은 정면을 향한 자세를 유지했다. 귀스는 새의 홍채를 바라보았다. 연한 밤색을 띠고 있긴 한데 동공보다 진하지는 않았다. 눈의 모양은 그가 지레짐작했던 것과는 사뭇 달랐다. 그는 아주 진한 갈색의 일매진 눈매를 예상했는데 홍채 주위를 젖빛 막이 둘러싸고 있었고, 이 동그란 막이 흰자위의 일부를 이루었다. 그런 눈을 보고 있자니 꽤나 당혹스러웠다. 영리하다는 느낌을 주는 눈이었다. 경계심이 많긴 하지만 깊이가 느껴졌다. 마치 그 큰바다쇠오리가 생각을 하고 있기라도 한 듯했다. 자기 앞에 있는 미지의 피조물을 요모조모 따져 보면서, 뒤로 물러서기는커녕 나름의 용기를 보여 주고 있는 것 같았다. 귀스는 새의 외짝 눈매를 찬찬히 살펴보았다. 새는 완전히 본능에 따라 자세를 취한 것이지만, 귀스는 생각이 깊고 용기가 있는 존재를 대하는 듯한 기분에 빠졌다. 자기 앞에 있는 귀스라는 사람이 어떤 위험과 수수께끼를 안고 있는지 헤아려 보는 듯한 기색이었다. 빛깔이 다소 창백한 홍채 때문에 그런 느낌을 받게 되는 것 같았다. 친구들의 눈에서 언뜻 볼 수 있지만 대놓고 살펴본 적은 없는 그 많은 홍채를 대할 때와 비슷한 기분이었다.

아마도 그가 고독한 삶에 지쳐 가기 시작하던 때라서 큰바다쇠오리의 한쪽 눈이 굉장해 보였을 것이다. 그 바닷새의 살아 있는 눈이 귀스라는 인간을 식별하고 있다는 사실이 놀랍게 느껴졌으리라.

그때 문득, 귀스는 한 가지 사실을 알아차렸다. 큰바다쇠오리의 부리 위쪽에 흰 깃털들이 무늬를 이루고 있었는데, 그 무늬가 사라진 것이다. 큰 충격이었다. 새의 눈매나 생각의 깊이는 이제 중요하지 않았다. 서로를 알아보거나 눈으로 상대를 가늠해 보는 일도 중요하지 않았다. 중요한 것은 한 동물에게 변화가 일어났다는 점이었다. 털갈이에 그치지 않고, 자기 외양의 가장 근본적인 요소를 잃어버리는 일이 벌어진 것이었다. 그 사실을 깨닫자 귀스는 자기 탁자로 돌아가서 수첩에 그 일을 자세히 기록했다. 글을 쓰다 보니, 눈에 잘 띄던 그 무늬가 다시 생각났다. 기억을 찬찬히 더듬어 보면 그 무늬가 있는 큰바다쇠오리의 모습을 그릴 수 있으리라는 생각이 들었다. 눈동자를 둘러싼 또렷하고 밝은 빛깔의 홍채 옆으로 퍼져 있던, 그 흰 깃털 무늬를 그려 낼 수 있을 것 같았다.

어느새 오후 5시가 되었다. 그래도 아직 해거름은 아니라서 작업실 안은 환했다. 큰바다쇠오리는 방 안쪽의 벽을 따라 계속 걸음을 옮겼다. 이따금 어떤 물건이나 가구 — 서랍장이나 의자 — 와 마주치면, 그것이 어떤 재료로 만들어졌는지 확인이라도 하듯 부리를 사용하곤 했다. 5시 반에는 방을 가로질러 걸어갔는데 그 거리는 6미터에 달했다. 10분 후, 누군가가 문을 두드렸다. 귀스는 창문 너머로 누구인지 알아보았다. 스트롬니스의 공증인인 뷰캐넌 씨였다. 큰바다쇠오리를 새장 안으로 넣어 두어야 하는 상황이었다. 귀스는 새 쪽으로 달려가서 뒤쪽에서 잡고, 마치 오리를 낚아챌

때 그러듯이 번쩍 들어 올렸다. 그 동작이 어찌나 빨랐던지 새로서는 그것을 예측하고 대비할 겨를이 없었을 법했다. 새는 성을 내기는 했지만 별로 높지 않은 소리를 냈다. 화는 나지만 체념하고 받아들이는 듯한 울음이었다. 그러면서 물갈퀴 끝의 발톱을 귀스의 배에 대고 흔들어 댔다.

뷰캐넌이 다시 문을 두드렸다. 다행히도 예의가 바른 두드림이었다. 귀스는 〈네, 가요〉 하고 소리쳤다. 그는 아직 바닷새를 안고 있었다. 한쪽 팔로 새의 날개들을 감싸고 다른 쪽 손으로 목의 아랫부분을 누르고 있었다. 새의 긴장한 몸뚱이가 흔들리는 게 느껴졌다. 그 흔들림이 강하지는 않았지만, 새의 울음소리를 들었을 때만큼이나 체념의 기미를 강하게 감지할 수 있었다. 하지만 새장 앞에 다다르자 또 다른 말썽이 생겼다. 안에 넣으려면 아주 잠깐이라도 새를 구부려야 했는데 귀스는 그 방법을 몰랐다. 새는 아마도 겁을 먹었거나 나름대로 책략을 쓰느라고 그랬겠지만, 자기 몸이 부러지는 것을 피하려는 듯 매우 물렁물렁한 상태로 변했다. 그렇게 걸레 조각 같은 상태로 변해 버리니, 새장 문을 통과시켜 새를 넣기가 어려웠다. 귀스는 뷰캐넌을 생각해서, 다시 〈네, 갑니다〉라고 소리쳤다. 하지만 이젠 새 때문에 짜증이 나고 이마에 땀이 맺히는 게 느껴졌다. 그는 먼저 새의 머리를 들어가게 한 다음 새의 엉덩이를 떼밀었다. 새는 엉덩이를 좌우로 흔들면서 조금 버텼다. 새가 아직 비장한 자세로 그러고 있을 때, 귀스는 더 힘껏 밀고 새장 문을 닫은 뒤 집의 대문 쪽으로 달려갔다.

그는 자기가 기거하는 작은 방으로 뷰캐넌을 데리고 가 앉았다. 주인은 마실 것을 권하지 않았고, 손님도 청하지 않았다. 두 사람의 나이는 거의 비슷했다. 귀스는 그 점이 거슬렸다. 뷰캐넌은 당연히 브리지 부인이 도움을 청해서 온 것이었다. 부인은 한 금수를 상대하다가 퇴각해야만 했다는 사실에 화가 나 있었다. 그 금수는 부리만 보면 독수리 같고 날개는 손잡이처럼 생긴 데다 몸통은 마치 수프를 담아 상에 내는 커다란 그릇과 비슷하고 발은 오리발 모양이었다. 커다란 새이긴 한데, 날지 못하는 데다 생김새는 심술궂어 보였다. 부인이 보기에, 그런 새를 만난 것은 오리너구리를 만난 거나 진배없었다. 만약 보지 않았다면 어떻게 그런 새가 존재하리라 생각했겠는가? 이를테면 죽는 날까지 그 존재를 짐작조차 하지 못할 동물을 만난 셈이었다.

「그분이 감정을 누그러뜨리도록 마음을 쓰셨어야지요. 존경하는 태도를 보여 주셨어야 하는 겁니다.」

뷰캐넌이 그렇게 말문을 열었다. 마치 스물네 살이라는

높은 자리에서 스물셋의 남자에게 충고를 해도 괜찮다는 듯한 태도였다.

「이곳 노부인들은 상대가 수틀리게 나오면 본때를 보여주려는 마음이 만만치 않아요. 그래도 무기를 빨리 내려놓기는 하지만요. 곧 아시게 될 겁니다.」

그들은 불 꺼진 벽난로를 마주하고 놓인 안락의자에 몸을 파묻고 있었다. 뷰캐넌은 담배 한 대를 마느라고 길고 흰 손가락들을 부지런히 놀리는 중이었다. 종이를 내려다보는 발그레한 얼굴도 그 손가락에 어울리게 길고 희었다. 귀스는 그가 왜 찾아왔는지 궁금했다. 그냥 이 외딴섬, 마치 세계 위쪽에 무중력 상태로 놓여 있는 듯 해미 속에 갇힌 이 섬의 주민들과 함께 살려면 어떤 예의범절을 갖춰야 하는지 가르쳐 주러 온 게 아닌가 싶기도 했다. 하지만 귀스는 이미 알고 있었다. 뷰캐넌의 언행이 느린 것은 그저 시간을 벌기 위함이었고, 그가 호의를 보이는 이유는 방문의 진짜 목적을 말하기 전의 준비 작업이었다. 다른 때 같았으면 귀스도 바로 그런 식으로 처신했을 터였다. 하지만 이때 그는 닫힌 새장에서 언짢아하는 바닷새, 아니 언짢아하는 정도까지는 아닐지라도 제대로 기를 못 펴는 새를 생각하고 있었다. 그는 자기가 새를 데리고 있음을 감추지 않았고, 신기하게 생긴 새를 보살핀다면서 외떨어진 도시의 풍속을 해칠 생각도 전혀 하지 않았다. 브리지 부인이 어떤 이유로든 상심하거나 냉대를 받는다고 느낄 거라고는 생각하지 못했다. 그렇다고 해서 한 지역 유지의 호기심에 굴하고 싶은 마음 또한 조금도 없었다. 오랜 세월 동안 비의 장막 때문에 해를 제대로 보지 못하기라도 한 듯 시대에 뒤떨어진 오지의 호기심에 무릎을 꿇고 싶지는 않았다.

정말이지 귀스는 초조했다. 15분쯤 지나자 그는 안락의자에서 몸을 일으켰다. 세계 어느 나라에서나 면담이 끝났음을 알리는 몸짓이었다. 하지만 뷰캐넌은 움직이지 않았다. 그저 반투명해 보이던 낯빛만이 진분홍으로 변해 갈 뿐이었다. 두 뺨의 혈색이 얼굴 전체로 퍼져 나가는 듯했다. 침묵이 흘렀다. 그러자 귀스는 도로 앉아야 한다는 느낌이 들었다. 손님으로 찾아온 젊은이가 곧 뇌출혈을 일으키지나 않을까 걱정이 되었다. 다행히도 그건 아니었다. 프랑스 사람 귀스가 다시 방석에 올라앉자, 그 스코틀랜드 사람은 창백한 얼굴빛 — 그에겐 건강함을 말해 주는 낯빛 — 을 되찾고 미소를 지어 보였다.

「그 새를 보고 싶네요.」

그의 말투는 담담했다. 귀스는 당황했다. 아니, 솔직한 심정으로는 질투심이 엄습해 왔다. 귀스는 브리지 부인이 보지 못하도록 큰바다쇠오리를 감추려고 애쓴 적이 없었다. 굳이 감추려고 하지 않아도 별다른 문제가 없으리라 생각한 것이었다. 그런데 똑똑하고 선량해 보이는 자기 또래의 사람에게, 자기가 오크니 제도에서 인생을 보내겠다는 괴상망측한 생각을 한다면 친구로 사귈 수 있을 법한 그 남자에게 큰바다쇠오리를 보여 주는 것은 있을 수 없는 일로 여겨졌다.

「그러면 새가 너무 불안해할 겁니다.」

얼마쯤 뜻을 담은 그런대로 분명하고 예의 바른 대답이었다. 그래도 귀스는 말을 보탰다.

「아마도 나중에 보시는 게 나을 겁니다. 저는 가능한 한 그 새의 삶을 유지시켜야 합니다. 그게 제 역할이죠. 그 새를 자연사 박물관에 보낼 수 있다면 참 좋겠어요.」

귀스는 그 얘기는 더 하지 말자는 뜻을 나타내려고 두 다리를 엇걸며 안락의자에 몸을 묻었다. 일반적인 얘기를 하는 거라면 한 시간이든 두 시간이든 그 손님이 싫증을 내며 가버릴 때까지 해볼 태세였다. 다만 그 손님이 큰바다쇠오리를 마주하는 상황은 상상하기조차 겁이 났다. 어쩌면 뷰캐넌이 큰바다쇠오리에 다가가는 방법을 더 잘 알고 있을지도 모르지 않는가. 자기보다 그 새를 더 잘 이해하고 있을 수도 있고, 그 새에 관해서 더 많은 지식을 가지고 있을지도 모를 일이었다.

「거래가 어떤 식으로 이루어지는지 알고 있나요?」

귀스는 뷰캐넌이 일부러 수수께끼 같은 말을 한 거라고 확신했다. 이런 물음에는 대충 얼버무리며 넘어갈 수가 없었다. 그래서 귀스는 차가운 말투로, 그리고 관심이 없다는 투로, 거래가 어떤 식으로 이루어지는지 모른다고 대답했다. 사실 그는 어떤 거래를 말하는지조차 알지 못했다.

「큰바다쇠오리들이 어떻게 거래되는가 하는 얘기입니다. 큰바다쇠오리들의 깃털 가죽이나 가죽 조각, 깃털, 부리, 알이 거래되는 상황 말입니다. 그것들은 아주 비쌉니다. 귀댁에는 큰 재산이 있는 셈입니다. 알에 대해서는 사정이 다른 것처럼 보이긴 합니다만.」

귀스는 뷰캐넌이 무슨 말을 하는지 여전히 갈피를 잡을 수가 없었다. 그저 뷰캐넌이 큰바다쇠오리를 사려는 게 아닐까 하는 생각이 들 뿐이었다. 그 새의 깃털이 어딘가에서 팔리고 있는 모양인데, 귀스가 보기엔 그 깃털에 특별한 점은 전혀 없었다. 예를 들어 타조의 깃털 같은 놀라운 점이 전혀 보이지 않았다. 하지만 따지고 보면, 그는 조잡한 장신구나 싸구려 장식품이나 부채 따위에 대해서는 제대로 아는 바가 없음을 인정해야만 했다.

「엘데이섬에 가셨을 때, 큰바다쇠오리가 많이 있던가요?」 하고 뷰캐넌이 물었다.

「뱃사람들이 말하길, 서른 마리쯤 있다 했어요.」

「애고.」

그리고 뷰캐넌은 뒷말을 잇지 않았다.

귀스는 상대가 침묵을 지키자 머쓱한 기분이 들었다. 그의 거실 겸 서재 겸 식당에서 뷰캐넌이라는 사람이 안락의자에 앉아 〈애고〉라는 말로 놀라움을 표시하고는 입을 다물었다. 그건 마치 귀스가 어린아이거나 아는 게 너무 없어서 그게 왜 놀라운 일인지 설명해 주느라 시간을 낭비할 필요가 없다는 듯한 태도였다. 얼굴을 붉히는 건 귀스 쪽이었고, 그 스코틀랜드 남자에게는 그럴 이유가 없어 보였다. 귀스는 헛기침으로 목청을 가다듬고, 조금 전에 그랬던 것처럼 자리에서 일어나 그 본토박이에게 이 유쾌하지 않은 방문이 끝났음을 알렸다.

뷰캐넌도 일어서서 귀스를 바라보았다. 이번에는 그의 창백한 얼굴빛에 아무런 변화가 생기지 않았다. 밤색을 띤 그의 눈빛은 연해 보였다. 푸른빛이 돌면서도 카키색에 가까운 듯했다. 이따금 진흙이 보여 주는 그런 빛깔이었다. 그가 미소를 지었다. 입을 길게 벌리며 웃으니까 그러잖아도 너무 좁은 얼굴의 아래쪽이 파리한 선을 그리며 갈라지는 것처럼 보였다. 귀스는 어쩔 수 없이 도로 앉았다. 앞에 있는 기품 있는 남자의 인내심에 비하면, 자기의 활기와 힘은 너무 무겁고 거칠게 느껴졌다. 뷰캐넌이라는 그 남자는 큰바다쇠오리의 군집이 줄어들고 있음을 귀스에게 가르쳐 준 셈이다. 귀스가 이미 알고 있으리라고 여겼는데 아직 모르고 있다는 사실에 그는 놀란 것이다.

「저는 큰바다쇠오리의 군집이 어디로 옮겨 갈지 궁금합니다. 금세기 초에는 뉴펀들랜드 주위에 수가 꽤 많았는데, 그 뒤에 이쪽으로 이주했어요. 이제는 여기에서도 수가 줄어들고 있는 것으로 보여요. 그 새의 사체를 마스코트로 삼으려고 온갖 거래가 이루어지고 있어요. 온 세상 사람들이 큰바다쇠오리의 무언가를 갖고 싶어 하죠. 희귀해지니까 값은 당연히 올라가고요.」

귀스는 귀담아듣고 있었다. 놀라는 기색을 감추려 했지만, 뜻대로 되지는 않았다. 하지만 큰바다쇠오리에 대해 잘 모른다고 해서 스스로 마음에 상처를 입을 이유는 없었다. 사실 자기가 전문가임을 자처한 적은 한 번도 없고, 그저 우연히 자기 앞에 놓인 새에 대해 모르는 건 그다지 부끄러워할 일이 아니었다. 문득 뷰캐넌의 말 속에 어떤 의심이 담겨 있는 게 아닐까 하는 생각이 들었다. 혹시 나 역시 과학을 핑계로 부자가 되려고 애쓰는 사람이라 의심을 받고 있는 건 아닐까? 분명코 그런 건 아니었다. 뷰캐넌은 큰바다쇠오리가 귀스의 집에, 다시 말해서 그 새가 이익을 가져다주리라 확신하는 뱃사람들의 도시 한복판에 있으니 위험이 닥칠 수 있다고 알려 주고 있을 뿐이었다.

「지금, 큰바다쇠오리를 볼 수 있을까요?」하고 뷰캐넌이 물었다.

귀스는 머뭇거리다가 동의를 표시했다.

날이 저물고 있어서 방 안의 빛살이 약해졌다. 귀스가 책상 위에 놓인 초에 불을 붙이려 하자 뷰캐넌이 손을 내밀어 말렸다. 희끄무레한 미광 속에서도 새장이 보였다. 그 안에는 버터 덩어리와 비슷하긴 하지만 검은색을 이고 있는 물체가 있었다. 귀스는 스스로 착시일 거라고 여기긴 했지만, 부리의 반들거리는 끄트머리에서 빛이 반짝거리는 듯한 느낌을 받기도 했다. 뷰캐넌은 꼼짝 않고 서서, 이제껏 이렇다 할 모습을 전혀 보여 주지 않고 있는 그 형상을 말없이 지켜보았다. 새장의 금속 바닥에 깃털이 닿아 접히는 소리가 들렸다. 그러자 뷰캐넌은 앞으로 나아가더니, 새장 문 가까이에 몇 분 동안 쭈그리고 앉았다. 귀스에게는 그 몇 분이 아주 길게 느껴졌다.

공증인 뷰캐넌은 아무 말 없이 새를 살펴보고 있었다. 새는 마치 잠든 듯 소리를 내지 않았다. 제자리에 서 있던 귀스에게 거뭇한 두 형체가 보였다. 이미 알고 있는 어떤 형상도 떠오르지 않는 추상적 형체였다. 다만 뷰캐넌의 밝은색 셔츠 깃이 어느 유령의 배아처럼 공중에 떠 있는 듯 보일 뿐이었다. 덕분에 그의 목덜미와 머리가 어디에 있는지 짐작할 수 있었고, 눈길을 아래로 돌려 등의 위치를 가늠할 수도 있었다. 뷰캐넌이 한쪽 팔을 옆으로 흔들어 귀스에게 촛불을 켜라고 일러 주었다. 귀스는 순순히 따랐다. 어떤 의식을 치르는 기분으로, 가만가만 몇 발짝을 걸어가, 되도록 소리가 덜 나도록 조심스럽게 성냥을 그었다. 그 일에는 무언가 성스러운 면이 있었다. 성스러운 건 아닐지라도 엄숙한 면은 분명 있었다. 귀스로서는 그 까닭을 이해할 수 없었다.

노란 불빛이 방 안에 감돌았다. 그 희미한 빛 속에서 뷰캐넌과 큰바다쇠오리가 서로 가까워졌다. 귀스는 그들에게 다가갔다. 서로를 살피는 두 피조물이 놀라지 않도록 이번에도 가만가만 걸었다. 그러고는 뷰캐넌의 옆에 가서 쭈그리고 앉았다. 뷰캐넌의 눈길이 큰바다쇠오리의 눈에 붙박여 있는 게 보였다. 저마다 진지한 표정으로 상대를 살펴보고 있었다. 정신을 집중하고 있는 모습이 더없이 차분해 보였다. 귀스로서는 큰바다쇠오리의 평온한 모습을 처음 보는 것이었다.

귀스는 자기가 뷰캐넌의 눈길과 하나가 된 듯한 느낌을 받았다. 뷰캐넌의 눈에 보이는 것, 즉 전설에나 나올 법한 커다란 바닷새, 미광과 적막한 분위기 때문에 더 커다랗게 보이는 바닷새가 귀스의 눈에 들어왔다. 눈이 누르스름한 색깔의 희미한 빛에 익숙해지자, 어둠에 묻혀 안 보이던 이런저런 자잘한 것들이 보였다. 전에는 그런 세부적인 특징들을 적어 두기만 하고 자세히 관찰할 수 없었지만 이제는 찬찬히 들여다볼 수 있었다. 새는 털갈이를 하는 중이라서 묵은 깃털은 곧 빠질 참이라 어수선산란한 모습이었고, 새로 난 깃털은 반짝거릴 정도로 빛이 났다. 새 깃털이 기세 좋게 숭숭히 올라오기 시작한 가슴 부위는 양쪽으로 조금 볼록하게 솟았고 그 사이로 얕게 골이 패어 있었다. 볼록한 두 자리는 팔딱거리는 것으로 보아 심장이 있는 부위인 게 분명했다.

「제가 살아 있는 친구를 보게 되는군요. 이제껏 죽은 애들만 보았거든요.」하고 뷰캐넌이 말했다.

「어선을 타고 한번 나가 보시면 될 텐데요······.」

「저는 항해하는 것을 좋아하지 않습니다. 선생님 말씀으로는 이 새들이 엘데이섬에 서른 마리밖에 없었어요. 선생님이 거기에 다녀오신 뒤에, 제가 들은 소식이 맞는다면, 그런 사정이 나아지지 않은 게 분명합니다.」

귀스는 대답하지 않았다. 언짢아하는 것도 아니고 화를 내는 것도 아니었다. 큰바다쇠오리의 수가 줄었다는 사실에 죄책감을 느끼지도 않았다. 그는 그저 큰바다쇠오리를 바라보고 있을 뿐이었다. 자신들이 말하고 목청을 돋워 목소리를 방 안에 퍼뜨리면 자기의 주의가 산만해질 것 같았다. 새가 저토록 아름답고 위엄스러운데 왜 그것을 진작에 느끼지 못했을까 하는 생각이 들었다. 저녁 어스름이나 밖에 내리는 보슬비의 효과, 또는 뷰캐넌이 무대에 등장하면서 생겨난 명상적인 분위기의 효과가 아닌가 싶었다.

귀스는 몸을 숙여 새장의 문을 열었다. 몇 분이 지나자, 큰바다쇠오리는 더 경계심을 가지지 않아도 되겠다는 듯 새장을 나섰다. 그래도 조심성은 여전했고, 절뚝거리는 걸음도 달라지지 않았다. 바닷새가 뭍에 올라와 있으니 움직이기가 한시도 편하지 않겠다고 귀스는 생각했다. 새의 거동이 그렇게 이상한데도 귀스는 앞서 그 사실을 기록해 두지 않았다. 아마도 그하고만 있었을 때는 새의 태도가 더 이상했을 것이다. 이번에는 뷰캐넌이 열의를 갖고 관찰해 주니 새가 마음을 놓았을지도 모를 일이었다.

귀스는 하나의 독특한 동물, 일찍이 본 적 없는 동물을 알아 가는 중이었다. 이 동물이 하나의 새라는 사실을 이제 막 깨달아 가는 것이었다. 그가 보기에 이 동물은 아직 온전한 새가 아니었다. 보통의 새라기보다는 물 밖에서 숨을 쉬는 물고기나, 헤엄을 잘 치는 거위에 더 가까웠다. 아니면 비늘 대신 깃털이 나 있고, 제구실을 못 하는 날개가 달렸으며, 맹금류의 것을 닮긴 했지만 역시 쓸모가 없어 보이는 부리를 가진 키메라로 느껴지기도 했다. 이 동물은 여러 면에서 정상이 아니었다. 그는 곳곳에서 바다쇠오리라 불리는 새들을 보았다. 프랑스 사람들이 〈토르다〉라고도 부르는 바다쇠오리들은 잠수도 하고 날기도 잘한다는 점에서 갈매기만큼이나 정상적이었다. 그에 비하면 이 바다쇠오리는 바다쇠오리가 지나치게 커진 유형이라고 말할 수 있었다.

뷰캐넌은 물 단지 하나를 집어 들더니 담긴 물을 새에게 부어 주었다. 앞서 귀스가 관찰했던 것처럼 새는 스스로 깃털을 다듬었다. 깃털을 빗듯, 부리를 옆쪽 날개나 등 쪽으로 미끄러뜨렸다. 귀스가 보기엔 새가 스스로 마땅히 해야 할 일, 자기 무리의 모든 개체가 하는 행동을 하는 것이었다. 새는 그래야 살아갈 수 있는 법이고, 그렇게 살고 싶은 욕구를 드러내는 거라는 생각이 들었다. 그 능숙한 몸짓, 부리로 묵은 깃털을 솎아 내고 새 깃털에 윤을 내면서 서로 다른 깃털을 구별해 내는 동작, 몸의 어느 한 부위에 유독 신경을 쓰면서 마치 그 자리에 염증이 생겨 긁기라도 하듯 머리를 바르르 흔드는 모습을 지켜보면서, 귀스는 자기 눈앞에 있는 것이 그저 큰바다쇠오리의 한낱 표본이 아님을 알아차렸다. 그의 눈앞에 있는 것은 그가 목숨을 건져 낸 특별한 큰바다쇠오리였다. 그는 바로 그 피조물을 통해서 같은 무리의 오래된 관행과 체득된 습관을 관찰했고, 그 피조물의 몸에 밴 어떤 가르침이나 지능의 징표를 살핀 것이었다. 그의 눈앞에 있는 큰바다쇠오리는 그와 사귀는 새였고, 그의 손이 닿은 새였다. 생각건대, 그 새는 반응을 보이고 생리적 욕구와 욕망을 드러내는 존재, 독자적이면서도 자기 종의 모든 개체와 관련을 맺고 있는 존재였다.

뷰캐넌과 귀스는 같이 방에서 나왔다. 마치 희귀하면서도 단순한 일을 겪고 나서 정신이 얼떨떨해진 사람들 같았다. 그들은 새 한 마리가 스스로 깃털 다듬는 모습을 지켜보다가 나오는 길이었다. 그건 몇 분이나 몇 시간이 걸릴 수도 있고, 아주 긴 세월이 걸릴 수도 있는 동작이었다. 종의 공통된 몸짓이기도 하고 한 개체의 특별한 몸짓이기도 했다. 그들은 모든 새가 행하는 그 몸짓이 바로 그 큰바다쇠오리를 통해 어떻게 변하는지 살펴본 것이었다. 그들은 반복적인 동작의 미세한 변화, 부리를 움직이는 방식의 미묘한 차이에 주목했다. 그리고 한쪽 날개가 보일 듯 말 듯 흔들린다는 점에서 치유하기 어려운 심각한 일이 벌어졌음을 알아차렸다.

두 사람은 안락의자가 있는 곳으로 돌아와 다시 앉았다.

이번에는 위스키를 따라 마셨다. 흥분된 마음과 감격스러운 기분을 가라앉히기 위함이었다. 다시금 바깥의 바람 소리, 모래톱의 파도 소리가 들려왔다. 뷰캐넌은 유리잔 속의 액체를 응시했다. 마치 술잔 안에서 작은 모형 형태의 큰바다쇠오리를 발견하기라도 한 듯이.

「오귀스트, 뱃사람들이 섬의 큰바다쇠오리 군집 전체를 죽일 때 그 광경을 보셨다고 했지요? 그때 충격을 받지 않으셨나요?」

그의 어조는 진중했다. 약간 비난하는 느낌이 담겨 있었다. 왜 충격을 받았느냐고 묻는 거지? 인간은 짐승을 잡아먹고, 짐승은 다른 짐승을 잡아먹는다. 그게 세상의 법칙 아닌가. 귀스는 그렇게 생각했지만, 무언가 석연치 않은 점이 있었다. 공황 상태에 빠졌던 기억, 기뻐하던 뱃사람들, 야비한 살육, 자기 알을 지키려다가 돌에 맞아 죽은 큰바다쇠오리의 모습. 사실 귀스는 스스로에게 질문을 던지지 않았다. 마치 꿈에서 보듯이 모든 것을 보았다. 아니면, 시선을 떨구거나 눈길을 돌렸을 것이다. 먼저 작은 배의 널빤지를 보다가, 해변으로 눈길을 옮겼다가, 다시 널빤지를 응시했을지도 모른다.

뷰캐넌은 술잔에서 눈길을 거두지 않고 있었다. 귀스가 경멸스러운 사람, 아니 그냥 약해 빠진 사람이라서 — 약사이자 천하태평 생물학자인 귀스가 인간의 추함과 폭력성과 열광을 보지 못하고 진보나 순수 과학이나 욕구 불만에 빠진 모험가의 호기심에만 마음을 두는 사람이라서 — 그를 바라보는 게 너무 고통스럽다는 듯한 태도였다.

촛불에 벽난로의 불빛이 더해져, 방은 그들이 큰바다쇠오리를 보러 갔던 작업실보다 더 밝았다. 귀스는 문명의 공간으로 돌아온 기분이 들었다. 성실한 사람들이 하루의 일을 끝내고 쿠션 사이에 몸을 묻을 수 있는 곳, 물짐승이나 거친 뱃사람들에게서 멀리 떨어진 곳으로 온 듯했다. 하지만 밖은 어두웠고 바람이 집채를 강타하고 물결이 사납게 소용돌이치며 그들을 고립시키고 있었다. 뷰캐넌과 그만 어떤 폐허의 내부에 외따로 떨어져 있는 듯한 분위기였다. 귀스는 술집에 가고 싶었다. 술꾼들의 아우성, 아무것도 아닌 일로 껄껄대는 그들의 웃음소리, 누군가의 선창을 받아 술내 풀풀 나는 입김을 풍기며 화답하는 노래를 듣고 싶었다. 위스키를 시럽처럼 홀짝이기보다 파인트 유리잔으로 맥주를 마시고 싶었다. 털갈이하는 큰바다쇠오리의 솜털과 비슷한 맥주 거품이 그리웠다.

내가 왜 아직도 녀석을 생각하고 있지? 희고 가벼운 거품을 떠올리니까 묵은 깃털이 부스스한 그 동물이 생각난 것일까? 자기 집에서 야생의 짐승을 키우는 건 특별한 일인가? 아프리카에서 원주민의 왕들은 사자를 길들이는 모양인데, 그들은 발치에 야수를 거느리고 있다는 사실에 매일 아침 일어날 때마다 경이감을 느낄까? 나는 끊임없이 그 새를 생각하게 될까? 사실 나도 그렇고 뷰캐넌도 그래. 어쩔 수 없이 자꾸 그 새를 생각하게 돼.

「앞으로 무척 조심하셔야 할 거예요.」 하고 뷰캐넌이 말했다.

귀스는 그에게 협박을 당하는 기분이 들었다. 하지만 그건 그냥 기분일 뿐이었다. 뷰캐넌은 이제야 귀스를 정면으로 바라보았다. 어떤 새의 잔상이 떠돌기라도 하듯 뚫어지게 바라보던 술잔에서 눈을 뗀 것이었다. 그 스코틀랜드인 얼굴의 반은 불빛을 받아 주황색으로 물들어 있었다. 나머지 반은 잿빛인데, 여전히 창백한 느낌이었다. 그 창백함은 설령 칠흑 같은 완전한 어둠이 닥쳐도 아무런 변화 없이 그대로일 것만 같았다. 두 사람은 서로 미소를 지었다. 바람이 세차게 불고 바다가 큰 소리를 내며 출렁거렸다. 그들이 함께 있던 그 방은 바닷가의 어느 집에 자리하고 있었다. 이 바닷가에 사는 사람들은 그렇게 요란한 소음이 어디에서 생겨나는지 이치에 닿게 설명할 줄 알았다. 이 바닷가에 큰바다쇠오리의 살아 있는 표본이 있다는 것은 논리적이고, 과학적으로 볼 때 충분히 있을 수 있는 일이었다.

「시장하지 않으신가요?」 그가 뷰캐넌에게 물었다. 이야기를 시작할 양으로 말머리를 꺼낸 것이다. 분위기를 훨씬 부드럽게 만들어 보자는 심산이기도 했다.

하지만 스코틀랜드인은 아무것도 달라고 하지 않았다.

「그들은 큰바다쇠오리의 발톱 반쪽까지 팔려고 할 겁니다. 보관하는 방법만 안다면 눈알도 팔 거예요. 시장은 아주 커요. 박물관들은 사체를 구해서 소장품을 늘리고 싶어 하고, 상인들은 사체를 박물관에 팔고 싶어 하죠. 수집가들은 부리로 만든 예쁘고 비싼 담배통을 찾고요. 유행이 되면 더 극성을 부리겠죠.」

「난 큰바다쇠오리를 팔지 않을 겁니다. 저 새를 산 채로 릴의 자연사 박물관에 보낼 거라고요!」

뷰캐넌이 보기에, 사태를 제대로 모르는 그 가엾은 귀스는 어린애 같았다. 귀스도 자기 말이 순진하다고, 자기의 마지막 외침이 어리석다고 생각했다. 희미한 빛 속에서 그는 스스로 얼굴이 붉어졌다고 확신했다.

「정말 그렇게 생각하십니까? 선생님은 과학자이고, 박물관은 선생님의 여행비와 생활비를 대주고 있습니다. 짐작건대 저 새를 어떻게 할지 결정하는 쪽은 박물관입니다.」

맞는 말이었다. 사실 귀스는 가르니에 관장이 자기에게 무엇을 요구하는지에 진정으로 관심을 기울이지는 않았다. 그가 원하는 바는 스트롬니스를 떠나는 것, 할 수만 있다면 배를 타고 덜 알려진 나라로 가서 더 멋진 탐사를 하는 것이었다. 큰바다쇠오리를 손에 넣은 것은 이를테면 파리 자연사 박물관의 소장품에 들어갈 만한 희귀한 꽃 한 송이를 구한 것과 비슷했다. 그리고 인간의 관습 따위는 비장하거나 거창한 것이라도 그의 관심을 끌지 않았다.

곧바로 바람 소리와 파도 소리가 다시 들려오고, 추위와 어둠과 고독이 다시금 느껴졌다. 옆 방에 갇혀 있는 큰바다쇠오리의 실루엣이 눈앞에 어른거리는 듯했다. 마주하고 있는 뷰캐넌이 자아낸 위험한 기운이 강하게 주위를 감돌았다. 그의 얼굴은 아주 길어서 마치 예언자처럼 보였다. 귀스는 우스갯소리가 왁자한 술집에서 그런 인물과 함께 맥주잔을 기울이는 일은 절대 없으리라고 생각했다. 무호흡 상태에 있는 듯한 그 존재는 주위의 공기를 희박하게 만들고 있었다. 귀스는 밖에서 살아 움직이는 존재를 다시 생각했다. 스트롬니스의 별로 쾌활하지 않은 거리에도, 비가 내리는 어둠 속에도 살아 움직이는 것이 있을 터였다.
「내 말이 무섭게 들렸나요?」
 말끝에 뷰캐넌은 웃음을 지었다. 어깨동갑의 친구로, 열광하게 할 만한 발견의 동조자로 돌아온 듯한 웃음이었다. 다시 공기가 돌기 시작했다. 일상적인 삶에 속하는 무언가가 되살아나면서, 연극적이고 과도하던 마력이 사그라들었다.
 귀스가 말했다.
「나는 뱃사람들과 사귀었어요. 한 달 사이에 여러 사람을 만났죠. 그들과 함께 두 차례 고기를 잡으러 나갔어요. 만나 보니, 용기 있는 사람들이더군요.」
「하기야 고기를 잡으면서 충직하게 사는 사람들이긴 하죠. 그들이 선생님에게서 도둑질해 가는 일은 없을 테지만……」
「저 큰바다쇠오리의 주인은 나입니다. 그들도 잘 알고 있어요. 내가 저 새를 잡을 때, 반대하지 않았어요.」
「저 큰바다쇠오리의 가격이 얼마쯤 되리라고 생각하시죠? 선생님은 한 마리를 온전하게 갖고 계신 겁니다. 저 새를 릴 자연사 박물관에 보내서 빛나는 이력을 쌓고 싶으신가요? 박제된 표본의 기증자로 선생님 성함을 남기고 싶으신가요? 그런 것은 내가 무어라고 말할 일이 아닙니다. 다만 선생님이 조심하시도록 한 가지 일러두려는 겁니다. 선생님에게 가치가 있는 것은 다른 사람들에게도 가치가 있을 수 있어요. 자연사 박물관 말고도 선생님의 새를 탐하는 사람들이 생길 겁니다.」
 귀스는 술기운 때문에 조금 둔해지는 느낌이 들었다. 몸을 움직일 필요가 있었다. 숨쉬기가 답답해지기 시작했다.

이따금 몇 초 동안 눈이 감기기까지 했다. 뷰캐넌 역시 피로를 느낄 터였다. 귀스가 일어서자 그도 몸을 일으켰다. 두 사람은 누가 먼저랄 것도 없이 문을 열었다. 뷰캐넌은 귀스가 알아차릴 새도 없이 외투를 걸치고 모자를 쓰고는, 벌써 정원 쪽 정문을 열고 있었다. 능청능청 흔들리는 것 같기도 하고 휘우뚱휘우뚱 어색하게 걷기도 하는 그 기다란 실루엣은 길의 어둠 속으로 사라져 갔다.

그가 떠나가자 귀스는 작업실로 돌아갔다. 큰바다쇠오리는 새장 맞은편의 한쪽 구석에 버티고 있었다. 아마도 새장에 돌아가지 않기로 결심한 모양이었다. 아니면 새가 선택한 구석이 더 편하거나 시원하거나 깨끗하거나 귀스로부터 더 멀리 떨어진 자리일 수도 있었다. 새가 〈꾸꾸〉 하고 작게 우는 소리를 냈다. 말하자면 떤꾸밈음 같은 나직한 소리였다. 무시무시한 울음소리로 그에게 깊은 인상을 심고자 자기 힘을 모으려고 애쓰는 것만 같았다. 귀스는 새에게 다가갔다. 그리고 앞서 해본 것처럼 새를 뒤쪽에서 잡았다. 새를 품에 안기만 할 뿐, 그 뒤로 어떻게 할지는 전혀 준비하지 않은 동작이었다.

바다는 얌전스럽게, 지나치지 않게, 딱 필요한 만큼만 너울거렸다. 다행이었다. 어둠 속에서는 그렇게 너울거릴 때 파도의 포말이 가장 잘 보이기 때문이었다. 귀스는 집을 나서면서 잠깐 겨를을 내어 끈 하나를 챙겼다. 때마침 현관 외투 걸이에 매달려 있던 끈이 있어, 그것을 풀어서 가지고 나온 것이었다. 바닷가에 다다를 때까지 50미터 정도를 걷는 동안, 그의 품에 안긴 큰바다쇠오리는 흥분된 모습을 보이다가 스스로 지친 것처럼 잠잠해졌다. 흥분했을 때는 두 다리로 귀스의 배를 긁기도 했고, 큰 기쁨에 찼는지 경악을 느꼈는지는 분명치 않지만 이따금 발톱으로 그의 조끼와 셔츠까지 찔러서 살갗에 상처를 내기도 했다. 귀스는 다부진 걸음으로 나아갔지만, 스스로 자동인형처럼 행동하고 있다는 기분이 들었다. 그의 마음에는 오로지 한 가지 목표를 이루겠다는 욕구가 가득했지만, 정작 그 목표가 적절한지는 확신할 수 없었다.

어쨌거나 일은 간단했다. 머릿속에 떠오른 방안대로, 큰바다쇠오리를 바닷물에 내려놓기만 하면 되는 일이었다. 먼저 새의 한쪽 다리에 끈을 묶어야 할 터였다. 뱃사람들이 배에다 새를 매어 둘 때 하는 것과 비슷한 작업이었다. 그는 새가 깜짝 놀라서 어쩔 줄 몰라 하는 사이에 끈을 묶을 수 있으리라 생각했다. 자동인형처럼 심경에 구애받지 않고 행동해야 유리할 터였다. 새의 다리를 잡고, 본능적으로 버둥거리는 새의 몸통을 무릎으로 누르면서 다리에 끈을 단단히 동여매려면 그렇게 담담하고 야무지게 몸을 놀려야 했다. 귀스는 나무랄 데 없이 훌륭하게 그 일을 해냈다. 일을 끝내고도 그 사이에 새가 소리를 질렀다는 사실조차 알지 못했다. 어쨌거나 바람과 파도 때문에 귀가 먹먹한 상황이었다.

그는 큰바다쇠오리를 물기슭의 조약돌 위에 내려놓았다. 프랑스 북부 지방의 해변에서 백사장을 걸었던 일이 생각났다. 이곳보다 그쪽 바닷가에서 움직이기가 더 쉬웠다는 생각이 들었다. 그래도 큰바다쇠오리 쪽에서 보면 이곳이 익숙할 것이었다. 큰바다쇠오리는 먼저 가만가만 나아가다가, 수심이 몇 센티미터밖에 안 되는 곳에 다다르자 몸을 납작하게 수면에 붙이는 자세를 취했다. 새의 모습이 발효 중인 빵 반죽이 그러듯 갑작스레 달라졌다. 덩치가 더 커지지는 않았지만, 갑자기 상태가 좋아지고 더 자란 것처럼 보였다. 마치 호졸근하던 장갑을 손에 끼면 장갑 특유의 품격이 되살아나듯 예전의 형상을 되찾는 것 같았다. 아마도 뭍에서 묻은 때를 씻어 내는 모양이었다. 머리를 물에 담그고 몸통을 이쪽저쪽으로 돌리고 있었다. 귀스의 눈에는 솟았다가 가라앉는 새의 하얀 배만 보였다. 그러다가 문득 새가 완전히 사라졌다.

 몇 초도 되지 않아 벌어진 일이었다. 귀스는 미처 신경도 쓰지 못했는데 끈이 팽팽해지는 게 느껴졌다. 새가 끈을 너무 세게 당기고 있었다. 귀스는 끈을 놓치지 않으려고 손바닥 둘레에 감았다. 새가 그렇게 힘이 세리라고는 예상하지 못했다. 귀스는 물기슭에 서 있었다. 끈에 오른손이 쓸려 살갗이 아렸다. 오른손을 거들던 왼손도 벌써 따끔거렸다. 귀스는 몸을 뒤로 젖혔다. 조약돌 때문에 균형을 잡기가 쉽지 않았다. 새는 여전히 모습을 다시 드러내지 않고 있었다. 하지만 어둠 속이라서 새가 나타났는데 보지 못하는 것일 수도 있었다. 인간과 큰바다쇠오리 사이에 전투가 벌어지고 있는 셈이었다. 귀스는 인내력의 측면만 따지면 자기가 큰바다쇠오리를 잃게 되리라는 것을 알고 있었다. 새를 얼른 물가로 데려오려면 끈을 잡아당겨야, 있는 힘을 다해 당겨야 했다. 그런데 새는 물속에서 아라베스크 같은 우아한 몸짓을 하고 있는 게 분명했다. 귀스는 새의 힘보다 그 민첩성을 손으로 생생하게 느끼고 있었다. 새가 그토록 날렵하게 움직이고 있으니 조약돌을 밟고 어설프게 서 있는 자신은 결국 지쳐 버릴 것이었다. 조약돌이 뾰족뾰족하고 들쑥날쑥해서 그 위에 앉을 수가 없었다. 더 편하고 버티기 쉬운 자세를 취하고 싶은데, 고르지 않은 돌조각들이 그것을 허용하지 않았다.

귀스는 무릎이 잠길 때까지 물속으로 나아갔다. 물은 얼음처럼 차가웠다. 하지만 그는 너무 긴장한 탓에 그것을 제대로 느끼지 못했다. 그는 몸을 웅크렸다. 아니 바닥에 엉덩이를 대고 앉았다. 그러자 물이 가슴 아래께에 닿았다. 물속에서는 조약돌이 한결 견딜 만했다. 이따금 물결이 어깨에 닿도록 휘몰아쳤다. 그 너울이 그를 물기슭 쪽으로 떼밀었다. 그가 버틸라치면 물결이 더 세게 밀어닥쳤다. 그래도 물가 쪽으로 밀어 주니 다행이었다. 끈의 끝에 있는 큰바다쇠오리가 다가오는 느낌이 들었다. 이젠 춥지도 아프지도 않았다. 얼마 동안 그렇게 싸움을 벌였는지 가늠할 수가 없었다. 나중에 돌이켜 보니, 그 모든 일을 하는 데에 10분 이상이 걸리지는 않았던 듯했다.

그는 큰바다쇠오리를 잃지나 않을까 두려웠다. 처음엔 큰바다쇠오리가 적처럼 보였다. 도망치려고 애쓰는 죄수를 대할 때보다 많은 동정심을 느끼지는 않았다. 그다음에는 큰바다쇠오리가 자기에게 어떤 위험이 닥치고 있는지 모르는 존재로, 그래서 보호해 주어야 하는 존재로 보였다. 하지만 그 싸움이 끝날 무렵, 여전히 물속에 앉아 있는 그의 가까이로 큰바다쇠오리가 다시 나타나자, 문득 그 새가 한 마리 외로운 동물이라는 생각이 들었다. 지금 이 순간의 귀스가 자기에게 맞지 않는 물속에서 서툴게 구는 것처럼, 바닷물에 젖어 얼음처럼 차가워진 채로 몸에 달라붙은 무거운 옷 때문에 굼뜨게 움직이는 것처럼, 새도 외로운 존재로 여겨졌다. 새는 이제 멀리 가려고 하지 않고 평범한 오리처럼 물에 떠 있었다. 참으로 놀라운 일은 새가 행복해 보인다는 점이었다.

귀스는 다시 숨을 가다듬었다. 어둠 속이라서 새가 잘 보이지는 않았지만, 그건 전혀 중요하지 않았다. 그는 새의 존재를 느끼고 있었다. 그리고 생각건대, 큰바다쇠오리 역시 그의 존재를 느꼈다. 상황이 크게 달라져 있었다. 귀스는 큰바다쇠오리의 세계로 온 피조물이 되었다. 그래서 그는 그 어두운 세계, 불안스럽고 사나운 세계를 살펴보고 바람과 파도와 너울의 끊임없는 소리에 귀를 기울였다. 그러다 보니 큰바다쇠오리를 경탄의 눈으로 바라보게 되었고, 그런 경탄의 마음과 함께 만약 어느 날 이 새가 사라진다면 무언가 아주 슬픈 일이 벌어지리라는 생각이 들었다. 지식의 어떤 부분이 사라질 것이고, 가혹한 생활 환경에서 살아가는 하나의 방식이 사라질 것이었다. 바닷새들이 날고 물범이 헤엄치고 물고기들이 물속에서 노니는 것과 다른 어떤 일이 생길 터였다.

이윽고 귀스는 몸을 일으켰다. 바람이 몸으로 스며들어 뼛속까지 닿는 것 같았다. 몸이 얼어붙었고 입술엔 벌써 틈이 생겨 갈라지고 있었다. 그는 새를 다시 안아 들었다. 새는 거스르는 기색을 보이기는 했지만, 집에서 기르는 짐승인 양 물지 않고 순하게 굴었다. 마치 사람이 고양이를 품에 안으려 할 때, 고양이가 카펫에 아직 발톱을 박고 있으면서도 사람이 하는 대로 가만히 있는 것처럼. 그들은 집으로 돌아왔다. 큰바다쇠오리는 밖의 어둠 속에서 편안함을 느꼈던 듯하지만, 귀스는 몸이 뻣뻣해진 데다가 젖은 옷 때문에 걸음이 느렸고, 문을 열 즈음에는 스스로를 가누지 못할 만큼 기운이 빠져 있었다. 그는 잠깐 쉬었다가 젖은 몸을 말리고 새를 작업실로 옮겨 놓았다. 하지만 새장에 넣지는 않았다. 그러고는 작업실을 나서기 전에, 새가 달리는 모습을 잠시 지켜보았다. 문득 빨라진 그 옹골찬 움직임은 실타래에서 풀려나가는 실을 연상하게 했다. 새는 몸을 낮추어 서랍장 밑에 가서 그야말로 납작 엎드렸다. 귀스는 벽난로 앞에 가서 옷을 벗고, 되도록 불에서 가장 가까이에 있는 안락의자에 앉아 담요를 덮고 마침내 잠이 들었다.

브리지 부인은 그 이튿날에 다시 왔다. 아무런 해명도 하지 않고, 그저 엄한 태도를 보이며, 얼굴을 찡그린 채, 집 안을 분주히 돌아다녔다. 귀스의 작업실에는 일절 발을 들이지 않았다. 날이 저물 무렵에 뷰캐넌이 와서 귀스와 함께 큰바다쇠오리 근처에 앉았다. 브리지 부인은 그들을 바라보다가 천장으로 눈길을 돌리면서 잇새로 혀 차는 소리를 냈다. 밤이 되어 부인과 뷰캐넌이 떠나가자, 귀스는 큰바다쇠오리를 바다로 데려가서 헤엄치게 했다.

나흘째 되던 날, 귀스는 부둣가의 술집에 갔다. 활력을 얻고 싶었다. 함께 대구를 잡으러 갔다가 큰바다쇠오리를 만나게 해준 뱃사람들을 다시 보고 싶기도 했다. 눅눅하고도 따뜻한 술집에 들어서자 이마와 뺨에 땀이 맺히기 시작했다. 왁자지껄한 소리가 그를 맞아 주었다. 바로 그가 바라던 바였다. 곧이어 암스트롱이 식탁 앞에 나타났다. 그는 한 손에 맥주를 들고 귀스 옆에 와서 앉았다. 모선에 딸린 작은 배를 탔을 때 옆자리에 있던 남자였다. 마흔 살쯤 되어 보였다. 어쩌면 그보다 어릴 수도 있었다. 이가 누렇기도 하고 거뭇하기도 했다. 많이 빠진 터라 그런 것마저도 별로 남아 있지 않았다. 따지고 보면 귀스의 이도 아주 온전한 편은 아니었다. 고르지도 않고 희지도 않기는 마찬가지였다. 그 뱃사람의 손은 엄청나게 크고 우악스러워 보였다. 여기저기에 난 상처가 눈길을 끌었고, 약손가락은 갈고리처럼 구부러진 채로 굳어 있었다.

암스트롱은 귀스에게 큰바다쇠오리에 관한 소식을 묻지 않았다. 귀스에게는 경이롭고 복잡한 이야기지만, 그에게는 바다에서 겪는 진부하고도 대수롭지 않은 일일 터였다. 귀스는 그 일을 화제로 삼을 엄두가 나지 않았다. 어쨌거나 이미 뷰캐넌을 만나 꽤 자주 그 일을 두고 이야기를 나누던 터였다. 게다가 술집에 오면서 무언가를 위반하고 있다는 느낌을 뷰캐넌 때문에 받고 있었다. 그 공증인의 말에 따르면, 술집은 품위가 떨어지고 탐욕이 들끓는 장소라서 술 한잔을 마시려다 목이 잘리는 위험을 겪을 수 있는 곳이었다. 하지만 따지고 보면 귀스는 그 뱃사람들을 알고 있었다. 그들과 함께 바다에서 한 달을 보내지 않았던가.

사내들이 웃으면서 이것저것 시시콜콜한 얘기를 나누고 있었다. 어떤 사람들은 말없이 남의 얘기에 귀를 기울이며, 그저 쉴 참을 갖는 것으로 만족하고 있었다. 이따금 마치 화가 난 듯한 목소리가 올라갔다가 다시 낮아지며 다른 술꾼들의 왁자지껄한 소리에 묻히곤 했다. 귀스는 술집이 구부정한 어깨들로 가득 차 있다는 느낌을 받았다. 테이블에도, 카운터에도 많은 사내가 굽은 어깨를 맞대고 앉아 있었다.

넷 중 셋은 파이프나 술잔을 내밀고 있었고, 그 어깻죽지들 위쪽에서는 아래로 푹 수그린 얼굴들이 모자나 챙 없는 모자나 턱수염에 가려진 채 흔들리고 있었다. 구붓한 목덜미들은 거북의 것과 비슷해 보였다.

카운터를 마주하고 앉은 에이나르손이 눈에 들어왔다. 그는 엘데이섬에서 대살육이 벌어지던 때에 그 바닷가에 있던 아이슬란드 사람이었다. 그는 혼자서 조용히 맥주를 마시기도 하고 다른 사람들과 어울려 수다를 떨기도 했다. 귀스는 그를 만나 당혹스러웠다. 그를 보자마자, 큰바다쇠오리를 두 손으로 목 졸라 죽이는 남자의 환영이 자기와 카운터에 팔꿈치를 괴고 있는 그 남자 사이에 가로놓여 있기라도 한 듯해 뒤로 물러서고 싶은 기분이 들기까지 했다. 그때 보았던 그의 입, 얼굴 아래쪽에 깊고 어두운 틈새를 만들며 환호성을 지르던 그 입, 거대한 덩치에 어울리지 않게 너무나 새된 소리를 지르던 입이 생각났다.

「형씨는 그 새를 어떻게 했소?」 하고 에이나르손이 갑작스럽게 귀엣말로 물어 왔다.

귀스는 자기가 환청을 들었나 생각했다. 카운터에 팔꿈치를 괴고 있던 사람이 어느 틈엔가 테이블로 다가들었기 때문이었다.

「프랑스에서 어떤 사람이 그 새를 찾으러 에든버러로 온답니다.」

귀스는 본능적으로 그렇게 거짓말을 했다. 뷰캐넌에게서 주의를 받은 것이 쓸모가 없지는 않았다. 에이나르손은 잠깐 실망 어린 표정을 지었다.

「사실, 우리는 저마다 자기 일을 하는 겁니다. 형씨의 일은 대륙에 큰바다쇠오리를 보내는 겁니다. 나로서는 그게 이익이 되는지 생각할 수밖에 없고요.」

그러고 나서, 짧게 침묵을 지키다가 말을 이었다.

「만약 대륙에 보내기 전에 그 새가 죽는다면, 내가 기꺼운 마음으로 그것을 사겠소.」

「설령 죽더라도 그 새를 프랑스에 보내야 합니다.」 귀스가 대답했다.

에이나르손은 다시 실망한 표정을 지었다. 하지만 이번에는 놀라는 기색도 조금 보였다. 마치 귀스의 대답에서 약간의 악의까지 감지한 게 아닌가 싶을 정도였다.

「왜 그 큰바다쇠오리가 형씨 거라고 생각하지? 형씨가 그 새를 손에 넣은 건 우리 덕분이오.」

「그만해, 가만히 있는 친구를 왜 건드려?」 암스트롱이 에이나르손을 말렸다. 암스트롱은 그에게 눈길을 주지 않았다. 하기야, 암스트롱은 아무에게도 눈길을 주지 않고 그저 피곤에 지친 눈으로 그저 스스로를 들여다볼 뿐이었다.

에이나르손이 무어라고 소리를 냈다. 아마도 어떤 문장의 말머리를 꺼냈을 터였다. 그러더니 말문을 꽉 닫아 버리고, 어떤 비밀 얘기를 감추는 듯한 표정을 지었다. 끝으로 그는 조롱기 섞인 미소를 귀스에게 지어 보이고는 카운터로 돌아갔다. 귀스는 계속 암스트롱을 마주하고 앉아 있었는데 마음이 무척 불편했다. 카운터로 돌아간 아이슬란드인의 태도가 마음에 거슬렸다.

「큰바다쇠오리는 구하기가 어려워졌어요. 모두가 찾아다

니고 있거든요.」뱃사람이 말했다.

「뱃사람들이 엘데이섬에서 그 새들을 죽였어요. 살아 있는 채로 보존할 수도 있었을 텐데 말이에요…….」

「무엇 하러 보존해요? 고기가 맛있는데. 먹으면 힘이 나죠. 형씨도 먹어 보지 않았어요?」

귀스는 그 고기 한 조각을 맛본 적이 있었다. 오믈렛으로 먹은 것이긴 하지만. 그 일을 되새기기만 해도 속이 거북해졌다. 뱃사람은 곧이어 말을 이었다. 퉁명스럽고도 무덤덤한 말투였다.

「형씨 같은 사람들 때문에 큰바다쇠오리의 수가 줄어드는 겁니다. 이젠 더 구할 수가 없어요. 유감스러운 일이죠. 사람들이 생기는 게 있어서 그러겠지만, 어쨌거나 딱한 일입니다.」

〈왜 암스트롱이 이런 말을 하지? 설령 자연사 박물관 스무 군데에서 큰바다쇠오리를 사들인다 해도, 죽은 서른여섯 마리의 시신을 엘데이섬에 요구한 적은 없지 않은가〉라고 귀스는 생각했다.

「형씨 같은 사람들은 가죽이나 알을 아주 비싼 가격으로 사잖아요.」 암스트롱이 덧붙였다.

「그런다고 해도 당신들이 알을 깨뜨려서 먹는 것에 비할 바는 아니죠.」

「예전에는 뉴펀들랜드 쪽에 큰바다쇠오리들이 무척 많았어요. 그러다 보니 그쪽 사람들에게 나쁜 버릇이 생긴 겁니다. 바뀌어야 했는데, 너무 늦었다고 봐야죠. 아시다시피, 우리도 큰바다쇠오리를 좋아하게 된 겁니다. 고기가 맛있어요.

영양가가 높아요. 그런데 형씨 같은 사람들이 그 새들을 사겠다고 해요. 그래서 우리는 그 새들을 잡아먹고 한두 마리쯤 남겼다가 당신들한테 팔면 되겠다고 생각하죠. 그러다 보니 점점 수가 줄어드는 겁니다.」

 귀스는 싫증이 났다. 그가 여기에 온 것은 기분을 풀기 위해서였다. 파인트 맥주잔을 앞에 둔 모든 주객들처럼, 집에 큰바다쇠오리를 두고 있지 않은 사람들처럼, 베갯속 새털이나 자기들이 먹는 오믈렛이 어디에서 왔는지 도덕적인 질문을 하지 않는 사람들처럼, 바닷새에게 왜 물병이 필요하고 목욕이 필요한지 따져 보지 않아도 되는 사람들처럼 편안한 시간을 갖고 싶었다. 큰바다쇠오리를 더는 생각하고 싶지 않았다. 어쨌거나 여기에서 지금 당장은 그러고 싶지 않았다. 큰바다쇠오리를 집에 들인 이후로 그는 삶의 가장자리에서 살고 있다는 느낌, 무기력한 분위기에 만족해하며 살고 있다는 기분이 들었다. 예전에는 모든 사람과 이야기하기를 좋아했다. 어선을 탔을 때는 한 뱃사람에게 매력을 느끼기도 했다. 자신은 승무원이 아니지만 그 뱃사람들이 좋았고, 원한다면 그들과 함께 고되지만 엄청나게 멋진 모험을 할 수도 있으리라고 즐겨 상상했다. 그들과 함께 폭풍우를 겪고 미개인들을 만날 수도 있으리라 믿었다.

 산 채로 잡아서 집에 데려온 그 큰바다쇠오리는 귀스에게 위법을 저지르며 사는 것 같은 기분을 들게 했다. 그건 사실이 아니었음에도 말이다. 무엇보다 자기가 감상적이고 물러 터진 사고방식을 가진 기이한 사람이 된 것 같은 기분이 들었다. 어떻게 보면 더 나쁜 일이었다. 그는 큰바다쇠오리의 고기를 자기도 모르는 사이에 조금 먹은 적이 있었다. 방금 전에 그 일을 후회했는데, 생각해 보니 자신에게 짜증이 났다. 어린 시절에 그는 개 한 마리를 무척 좋아했고, 그 개를 데리고 다니며 사냥을 하기도 했다. 그 개가 죽었을 때 눈물을 흘리며 울었다. 그런데 더 젊고 씩씩한 다른 개가 대신 들어오자 그는 죽은 개를 잊어버렸다. 그 개에게 이름을 붙여주었던 사실조차 기억하지 못했다. 큰바다쇠오리와 관련해서도 비슷한 일이 벌어질 것이었다. 다만 큰바다쇠오리가 떠나간다면 자기가 과학을 위해서 나름대로 노력했다는 자부심을 가질지는 몰라도 눈물을 흘리지는 않을 터였다.

암스트롱은 여전히 그의 앞에 있었다.

「그런데 그 애는 어디 있어요? 그 큰바다쇠오리 말이오.」

「집에 있어요.」

귀스는 즉시 후회했다. 진실을 말하고 만 것이었다. 그는 맥주를 한 모금 마시고, 잇달아 몇 모금을 더 들이켰다. 기분을 풀기 위해서였다.

20분쯤 흐르자 무언가가 갈비뼈 쪽을 누르는 듯한 기분이 들면서 숨쉬기가 거북해졌다. 조금 전에는 에이나르손이 마음을 불편하게 만들더니 이젠 분위기 전체가 그를 압박하고 있었다. 이제 막 깨달은 것이지만 이 술집 남자들과 어울리기는 쉽지 않을 듯했다. 놀라운 깨우침이었다. 술집의 뱃사람들과 함께 있는 것이 뷰캐넌 같은 사람과 함께 있는 것에 비해 더 편하기는 했다. 그런데 이들과 어울리자면 뜻이 맞아야 하고, 이들의 성격을 이해해야만 했다. 귀스는 멀리 떨어져 있는 기분, 제자리에 있지 않고 이 장소와 어울리지 않는 듯한 우스꽝스러운 기분을 느꼈다. 이 술집의 따뜻한 분위기는 마음에 들었지만, 다른 한편으로는 그 분위기에 겁을 먹고 있는 셈이었다. 모든 게 귀스에게 불안감을 주었다. 조금 떨어져 있는 에이나르손의 눈길도 그러했고, 암스트롱의 반쯤 감긴 눈, 거의 못돼 보이기까지 한 그 눈도 그러했다.

따지고 보면 암스트롱은 못된 사람이었다. 이제 의심할 바가 없었다. 처음엔 그가 친절하다고 생각했지만, 그게 오해였음을 깨달았다. 그와 얘기를 나누는 데는 성공했는지 모르나 그로 인해 실수를 저지르고 말았다. 그는 그저 귀스의 새가 어디에 있는지 알고자 했던 것이었다. 귀스는 순진했고 경험이 부족했다. 어떤 사람도 조심성 없이 뱃사람들과 어울리지는 않는다. 쿡 같은 탐험가도 뱃사람들과 함께 술집에 가지는 않을 터였다. 바로 그런 이유로 조금 전에 그는 스스로를 무력한 존재로 여긴 것이었다. 금방이라도 터져 버릴 것 같은 주위의 난폭한 분위기와 비교할 때 그는 아무것도 할 수 없는 사람처럼 느껴졌다. 그는 다시 술을 마셨다. 단지 침착함을 잃지 않기 위해서라도 더 마시지 않으면 안 되었다.

30분쯤 시간이 흘렀을 때 문 옆에서 한바탕 싸움이 벌어졌다. 귀스는 당장 그쪽으로 몸을 돌리지는 않았다. 주위에 있는 다른 사람들의 흉내를 낸 셈이었다. 곧이어 무언가가 부서지고, 술잔 하나가 의자 다리 쪽으로 떨어졌다. 귀스는 그런 일에 놀라지 않았다. 이젠 어부들의 폭력성을 알기 때문이었다. 다른 한편으로는 맥주 한 잔을 더 마신 덕에 아까

만큼 불안하지 않았다. 어떤 점에서 보면, 그 뱃사람들에게 다시 매력을 느끼기 시작한 참이었다. 수프에 넣은 우유처럼 왈카닥거릴 만큼 성미가 불같고, 자기들 나름대로 소중하게 생각하는 일에는 엄청 진지하게 구는 태도가 괜찮아 보였다. 그는 문득 『모히칸족의 최후』라는 역사 소설을 떠올렸다. 이 술집에 있는 남자들 중 나이가 많은 축은 캐나다 해안에서 이로쿼이족 인디언을 보았으리라는 생각이 들었다. 『모히칸족의 최후』는 그를 열광시킨 소설이었다. 그리 오래전은 아니지만, 그가 아직 젊고 경험이 없던 때였다. 평판이 좋지 않은 술집에서 얼쩡거리는 오늘 같은 때가 아니었다. 그런 생각을 하면서 그는 혼자 웃었다. 릴에서 약학 공부를 한 뒤에 까탈스러운 섬의 이 허름한 술집에 와 있는 자신의 행로가 우습게 느껴졌다.

옆에 젊은이가 와서 앉아 있었는데 이름이 생각나지 않았다. 그에게 물어볼 수가 없었다. 그는 이미 물음을 받고 열 번쯤 대답했을 터였다. 귀스의 혀가 잘 돌지 않았다. 영어로 대화를 너무 많이 하다 보면 흔히 겪는 일이었다. 어쨌거나 술기운이 돌아서는 아니었다. 분명한 건 그 젊은이가 암스트롱보다 훨씬 젊다는 사실이었다. 스물네 살, 또는 그와 동갑인 스물다섯 살쯤 된 젊은이였다. 얼굴이 주근깨로 덮여 있어서 낯빛이 석양의 색조를 떠올리게 했다. 그는 캐나다에 대해서, 그리고 휴런족 원주민에 대해서 이야기하고 있었다. 아니 어쩌면 귀스 자신이 휴런족에 관해서 말했는지도 모를 일이었다. 상대는 그저 상냥하게 미소를 지으며 테이블의 옆 사람들과 이야기를 나눴을 수도 있었다. 어쨌거나 그는 분명 매력적이고 다정했다. 귀스가 말을 할 때마다 웃어 주었고, 주위의 사람들도 자기와 똑같이 웃도록 분위기를 만들어 주었다.

문득 암스트롱이 어디로 사라졌는지 궁금해졌다. 〈만약 지금 나에게 사로잡힌 이 청중 앞에서 얘기를 듣고 있다면, 그 늙은 뱃사람도 더는 내게 거만하고 고약한 태도를 취하지 않을 텐데〉라는 생각이 들었다. 바로 그때 암스트롱이 다시 모습을 드러냈다. 참 놀라운 일이었다. 이날 밤에는 귀스의 모든 생각이 현실로 나타나고 있었다. 암스트롱은 귀스의 한쪽 팔을 꽉 쥐면서 자기 얼굴을 귀스의 얼굴 쪽으로 들이밀었다. 귀스가 보기에 악의가 있지는 않았다. 아마도 모험가들끼리 서로를 알아보는 뜻으로 나누는 몸짓이거나 화해의 신호일 터였다. 이 사람이 뭐라고 하는 거지? 귀스는 그의 말을 제대로 알아듣지 못했다. 영어로 뭐라고 말하고 있었는데, 〈홈home〉과 〈드렁크drunk〉라는 말은 분명히 들렸다. 귀스는 그가 무슨 말을 했는지 자기 나름대로 짐작했다. 당신은 취했으니 이제 집으로 돌아가야 한다고 말한 게 분명했다. 누구나 자기가 원하는 말을 할 수 있는 법이다. 귀스가 비록 취하기는 했지만 그 정도의 영어는 알아들을 수 있었다. 귀스는 자리에서 일어섰다. 암스트롱은 그를 도와주려는 듯한 몸짓을 취했다. 귀스는 사양했다. 그러면서 조금 전에 경계심을 품었던 것은 자기의 잘못이라고 생각했다. 암스트롱은 신의가 있는 뱃사람이고, 연하의 후배들에게 호의를 베풀 줄 아는 사람이었다.

귀스는 술집을 나서면서 행복을 느꼈다. 용감하고 당당한 남자들과 멋진 저녁 시간을 보냈다는 생각이 들었다. 찬 공기를 쐬니 취기가 조금 가셨다. 하지만 술기운이 충분히 남아 있어서, 집의 대문을 넘고 계단을 올라갈 때도 생각이 달라지지 않았다.

이튿날 그는 늦게서야 깨어났다. 간밤에 술을 많이 마시고 녹초가 되어 잠들었던 것이다. 목에 통증이 느껴졌다. 자기와는 상관없이 벌어진 싸움판의 한 장면이 생각났다. 자기 얘기를 들어 주던 남자들의 얼굴이 다시 보였다. 그 표정들을 판단하기가 쉽지 않았다. 조롱기가 어려 있었는지 동정하는 기색이었는지 제대로 가늠할 수가 없었다. 귀스는 술 마시는 습관을 들이지 못한 터였다. 뱃사람들과의 술자리는 더더욱 드물었다.

자리에서 일어나 침실에서 작업실로 내려가는 데에는 마뜩잖은 노력이 필요했다. 더 고약스럽게 느껴졌던 것은 단지 큰바다쇠오리에 대한 의무 때문에, 큰바다쇠오리는 배가 고플 게 분명하다고 생각하면서 의무감을 느끼고 작업실로 내려갈 수밖에 없었기 때문이었다. 바로 그 순간 꼭 그래야 하는 것처럼 보이지 않았음에도 의무감을 느꼈던 것이다.

그가 들어서자 새가 소리를 지르며 되도록 빠른 걸음으로 뒤뚱뒤뚱 다가왔다. 적어도 귀스에게는 그런 느낌이 들었다. 새의 울음소리는 짧았지만, 어떤 안도감의 표현, 자기가 잊히지 않았다는 기쁨의 표현과 비슷했다. 귀스는 자기에게 희망을 걸고 있는 존재가 있다는 사실에 감동을 받았다. 길에서 만나는 미지의 사람보다 더 낯선 존재가 그토록 자연스럽게, 어떤 의미에서는 인간 세계를 넘어선 보편적인 방식으로 관심과 애정을, 그것도 아주 반갑게 표현했다는 점에 감동하지 않을 수 없었다. 그에게는 새가 인간의 표현법을 쓰는 것처럼 느껴졌다. 눈에서 빛이 반짝이는 것은 〈드디어 당신이 왔네요〉라는 뜻이었고, 목을 앞으로 내미는 것은 〈당신이 없어서 쓸쓸했어요〉라고 덧붙이는 동작 같았다. 새가 한쪽 바짓가랑이에 부리를 대고 빠르게 비빌 때, 귀스는 당황스러운 기분이 들었다.

큰바다쇠오리는 허기를 느끼고 있었다. 두 날개를 펼친 채로, 귀스와 안쪽 벽 사이를 왔다 갔다 했다. 귀스가 매일 먹이를 붙여 놓던 벽이었다. 새는 여느 때처럼 좌우로 뒤뚱거렸지만, 다른 때보다는 몸놀림이 더 능숙해 보였다. 이젠 큰바다쇠오리가 거위와 비슷해 보였다. 무질서 상태에 빠진 가금 사육장에서 질서를 되찾으려고 서두르는 거위를 생각나게 했다. 그 점 역시 뜻하지 않게 귀스에게 감동을 불러일으켰다. 조심성 없이 자신을 내맡기고, 낯선 존재를 상대로 자기가 종속되어 있음을 스스럼없이 고백한 것이다. 그가 아무런 관습도 공유해 본 적이 없는 종의 개체가 그런 일을 벌이고 있었다.

그건 사랑도 아니고 우정도 아니었다. 공모나 묵계는 더더욱 아니었다. 생각이 거기에 미치자, 문득 〈책임감〉이라는 단어가 떠올랐다. 그는 책임감을 느꼈다. 이제껏 살아오면서 그는 오로지 자기 어머니에 대해서만 책임감을 느꼈다. 어머니는 모든 희망을 아들에게 걸었고, 행복의 모든 꿈을 아들과 관련지어 꾸는 홀몸이었다. 어머니는 아들이 공부를 잘할 수 있도록 보살펴 주었고, 멋진 이력을 쌓도록 이끌어 주었다. 그런데 이 큰바다쇠오리의 경우는 그의 행위가 무상으로 이루어진다는 점도 고려하지 않을 수 없었다. 그가 큰바다쇠오리를 보살피지만, 감사의 표현이나 미래에 어떤 보상을 받으리라 기대할 수는 없었다. 그가 자기에게 은혜를 베푸신 어머니에게 실망을 안겨 드리지 않을까 걱정하고 있음을 생각해 보면, 이 둘은 전혀 다른 경우였다. 그는 큰바다쇠오리를 도와주고, 먹여 주고, 헤엄을 치도록 바다로 데려가야 했다. 이유는 간단했다. 어느 날 그가 큰바다쇠오리를 선택했으니까. 그 피조물을 사로잡아서 키우겠다고 그가 홀로 결정했으니까. 그뿐만 아니라 — 훨씬 더 중요한 이유였지만 — 그 동물이 그렇게 해달라고 요구하고 있기 때문이었다. 그리고 그 동물이 허약하고 신체가 온전치 않고 무력한 데다가 **살아 있기** 때문이었다.

귀스가 바라보는 가운데 큰바다쇠오리는 물고기들을 삼키며 꿀떡 소리를 내고, 안도의 울음소리를 냈다. 귀스가 보기엔 분명했다. 그가 없으면, 저기 바닥을 딛고 살아 있는 저 존재는 죽어 버릴 것이었다. 그와 큰바다쇠오리 사이에는 극복할 수 없는 차이가 있었다. 그들이 서로 말하거나 서로를 이해하는 일은 절대로 없을 것이었다. 그들을 묶어 주는 것은 단 하나, 생명에 대한 직관적인 인식뿐이었다. 그들은 서로를 보호하고 싶어 했다. 그렇게 보면 귀스의 책임은 더욱 무거워지는 것이었다. 귀스는 스푼과 나이프와 포크를 사용하는 사람이지만 이렇듯 물고기를 쥐어서 던져 줄 책임이 있었고, 깃털이 없는 사람이지만 깃털을 쓰다듬을 책임이 있었으며, 헤엄을 칠 줄 모르지만 새가 물속에서 헤엄치도록 만들어 줄 책임이 있었다. 그가 짊어진 책임에는 훨씬 더 심하게 현기증을 느끼게 하는 측면도 있었다. 그는 자기가 온전히 이해하지 못하는 존재, 자기가 창조하지 않았으며 앞선 세대가 만들어 낸 적이 없는 존재, 예전에는 자기를 필요로 한 적이 없는 존재에 책임을 져야 하는 것이었다. 그렇게 책임을 지다 보면 그는 자기 어머니에게 실망을 안겨 드릴 수도 있었다. 그는 벌써 그 점을 알고 있었다. 설령 어머니가 마뜩잖게 여기게 되더라도 그런 책임을 받아들일 것이었다. 언젠가 기회가 주어진다면 어머니를 설득해 볼 수 있을 터였다. 이를테면 아들이 배를 타고 여행한다고 해서 큰일이 났다고 걱정하는 것은 옳지 않다고 말할 수 있을 것이다. 반면에 한 동물의 신뢰를 저버리는 일은 받아들일 수 없었다. 그 동물은 그에게 대답할 수 없는 존재였고, 설령 그 동물이 대답한다 해도 그가 알아들을 수 없을 터였다.

바로 그 순간, 무언가가 그의 내면을 가득 채우는 기분이 들었다. 아마도 간밤의 취기가 아직 남아 있던 덕을 보았으리라. 격하게 솟구치는 어떤 감정이 그의 전 인격으로 살살이 파고들었다. 마치 배꼽에서 출발한 나뭇가지가 잎맥 모양으로 어깨까지 퍼져 나가는 형상이었다. 그는 큰바다쇠오리에게 좋은 일을 하고 싶었다. 그리고 어느 날 또다시 그 큰바다쇠오리가 굶어 죽는 것을 두려워하지 않고 부리로 그의 다리를 비비면서 맞아 주기를 바랐다.

그는 다시는 그 술집에 가지 않았다. 아침 7시가 넘어서 잠에서 깨는 일도 두 번 다시 벌이지 않았다. 그러던 어느 날, 우체국에 들렀다가 마침내 가르니에의 편지를 받게 되었다. 그 우편물이 왔다는 것은 그가 곧 스트롬니스를 떠나게 되리라는 뜻이었다. 큰바다쇠오리의 운명이 어떻게 될지는 분명하지 않았다. 살아 있는 동물의 모습으로 새장에 갇힌 채 배에 실려 프랑스로 갈 수도 있었고, 나중에 박제가 되도록 양피지처럼 아주 평평했다가 둥글게 말린 가죽으로 변할 수도 있었다.

그는 우체국에서 편지를 읽고 싶지 않았다. 당연한 얘기지만 그곳에는 그 상황에 어울리는 내밀성과 엄숙함이 부족했다. 귀스는 거리로 나섰다. 길은 스트롬니스의 다른 모든 길처럼 좁았다. 그는 비 때문에 정신을 집중할 수 없다고 생각했다. 그래서 도시의 반대쪽에 있는 집으로 어서 돌아가기로 했다. 그런데 그 편지 때문에 호주머니에 불이 날 것만 같았다. 그는 더 참지 못했다. 집에 도착할 때까지 기다릴 수가 없었다. 그는 빗물을 피하려고 벽에 기대어 섰다(이건 어쨌거나 좁은 길의 장점이다). 그는 편지를 펼치고, 먼저 빠르게 훑어보았다. 가르니에는 새를 데리고 당장 릴로 돌아오라고 요구했다. 새가 죽었든 살았든, 당장 돌아올 수 있는지 알고 싶다는 것이었다. 한 문단은 큰바다쇠오리가 박물관에 가져다줄 명성을 서술하는 데에 바쳐져 있었다. 모든 박물관이 큰바다쇠오리를 찾고 있는 모양이었다. 파리에서도 큰바다쇠오리를 소장한 곳은 없으며 — 적어도 아직은 그렇다고 그는 덧붙였다 — 프랑스에서는 스트라스부르에 있는 박물관 단 한 곳만이 그 새를 소장하고 있다고 했다. 스트라스부르의 큰바다쇠오리는 그 새가 오늘날처럼 귀하지 않던 시절인 1760년에 러시아로부터 선물로 받은 것이었다. 귀스는 편지를 도로 접었다. 이제 알 만큼 알았으니 집에 돌아가서 나머지 사연을 차분하게 읽어 볼 참이었다.

그러니까 그는 곧 이 도시를 떠나야 했다. 그는 긴 도로를 따라 걷고 있었다. 바닷가에서 걸어오며 보아 온 이 도시를 더 보고 싶었다. 그는 왼쪽 길로 접어들었다. 스트롬니스는 정말 작았다. 시내를 가로지르는 데에 몇 분도 걸리지 않았다. 그는 한눈에 들어오는 시가지를 죽 훑어보았다. 아닌 게 아니라 조그마한 도시였다. 우중충한 분홍색의 화강암으로 지은 집들은 환하게 빛을 발할 수도 있으련만, 그저 단조롭고 소박하기만 했다. 이 풍경에는 무언가 특이한 점이 있었다. 부두 위쪽의 이 언덕, 집들이 듬성듬성 들어서 있는 이 언덕은 왠지 슬퍼 보이고 뭔가가 빠진 듯한 느낌을 주었다. 도시 스스로가 뭔가 빠졌음을 알고 서운해하는 것만 같았다.

이 도시에 처음 온 날부터, 그는 극적인 긴장을 찾아볼 수 없는 체념 어린 이 풍경이 단조롭게 느껴졌다. 그는 마음속으로 그 풍광을 더 좋게 보려고 애썼다. 이곳에도 햇빛이 들기는 했다. 다만 햇빛이 여기에 도달할 즈음엔 너무 희석되어 있는지도 모를 일이었다. 그때 문득 그는 깨달았다. 이곳에는 나무가 없었다. 바람이 나무가 자라는 것을 방해하기 때문이었다.

그래도 스트롬니스를 마지막으로 한 번 더 보고 있다고 생각하니 관대한 마음이 들었다. 집 쪽으로 다시 발길을 돌리자, 지금 눈앞에 보이는 풍경을 다시 보지 못하리라는 생각에 우수가 밀려왔다. 어쩌면 이곳은 그렇게 따분한 곳이 아닐지도 몰랐다. 물론 나무가 우거졌다면 더 밝고 활기찬 분위기가 생겨났을 수도 있고 그것들이 만들어 내는 색깔의 유희를 볼 수도 있었을 것이다. 하지만 다른 식으로 생각해 보면 이런 건조한 소박함에도 나름의 매력이 있었다. 아마도 다른 곳에 가게 되면 이곳을 추억하게 될 터였다. 뷰캐넌에 관한 추억도 되새기게 될 테고, 그와는 정말 사이가 좋다고 말할 수 있었다. 아닌 게 아니라 그를 방문하고 싶었다. 자기가 떠난다는 것을 그에게, 가장 먼저 그에게 알려 주고 싶었다. 사실 뷰캐넌과 브리지 부인 말고는 달리 말할 사람이 없었지만, 스스로 그런 점을 환기하는 것은 자신에게 너무 잔인한 일이었다.

그는 다시 다른 길로 접어들었다. 조금 비탈진 오르막길이었다. 빗줄기는 약해져 있었다. 뷰캐넌은 자기 집에 있었다. 아마도 방금 면도를 한 모양이었다. 울대뼈 근처에 난 생채기에 핏자국이 남아 있었다. 뷰캐넌은 막 나가려던 참이었다. 귀스는 그를 따라서 부둣가로 갔다. 귀스는 곧이어 편지 얘기를 꺼냈다. 뷰캐넌은 그를 축하해 주었다. 그러면서 얼굴에 홍조를 띠고는 비슷한 나이의 젊은이들이 그러듯 그의 어깨를 다독거려 주었다.

「선생님이 보고 싶을 겁니다.」 뷰캐넌이 말했다.

귀스가 생각건대, 자기 쪽에서는 뷰캐넌이 그리울 것 같지 않았다. 하지만 만약 언젠가 멀리 떨어진 무더운 어느 도시에서 그를 다시 만난다면, 두 사람이 알고 있는 환경과는 너무나 다른 도시에서 그를 만난다면 행복할 것 같았다.

「저를 그리워하시기보다는 큰바다쇠오리를 더 그리워하시게 되리라 생각합니다.」

귀스는 예의상 그렇게 말했다.

「나는 그 큰바다쇠오리를 맡아서 보살피겠다고 제안하려던 참이었어요. 그 새를 데려가는 것은 어리석은 일입니다. 그건 당장 새를 죽이는 것이나 진배없어요. 큰바다쇠오리를 다시 자유롭게 놓아주는 게 더 나을 겁니다. 선생님과 같이 해도 되고, 선생님이 떠나신 뒤에 제가 혼자서 해도 됩니다.」

「나는 그럴 수 없어요! 나는 큰바다쇠오리를 데리고 가야 합니다.」

「큰바다쇠오리가 도망쳤다고 말하는 방법도 있어요.」

뷰캐넌의 걸음걸이는 빨랐다. 그게 그의 원래 걸음새였다. 귀스는 비에 젖은 비탈길에서 미끄러지지 않을까 걱정스러웠다.

「큰바다쇠오리를 박제로 만들면, 무슨 이점이 있죠? 스트라스부르에는 이미 큰바다쇠오리가 있어요. 방금 그렇게 말씀하셨잖아요. 제가 추측하기엔 그런 박제가 수십 개는 있어요. 에든버러에도 있고 런던에도 있고…….」

그들은 부둣가에 다다랐다. 어떤 배들은 떠나가고, 어떤 배들은 화물을 내렸다. 아이들이 뛰어다니며 놀았다. 일꾼 하나가 뷰캐넌에게 다가와서 무언가를 물었다. 뷰캐넌은 그 물음에 답하면서 손짓을 했다. 그러자 남자는 재빨리 부두에 통들이 쌓여 있는 쪽으로 떠나갔다. 그렇게 지시를 내려 일꾼을 움직이는 모습에 귀스는 놀라움을 느꼈다. 뷰캐넌이라는 다감하고 여린 사람이 여기에서는 강하고 직선적이고 존중받는 인물로 달라져 있었다. 귀스는 사람들이 웅성거리는 속에서도 이야기를 이어 갔다. 뷰캐넌은 그에게 대답할 때 다른 사람들을 대할 때와 다른 표정을 지었다. 귀스는 그의 두 눈을 바라보면서 스트롬니스와 잘 어울리는 진흙탕의 늪을 떠올렸다. 아마도 자기가 거기에 있어서 그 스코틀랜드인이 일하는 데에 방해가 될 것이었다. 아닌 게 아니라 뷰캐넌이 그에게 자기 뜻을 알렸다. 둘이서 평소에 만나던 시간에 맞춰 자기가 그의 집에 갈 테니, 그때 얘기를 나눠 보자는 것이었다. 그런 다음 뷰캐넌은 덧붙였다.

「그때까지 제 제안을 생각해 보세요. 부탁합니다. 무엇보다 이 점을 스스로에게 물어보세요. 큰바다쇠오리는 프랑스에서 아주 희귀한 동물이고 그곳에서 번식하지 못할 텐데 보내는 게 무슨 소용이 있을까요?」

다른 사람들이 와서 뷰캐넌에게 말을 걸었다. 보아하니 뷰캐넌은 스트롬니스라는 산업 도시에서 빼놓을 수 없는 인물이었다.

그는 뷰캐넌의 제안에 대해 깊이 생각해 보지 않을 것이었다. 그 제안에는 그가 릴 자연사 박물관과 맺은 관계 때문에 잘못을 저지르고 있다는 뜻이 담겨 있었다. 그는 집을 향해 걸어갔다. 걸음새가 뷰캐넌만큼이나 빨랐다. 그가 그렇게 빨리 걷는 것은 기분이 좋지 않다는 신호였다. 그는 주위에 무엇이 있는지 전혀 보지 않았다. 이 습기 많은 외딴 도시에 노스탤지어를 느끼지는 않을 것이었다. 그때 한 남자가 그를 떼밀었다. 귀스가 느끼기엔 일부러 그런 것 같았다. 하지만 그 순간엔 그게 중요하지 않았다. 마침내 그는 대문을 지났다. 그런데 작업실 문이 열려 있는 게 곧바로 눈에 들어왔다. 작업실 입구로 나아가서 조금 벌어진 문틈 사이로 바라보니, 브리지 부인이 큰바다쇠오리 앞에 쪼그리고 앉아 있었다. 부인은 무언가를 손에 들고 새에게 먹이는 중이었다. 새와 사람이 서로를 빤히 바라보고 있었다. 새는 먹고, 브리지 부인은 새를 살피는 듯했다.

귀스가 한 걸음을 떼자, 브리지 부인은 그 기척을 알아차렸다. 그녀의 실루엣이 일어서자, 발치에 있던 큰바다쇠오리는 놀란 표정으로 위를 올려다보았다. 브리지 부인은 일복에 손을 문지르더니 귀스가 무어라고 묻기도 전에 해명했다. 방에서 청소를 조금 하고 있었다고, 청소할 거리가 많았다고. 그렇게 말하는 동안 그녀의 오그라든 턱에 주름이 졌다. 그 주름이 낡아 빠진 체를 생각나게 했다. 귀스는 상냥한 표정을 지을 새가 없었다. 그녀의 해명이 즉시 바뀌었기 때문이었다. 부인은 새가 눈물짓는 소리를 냈다고 했다.

「새가 눈물짓는 소리를요?」귀스는 의아해하는 어조로 되받았다.

「그래요, 새가 눈물짓는 소리를 냈어요. 그게 뭐 이상한가요?」

「새가 눈물짓는다고요? 그런 소리는 처음 들어 봐요.」

「그럼 그냥 듣기 편하신 대로 운다고 할게요. 어쨌거나 새도 이렇게 갇혀 있으면 불행하죠. 저는 새한테 위안을 주고 싶었어요.」

「새를 싫어하시는 줄 알았는데요.」

「무엇이든 이 땅에 있는 걸 싫어하진 않아요. 나한테 무언가를 싫어할 시간이 있겠어요?」

큰바다쇠오리는 그녀의 치맛자락에 비벼 대면서 어리광 피우는 듯한 소리를 내고 있었다. 브리지 부인은 한 손으로 새를 밀었다. 엄격한 모습을 보이려 했지만, 정작 새에게 다가갈 때는 손길이 부드럽고 다정해졌다. 그러다가 문득 냉정을 되찾은 듯, 어깨를 으쓱하고 턱을 천장 쪽으로 들더니 눈을 그 너머 보이지 않는 하늘 쪽으로 올렸다. 마치 몸의 어떤 부분은 나머지 부분과 독립된 채 따로 움직이는 것 같았다. 이윽고 부인은 탈구된 사람처럼 스르르 몸을 움직여 걸레를 들고 방에서 나갔다.

그러고 보니 스코틀랜드 사람들이 그의 삶을 터무니없는 것으로 만들고 있었다. 브리지 부인은 2주일 전만 해도 그가 데려온 큰바다쇠오리를 요리하기라도 할 것처럼 굴었는데, 이젠 그 새가 불행하다는 말을 서슴지 않았다. 뷰캐넌은 동물학자 행세를 하면서 자연 속의 동물을 상대로 어떻게 해야 하는가에 관한 의견을 들려주었다. 그의 발치에 있는 큰바다쇠오리는 오리처럼 앉은 채로 잤다. 아니면 그냥 쉬고 있는 것일 수도 있었다. 큰바다쇠오리가 알아차릴 만한 일은 아니지만, 귀스는 브리지 부인에게 불만을 가진 것처럼, 뷰캐넌도 마뜩잖게 여기고 있었다. 두 사람 모두 어떤 식으로든 그가 죄의식을 느끼도록 만들고 있었다.

귀스는 다시 편지를 펼쳤다. 가르니에 관장이 얼마나 흥분해 있는지 짐작할 수 있었다. 귀스에 대한 칭찬이 끊이지 않았다. 큰바다쇠오리의 희귀성을 강조하는 것도 빠뜨리지 않았다. 귀스가 관심을 갖고 살펴본 뒤로, 모두들 그 점을 강조한다는 점을 알게 되었는데, 관장도 예외가 아니었다. 그 희귀성은 한 해에 알을 한 개만 낳는다는 점 때문에 더 심각해졌다. 새의 특성이 그러하니 개체군을 아주 새롭게 만들기가 어려울 수밖에 없었다. 한편으로 보자면, 1775년에 뉴펀들랜드 정부가 개체의 포획을 일절 금지한 적이 있었다. 실패로 돌아가긴 했지만 말이다. 따라서 관장은 큰바다쇠오리를 데리고 있는 귀스가 과학을 위해 그 중요성을 이해하기를 바랐다. 이어서 그는 실제적인 지침을 제시했다. 귀스는 됭케르크로 출발하는 배를 타야 했다. 그런 배는 많이 있었다. 그리고 됭케르크에 도착하면, 박물관에서 보낸 마차를 타고 릴로 가야 했다. 가르니에 관장은 새가 헤엄칠 수 있도록 저수조를 만들 참이었다.

귀스는 편지를 넓적다리에 내려놓았다. 너무 피곤해서 몸을 일으킬 수가 없었다. 그는 큰바다쇠오리를 바라보았다. 새는 눈을 감은 채로 안쪽 벽을 향해 머리를 가만히 세우고 있었다. 새의 몸통이 올라갔다 내려가기를 되풀이했다. 숨을 쉬고 있는 것이었다. 전혀 놀랄 일이 아니었지만 그 모습에 귀스는 감동을 받았다. 큰바다쇠오리가 **살아 있었다**. 사람처럼, 사람이 공기를 필요로 하듯이, 반사 행동을 보이고 있었다. 만약 공기가 부족해진다면 새는 귀스와 똑같은 방식으로, 똑같은 폭력성을 보이면서, 숨이 막혀 고통을 받을 것이었다. 어떤 관점에서 보면 귀스와 큰바다쇠오리는 별로 다르지 않았다. 다만 귀스는 온전한 행복을 누리고자 계속 이력을 쌓고 자신의 미래를 건설하고 결혼을 해야 했을 뿐. 귀스 앞에는 미지의 동물로 가득 찬 세계가 있었고, 그 세계는 귀스처럼 떠날 준비가 되어 있는 사람들을 부르고 있었다. 그가 큰바다쇠오리 한 마리를 위해 자신을 희생할 수는 없었다.

「그 사업 계획은 우스꽝스러워요. 우습지 않은 게 하나도 없다고요. 그런 식으로 일할 거라면 이 큰바다쇠오리가 그냥 엘데이섬에 깃들이도록 내버려두는 게 나았을 거예요.」

뷰캐넌은 여느 때처럼 오후 5시에 왔다. 그의 말이 옳았다. 그들 모두의 말이 옳았다.

「이 새한테 짝을 찾아 주세요. 저희끼리 어울려 살며 번식하게 해주세요.」

뷰캐넌이 무슨 말을 하는지 귀스로서는 이해할 수가 없었다. 귀스는 스스로를 노아라고 생각하는 사람이 아니었다.

「왜 짝이 있어야 하죠? 이 새가 암컷인지 수컷인지 어떻게 알아요?」

뷰캐넌은 사실 자기도 모른다고 답했다. 귀스는 실망했다. 그는 자기가 데리고 있는 그 새의 성별을 구분하고 싶었다. 하지만 다른 개체들과 함께 어울려야 이 새를 다른 새들과 비교해 볼 수 있을 텐데, 그럴 수가 없으니 암컷과 수컷의 차이를 알 수가 없었다. 그가 데리고 있는 새는 그 종의 크기를 갖추고 있을 뿐이었다.

 시간이 흘러, 뷰캐넌이 떠난 뒤에, 귀스와 큰바다쇠오리는 바닷가로 갔다. 열흘 전부터 그는 한 척의 작은 배를 활용했다. 바다로 나아가 큰바다쇠오리가 더 깊은 곳에서 헤엄칠 수 있도록 사들인 배였다. 배를 타고 나갈 때 귀스는 큰바다쇠오리를 자기가 박아 놓은 말뚝에 맸다. 그는 몇 미터쯤 노를 저어 나아가서 끈에 묶여 있는 큰바다쇠오리를 물에 내려놓고 그 새가 멀리 헤엄칠 수 있게 해주었다. 문득 몇 가지 생각이 밀려왔다. 번식하지 못하게 될 동물을 프랑스에 보내는 게 무슨 소용이 있을까? 아무 소용이 없다. 큰바다쇠오리의 앞날은 내가 여기서 어떻게 하느냐에 달려 있다. 내 결정에 따라 살 수도 있고 죽을 수도 있다. 나 역시 이 큰바다쇠오리에게 닥칠 운명에 따라 내 인생을 성공시킬 수도 있고 망칠 수도 있을 것이다.

 며칠 전부터 큰바다쇠오리는 헤엄을 칠 때 예전보다 끈을 덜 세게 당겼다. 귀스의 뜻에 적응한 모양이었다. 귀스가 곁에 있어서 안심을 하는지도 모를 일이었다. 마치 큰바다쇠오리가 자기 주위에 있는 뱃사람들이나 작은 범고래들의 위험성을 헤아리고 있는 것만 같았다. 그 정도는 아닐지라도 큰바다쇠오리가 홀로 따로 있다고 느끼는 게 아닐까 하는 생각이 들긴 했다.

바로 그 순간, 큰바다쇠오리가 부리를 하늘 쪽으로 내민 채 물 위로 떠올랐다. 목을 웅크리고 있는 모습이 이상하기도 하고 우습기도 했다. 이따금 큰바다쇠오리는 부리를 벌리면서 한쪽 옆눈을 귀스 쪽으로 던지곤 했다. 귀스는 그 새가 큰바다쇠오리의 방식으로 자기에게 더없이 상냥한 미소를 짓고 있다는 인상을 받았다.

그렇게 큰바다쇠오리는 15미터쯤 떨어진 곳에서 물 위에 뜬 채로 휴식을 취하며 만족스러운 모습을 보였다. 작은 배에 앉아 그런 큰바다쇠오리를 보노라니, 아니 그보다 자기 자신의 모습을 보노라니 묘한 기분이 들었다. 자기와 큰바다쇠오리가 한 팀을 이루고 있다는 느낌, 둘이 친구가 되었다는 느낌이 드는 것이었다. 큰바다쇠오리는 물속에 들어가면 눈알이 유백색으로 변했다. 귀스는 작은 배를 타고 나가기 전에는 그 사실을 알아차리지 못했다. 그게 반사 작용의 효과인지, 다시 말해서 하늘과 바다의 엷은 빛깔이 큰바다쇠오리의 홍채와 헷갈리는 건 아닌지 궁금했다. 그런 불투명한 빛깔이 문득 나타난다는 건 재미있는 일이었다. 한번은, 눈의 한쪽 끝에서 다른 쪽으로 걸쳐진 가상의 막대에 커튼이 걸린 것 같은 느낌을 받기도 했다. 이따금 큰바다쇠오리는 물속에 들어갔다. 아마도 그 속에서 물고기를 삼키는 것 같았다. 다시 수면 위로 나타날 때면, 목이 부풀어 오른 모습이 보이고, 부리의 연장선처럼 이어진 곧은 척추를 따라서 공 모양의 물고기가 내려가는 것도 보였다.

귀스와 큰바다쇠오리는 오래도록 그러고 있었다. 귀스의

손가락이 얼음처럼 차가웠다. 〈왜 나는 이토록 불편한 일을 벌이는 거지?〉라는 생각이 들었다. 그는 바닷가로 돌아와 말뚝에 끈을 다시 매어 놓고 작은 배를 끌어 올린 다음, 뱃전에 등을 기대고 앉았다. 큰바다쇠오리는 물에서 나와 여느 때처럼 뒤뚱뒤뚱 걸어왔다. 그때 귀스가 처음으로 겪는 일이 벌어졌다. 끈을 잡아당길 필요도 없었고 아직 파도에서 빠져나오지 않은 큰바다쇠오리를 억지로 붙잡을 필요도 없었다. 처음에 큰바다쇠오리는 별로 빠르지 않게 나아왔다. 그러다 물이 괴어 있는 마지막 웅덩이를 지나자 걸음새가 빨라지더니, 춤추듯 뒤뚱거리면서도 민첩하게 다가왔다. 그러면서 날카롭게 한 차례 소리를 질렀다. 총알이 지나가는 것과 같은 짤막한 소리, 말하자면 환희의 외침이었다. 귀스는 마치 총알에 맞기라도 한 것처럼, 가슴과 한쪽 팔 사이의 재킷 품 안으로 새의 부리를, 물에 젖어 반들거리는 새의 몸뚱이를 맞아들였다. 새의 심장 가까운 어딘가에서 발산되는 열기가 느껴졌다.

귀스는 움직일 엄두가 나지 않았다. 그 순간을 멈추기가 두려웠다. 바닷새 한 마리가 그를 자기네 종의 일원으로 여기는 것 같은 순간이었다. 확신컨대, 그는 큰바다쇠오리가 그르릉거리는 소리를 들었다. 고양이가 만족감을 표시할 때 내는 듯한 소리를 들었다는 것은 당연히 어리석은 생각이었다. 큰바다쇠오리는 그런 소리를 내지 않는다. 하지만 그 새가 들릴 듯 말 듯, 비둘기가 내는 소리보다 더 약하게 그르릉 소리를 냈다는 데에는 이론의 여지가 없었다. 분명 〈슈우〉하는 소리를 중단하고 무언가를 굴리는 듯한 소리를 냈다.

시간이 얼마나 흘렀는지 가늠할 수 없었다. 몇 초 또는 몇 분이 흐른 뒤에, 그는 한쪽 손을 들어 새의 머리 위에 가만히 두었다가 목에 내려놓았다. 그 조심스러운 손길은 등에 닿는 것으로 마무리되었다. 등은 따뜻했고 맥박처럼 팔딱거렸다. 양쪽 날개가 등을 감싸고 있었는데, 그 벌어진 날개 사이로 두 손가락을 미끄러뜨리니 가슴에 가서 닿았다. 이제 귀스에게는 젖은 것과 마른 것, 따뜻한 것과 찬 것이 구분되지 않았고, 바다 냄새도 느껴지지 않았으며, 자기가 앉아 있는 조약돌들도 그를 더는 아프게 하지 않았다. 하나의 살아 있는 존재가 그에게 자기를 내맡기고 있었다. 그가 본래의 삶의 터전에서 끌어낸 생명체가 그를 신뢰하고 있었다.

큰바다쇠오리는 얼마 동안 움직이지 않았다. 귀스는 이번에도 시간이 얼마나 흘렀는지 알 수 없었다. 모든 게 고요했다. 무엇 하나 적대적이지 않았고, 불쾌감조차 주지 않았다. 거기엔 모든 것이 있었다. 먹고사는 데 필요한 물고기가 있었고, 갈증을 풀어 줄 물이 있었으며, 연구할 만한 동물이 있었고, 몸을 시원하게 해주는 바람과 몸을 덥혀 주는 벽난로가 있었다. 귀스는 동물 한 마리를 프랑스에 보내는 일을 의무로 삼기보다, 위험이 따르더라도 다른 일을 하는 게 나을 수도 있었다. 큰바다쇠오리를 면밀하게 관찰하면서 그 움직임을 기록으로 남기고 계절에 따라 어떤 변화를 겪는지 알아보는 게 진정한 의무일 수도 있는 것이었다. 생각해 보니 가르니에 관장이 그의 의견에 동의할 것 같기도 했다. 거부를 정당화할 만한 이유가 없어 보였다.

큰바다쇠오리가 그에게서 떨어져 조약돌 위를 다시 걷기

시작했다. 귀스는 자기가 애를 쓴 덕에 먹이를 잘 먹은 그 새, 자기를 선택하고 자기에게 의존하는 그 피조물을 바라보았다. 소리쳐 그 새를 부르고 싶었다. 그 새가 자기를 향해 달려오거나 그냥 다시 미소를 지어 주기만 해도 좋을 것 같았다. 그는 새가 암컷인지 수컷인지 모르고 있다는 사실을 떠올렸다. 난처한 일이었다. 성별을 무시하고 똑같은 방식으로 말을 걸 수는 없었다. 하지만 사실 새하고 말을 나누지는 못한다. 상대는 〈큰바다쇠오리〉이고 〈동물〉이고 〈새〉일 뿐이었다. 혹시 프랑스어로는 바다쇠오리도 동물도 새도 모두 남성 명사라서 그가 상대를 수컷으로 여기는 것은 아닐까? 만약 그가 고래를 데리고 와서 키웠다면, 아마도 프랑스어로 고래가 여성 명사라는 점 때문에 그 동물을 암컷으로 여겼을지도 모를 일이었다. 만약 그가 영어로 새에게 말을 건다면 어떻게 되었을까? 아마 그런 문제가 제기되지는 않았으리라.

큰바다쇠오리가 걸음을 멈추더니 조약돌 위에 선 채로 휴식을 취했다. 두 다리를 기둥 삼은 듯 몸을 곧게 세우고, 마치 귀스와 함께 풍경에 관해 평을 하듯이 머리를 그와 수평선 쪽으로 번갈아 돌렸다. 큰바다쇠오리가 자기 영역의 규모를 그에게 알려 주는 것 같았다. 얼마나 광대하고 깊은지, 귀스가 상상할 수 없는 바를 보여 주려는 듯했다. 사실 귀스에게는 광대한 잿빛 하늘이 그저 시야를 막아 버리고 음산할 뿐이었다. 그 모든 것이 큰바다쇠오리에게 속해 있었다. 아니, 예전에는 큰바다쇠오리가 향유하던 것들이었다. 이젠 귀스에게 속해 있지만, 원래는 그 모든 것을 누리던 존재였다. 큰바다쇠오리 한 마리가 이제는 그냥 큰바다쇠오리가 아니라, **그의** 큰바다쇠오리였다. 귀스는 이 큰바다쇠오리와 많은 것을 공유했다. 파도를, 모래톱을, 얼음처럼 차가운 바람의 힘을, 이따금 날이 갤 때의 부드러운 빛살을, 조약돌의 단단함을. 이 새는 그가 이름을 지어 주고 싶은 큰바다쇠오리, 그가 고양이나 말이나 앵무새의 이름을 지어 부르듯이 이름을 불러 보고 싶은 큰바다쇠오리였다. 앵무새 역시 야생의 새이고 큰바다쇠오리가 심연으로 다가가듯 인간이 가본 적 없는 열대림 우듬지층 위쪽으로 날아오르지만, 그 앵무새를 이름으로 부르듯이 큰바다쇠오리를 부르고 싶었다.

귀스는 몸을 일으켰다. 그러고는 새 쪽으로 걸어가면서 새에게 무슨 이름을 지어 줄지 궁리했다. 첫걸음을 떼자, 바다의 신을 가리키는 남성 명사 넵튄이 생각났다. 두 번째 걸음을 떼었을 때는 바다의 여신을 가리키는 여성 명사 테티스가 떠올랐다. 세 번째 걸음에는 남자와 여자가 공통으로 쓰는 이름인 도미니크가, 네 번째 걸음에는 어떤 형용사를 찾아보았다. 다섯 걸음을 떼어 큰바다쇠오리 가까이에 다다랐을 때 마침내 괜찮은 이름이 떠올랐다.

그는 몸을 낮추고, 돌아갈 참으로 큰바다쇠오리를 품에 안았다. 이제부터 새의 이름은 〈프로스퍼러스prosperous〉가 될 것이었다. 큰바다쇠오리의 배가 둥그스름해서 번영 prospérité을 생각나게 하기 때문이기도 하고, 프랑스 사람이 이해할 수 있는 영어 단어이기 때문이기도 하며, 무언가 행복의 전조 같은 것을 담고 있는 이름이기 때문이기도 했다. 보통 때는 줄여서 프로스프라 부를 참이었다. 오귀스트를 귀스라 부르듯이.

 일주일이 지났다. 귀스는 자기의 제안을 편지에 담아 가르니에 관장에게 보냈다. 그 전날, 뷰캐넌은 큰바다쇠오리에게 놀라운 변화가 생겼음을 알아차렸다. 양쪽 눈 앞에 있던 흰 반점이 사라진 것이다. 아니, 사라졌다기보다는 뚜렷하지 않고 어렴풋하게 보였다. 반면에 몸통의 흰 깃털은 머리의 상당 부분을 차지할 만큼 위쪽으로 자리를 넓혔다. 그렇게 변하니 큰바다쇠오리가 더 상냥한 느낌이 들었다. 귀스는 이미 큰바다쇠오리를 데리고 살던 초기부터 그런 현상이 나타나고 있음을 알았다. 다만 뷰캐넌도 귀스도 그런 현상이 왜 일어나는지 몰랐다. 그저 억류 상태의 부작용이거나 철에 따른 털갈이가 아닐까 생각할 뿐이었다. 사실, 귀스가 나중에 알게 된 바이지만, 그 두 가지 변화는 번식기가 되었음을 알려 주는 것이었다.

 귀스는 그런 변화를 좋아하지 않았다. 변하고 나면 프로스프가 위험성이 덜한 거위가 된 것 같은 느낌이 들었다. 밤중에 프로스프를 정면으로 바라볼 때면 어둠 속으로 사라진 듯 머리가 보이지 않았다. 예전에는 불빛이 없어도 양 눈 앞쪽의 흰 깃털이 받침 접시처럼 나타나 길쭉하고 무시무시한 구멍을 대하는 느낌을 주었는데, 변화가 나타난 뒤의 새는 어떤 이국적인 식물과 비슷해 보였다. 마른 나무 한 조각 위에 버섯 두 자루가 올라온 듯한 형상이었다. 그 발견 이후에, 낮 동안 귀스는 그 변화의 여러 단계를 크로키하며 많은 시간을 보냈다. 가르니에를 위해서, 과학을 위해서 노력한 것일 뿐만 아니라, 행복을 위해서, 만약 행복이 아니라면 프로스프와 자기 자신이 받아들일 만한 삶을 위해서 노력한 것이었다.

다만 스트롬니스에서 사는 삶이 견딜 만하다는 생각은 갈수록 있을 법하지 않게 변해 가고 있었다. 아마도 그는 그런대로 견딜 만하다고 생각하고 있었을 터였다. 하지만 술집에서 에이나르손을 만나 그 뱃사람이 큰바다쇠오리 보존을 값비싼 변덕쯤으로 여기며 화내는 소리를 들은 뒤로는, 그런 분노의 감정이 이 섬에 아주 널리 공유된 것이라는 느낌을 갖게 되었다. 인간은 동물을 팔거나 잡아먹어야 하고 아니면 동물에게 일을 시켜야 한다는 것, 그 생각은 이곳 섬사람들의 생득적인 개념 같은 것이었다. 사실, 프로스프를 만나기 전이었다면 귀스도 그들의 생각에 동의했을 것이다. 예외로는 시정이 넘치는 방식으로 실내를 장식해 주는 사랑앵무와 앵무새가 있지만, 그 새들은 빛깔이 아름답다는 점을 말하지 않을 수 없다. 그건 프로스프와는 다른 차원의 얘기였다.

그가 느끼던 바대로, 얼마 전부터 스트롬니스 시내에서 산책을 하다 그가 다가가면 사람들은 입을 다물기 일쑤였다. 여자들은 따가운 눈길로 그를 흘겨보았다. 그녀들은 어떤 물건을 제값보다 두 배 비싸게 팔겠다는 속셈이 있을 때만 그에게 말을 했다. 게다가 그런 속내를 감추지도 않았다. 그가 품질이 가장 낮은 칼을 사려 한다든가, 다른 손님이 그의 앞에서 제값을 낸 바 있는 초 한 자루를 사려 할 때 천문학적인 가격을 부르기도 했다. 그럴 때면 귀스는 아무것도 알아차리지 못한 척했다. 거스르지 않는 것, 물의를 일으키지 않는 것은 어쩌면 별로 영리한 행동이 아닐 수도 있었다. 하지만 그는 두려웠다. 얼마 지나지 않아 몇몇 섬사람은 더욱 대담한 모습을 보이며, 그가 키우는 〈바닷새〉의 소식을 물어 왔다. 물론 그들은 대답을 기다리지 않았다. 그들의 어조에는 미묘한 위협이 담겨 있었고, 그러지 않더라도 조롱이 어린 건 분명했다. 어느 날, 그를 바라보던 한 남자가 닭의 목을 비트는 듯한 동작을 해 보였다. 자기 배꼽 높이에서 두 주먹을 꽉 쥐고 서로 반대 방향으로 돌리면서 비틀어 대는 시늉을 하는 것이었다. 남자는 귀스가 들어갔다 나온 식료품점 맞은편의 벽에 등을 기대고 있었다. 남자가 동작을 끝내고 웃었을 때, 귀스는 검은 막대기 같은, 남자의 썩은 이들을 보았다.

저녁에 사람들이 모이는 술집에 가고자 할 때면 그는 뜨내기 뱃사람들이 즐겨 들르는 곳만 찾았다. 그런 곳의 뱃사람들은 귀스와 그의 큰바다쇠오리에 관해 들어 본 적이 없었다. 그는 살아오면서 자기가 한 공동체에서 따돌림을 받는 혐오 대상이 되리라고 상상해 본 적이 없었다. 가장 먼저 그에게 뱃사람들을 조심해야 한다고 일러 주었던 뷰캐넌은 그런 일이 일어나리라는 것을 일찌감치 예상한 셈이었다. 브리지 부인 역시 그에게 그런 주의를 주었다. 그러다가 어느 날인가는 누군가가 집의 현관문에 못질을 해서 붙여 놓은 쇠부엉이를 보기까지 했다. 부인은 그 새의 시신을 만지지도 못하고 숨을 헐떡이며 바들바들 떨었다. 귀스는 문에서 쇠부엉이를 떼어 낸 다음 30분 동안 손을 씻었다. 그런 일을 당하고 나니 더는 겁이 나지 않았다. 마음 같아서는 그 못된 자를 찾아내어 단단히 벌하고 싶었다.

귀스는 스트롬니스를 떠나기로 결심했다. 살인자가 되든 피살자가 되든 불상사로 이곳 생활을 마무리하는 것은 부질없었다. 이번엔 뷰캐넌도 그와 생각이 같았다. 뷰캐넌은 아우터헤브리디스 제도를 추천했다. 별로 멀지 않고 기후가 나쁘지 않으니, 거기로 가면 좋겠다는 것이었다.

「물론 여기보다 훨씬 작은 곳, 그러니까 어떤 마을을 골라서 자리 잡는 게 나을 겁니다. 아무에게도 폐를 끼치지 않아도 되는 곳으로 가셔야 한다는 거죠.」

「그 말씀은 프로스프가 아무도 성가시게 하지 않는 곳으로 가야 한다는…….」

「내 말이 바로 그겁니다. 이곳은 상당히 낙후되어 있어요. 여기에서 어렵게 사실 이유가 없어요.」

어디로 갈 것인지 계획을 세워야 했다. 가르니에가 답장을 해주지 않은 터라 귀스는 돈이 없는 처지였다. 프랑스로 귀환하라고 미리 받은 돈이 있긴 하지만 그 돈은 당분간 보관해 둘 작정이었다. 돈을 얻기 위해 어머니에게 편지를 써야 했다. 어머니가 지대를 받고 있긴 했지만, 그 금액은 얼마 되지 않았다. 그럼에도 귀스는 어머니에게 몇 달 동안만 자기를 도와 달라고 부탁했다. 돈을 갚겠다고 약속한 건 물론이었다. 자기는 큰 사업 계획을 실행에 옮길 예정인데, 그 결과로 나중에 많은 돈을 벌게 될 것이고 명예도 얻으리라 설명했다. 비록 얼마 동안 세월이 흐르기 전에는 그들 모자가 다시 만나지 못할 테지만, 어머니는 아들을 믿어 줄 것이었다. 위대한 탐험가를 자식으로 둔 어머니들은 으레 자식을 보지 못하는 채로 살면서, 여러 해 동안 바닷가 부두에 서서 자식을 기다리게 마련이었다. 귀스는 어머니가 어떤 분인지 이미 알고 있었다. 자식을 사랑하고 감탄하며 바라보는 그 나무랄 데 없는 여인은 필요하다면 자식을 위해 주저 없이 자신을 희생할 분이었다. 사실 그가 돈을 갚겠다고, 명예를 얻으리라고 말한 것은 완전한 진심이었다.

그는 아우터헤브리디스로 갈 때 탈 만한 배가 있는지 알아보았다. 가는 배가 많지 않았다. 그래서 그는 캐나다를 생각했다. 허드슨만 회사의 배를 알아보았더니, 한 척이 보름 뒤에 스코틀랜드 이민자들과 화물을 싣고 출발한다고 했다.

그와 뷰캐넌은 며칠에 걸쳐 오후에 만나 의견을 나눴다. 때로 귀스는 뷰캐넌이 자기랑 함께 가고 싶어 하지만 모든 걸 두고 떠날 용기가 없다고 생각했다. 그들은 프로스프에 관해서 얘기하고, 프로스프를 바라보고, 프로스프를 그렸다. 자기들이 관찰한 것을 바탕으로 큰바다쇠오리에 관한 이론, 더 나아가 일반적인 야생 동물들에 관한 이론을 구상하기도 했다. 그들은 집에서 기르는 짐승들이 어떻게 자기네 감정을 나타내는지에 관해서도 토론을 벌였다. 두 사람 모두 예외적으로 충직한 개들을 예로 들었다. 귀스는 자기 지인(루소)의 경험을 떠올렸다. 그 지인은 자기 개가 죽었을 때 크게 상심한 적이 있었다. 두 사람은 집짐승을 대하는 그런 방식을 자연스럽게 큰바다쇠오리에게도 적용하고 있었다. 그러다가 아프리카나 인도에 사는 커다란 야수들의 삶을 상상하기 시작했다. 〈호랑이의 가족생활에 관하여 우리는 무엇을 알고 있는가?〉,〈코끼리들이 집단을 이루어 사는 이유는 대체 무엇일까?〉라는 식으로 물어 가면서.

뷰캐넌은 기린을 본 적이 없는 터라(귀스는 파리에서 본 적이 있었다), 그 동물이 어떻게 움직이는지를 머릿속에 그릴 수 없었다. 귀스는 기린을 묘사하려고 했지만 막상 그려 놓고 보니 그 모습이 갈대와 꽤 비슷했다. 그러자 뷰캐넌은 바람에 흔들리는 풀잎을 연상하면서 그림 속의 동물이 그렇게 움직이리라고 상상했다. 그러자 그 짐승의 다리가 후들거리고 몸이 비비 꼬이는 모습이 보이더니, 결국엔 지붕용 사다리처럼 높다란 왜가리 형상이 되었다. 그는 자기 상상이 현실과 동떨어져 있다고 생각했다. 귀스는 코뿔소의 모습을 상상하는 데에 어려움을 겪었다. 책에서 상세한 서술을 읽긴 했지만, 거북의 등딱지 같은 단단한 껍데기가 등을 이루고 있는 모습을 머릿속에 그리지 않을 수 없었다. 게다가 코뿔소의 몸무게가 얼마나 되는지, 코뿔소가 걸어가면서 이동시키는 공기의 양이 얼마나 많은지 등을 짐작할 수 없어서 답답한 기분을 느꼈다.

프로스프를 만지다 보면, 한 동물과 촉각으로 관계를 맺는 것이 중요하다는 느낌이 들었다. 그래서 프로스프의 발가락 끄트머리를 만질 때도 궁금증 때문에 안달이 났다. 살가죽의 두께나 털의 모양새, 깃털의 길이를 모른다면 동물을 이해할 수 없으리라는 생각이 들었다. 귀스와 뷰캐넌은 자기들이 프로스프를 관찰하면서 얻은 추론이나 조사해서 알아낸 바를 긴 설명문으로 작성하곤 했다. 다른 개체들을 관찰하는 데에 활용할 수 있도록 나름대로 노력을 기울인 것이었다.

 그렇게 같이 작업을 하면서, 그들은 세상의 생명에 관해 함께 공부했고 생명의 풍요로움에 경탄했다. 생각하면 할수록, 무한히 펼쳐져 있는 그 다양한 형상들은 어떤 감춰진 질서에 응답하는 것처럼 보였고 그런 기적은 마냥 놀랍고 신비로워 보이기만 했다. 그런데 그들이 느낀 신비는 어린 시절에 숭배하도록 배운 그 신비와는 성격이 달랐다. 신의 뜻이 만물에 작용한다는 가르침보다 더 기이하고 짜릿한 현기증을 느끼게 했다. 그들의 눈에 보이는 모든 것은 내적인 기계 장치에 의해 움직이고 있었다. 그 움직임에는 원인과 결과가 있었고, 그것들이 다른 원인과 결과를 만들어 냈다. 그 이유를 설명할 수는 없지만, 과학이 보여 주듯 그렇게 일이 벌어지고 있었다. 그건 자신의 규칙을 가진 세계였다. 규칙들은 거의 화학적이었고, 끓으면 증기로 변하는 물이나 사람이 던지면 땅으로 떨어지는 물체처럼 논리적이기도 했다. 종들의 존재와 관련된 자율적인 규칙, 변화무쌍한 식물들이 존재하는 것에 관한 규칙, 외부의 영향을 받으면서도 혼자 그 자체로 살아가는 존재와 관련된 규칙도 있었다. 다만 그들은 그런 규칙들이 어떻게 전개되는지 그 양상을 모르고 있었다. 때로는 이런 궁금증을 갖기도 했다. 프로스프의 조상들은 하늘을 날 수 있었던 자기들의 날개가 퇴화했음을 어느 날 깨닫게 되었을 텐데 그러기까지 얼마나 많은 세월이 걸렸을까?

 「아무래도 프로스프의 짝을 하나 찾아봐야겠어요.」 어느 날 뷰캐넌이 자기 생각을 말했다.

그가 말하는 짝이 암컷인지 수컷인지를 가려야 하는 문제가 있었지만, 명사의 성을 구별하지 않는 영어는 또다시 그 까다로운 성별의 문제를 제기하지 않게 해주었다.

「프로스프는 사제와 같은 존재예요. 깃털의 빛깔을 보아도 사제의 복장과 닮지 않았나요?」 귀스가 대답했다.

「하지만 우리끼리 이런저런 얘기를 다 해보고 나니, 프로스프를 자기 종과 단절시킨다는 사실에 마음이 무겁지 않나요?」

「예전에 하신 말씀이 생각나는군요. 내가 지금 프로스프를 포기하면, 프로스프가 조용히 알 하나를 품기보다는 스튜 냄비 속에서 생을 마감할 가능성이 더 많다고 하지 않으셨나요?」

뷰캐넌의 뺨에도, 목의 아래쪽에도, 이마의 한복판에도 붉은 반점이 나타났다. 마치 좁지만 아주 길게 늘어진 형태로 발진이 일어난 것만 같았다.

귀스가 말을 이었다.

「이건 개인적인 생각입니다. 언짢으시게 하려고 드리는 말씀은 아닙니다. 짝을 찾아 주는 문제에 왜 그렇게 마음을 쓰시는지요? 재미있기는 하지만, 이해하기는 쉽지 않습니다.」

뷰캐넌의 반점 쪽으로 피가 훨씬 많이 몰리는 것 같았다. 우스꽝스럽게도 그의 얼굴은 오래된 해양 지도처럼 보였다. 코의 양쪽에 꽤 넓은 대륙이 마주하고 있고, 그 위쪽의 머리털 뿌리 쪽에서 극점이 왔다 갔다 하는 형상의 지도 같았다.

「괜찮아요?」 귀스가 엄두를 내어 물었다.

「제가 곧 결혼합니다. 그러니까 제 말은, 아마도 그것 때문에 제 입에서 그 말이…… 프로스프의 고독에 관한 말이 나온 게 아닌가 싶습니다.」

그 소식을 들으니 귀스는 이상한 기분이 들었다. 노트를 앞에 두고 동물 연구에 관한 방법론을 적고 있던 자신이 우스꽝스럽게 느껴졌다. 그건 마치 이제 막 일곱 살 생일 잔치를 벌인 놀이 동무가 스스로 철들 나이에 도달했다는 핑계를 내세우며 아직 여섯 살인 그를 두고 가는 바람에, 어제만 해도 그 아이가 즐겁게 가지고 놀던 장난감들로 혼자 놀게 된 것과 비슷했다. 묘하게도 귀스는 배신당한 기분, 프로스프랑 같이 버림받은 기분, 함께 하던 모험을 혼자 떠맡게 된 기분을 느꼈다. 하지만 몇 초간 침묵을 지키고 나서 그는 뷰캐넌을 축하해 주었다. 하기야 달리 무슨 일을 할 수 있었으랴?

「프로스프랑 제가 캐나다로 가면 당연히 우리를 보러 오시겠군요.」 하고 말하면서, 귀스는 말꼬리를 지나치다 싶을 만큼 노래하는 듯한 어조로 바꾸었다.

사리에 맞는 일이었다. 결혼하고, 유복한 삶을 누리고, 자식까지 두어 가며 사는 게 당연했다. 사실 귀스는 뷰캐넌과 함께 프로스프를 데리고 먼 곳으로 떠나는 일을 생각해 본 적이 없었다. 하지만 그 스코틀랜드인이 덜 관례적인 삶을 산다고 상상하거나 그를 별난 행동에 동참할 만한 인물로 여기는 것은 기분 좋은 일이었다.

뷰캐넌은 평온을 되찾은 모습으로, 다시 말해 붉은 반점이 다 사라진 모습으로, 당연히 캐나다에 가겠다고 자신 있게 말했다. 그러고는 누구든 이 지상에 있는 자는 자연이 자기에게 부여한 운명을 떠맡아야 한다고 덧붙였다. 자기가 그러는 것처럼 귀스도 언젠가는 운명을 떠맡게 될 것이고, 프로스프도 머지않아 그렇게 되리라는 것이었다. 뷰캐넌은 귀스와 프로스프도 결혼하게 되리라는 말을 빼놓지 않았다. 그러고는 다시 얼굴을 붉혔다.

뷰캐넌이 자기 집으로 돌아간 뒤에는 모든 일이 여느 때와 다름없이 이루어졌다. 끈, 말뚝, 작은 배, 바다, 바닷가로의 귀환, 다시 말뚝, 작은 배 정돈. 그러고 나서 불쑥 백색, 아니 암흑의 시간이 찾아왔다. 아무튼 무언가 무시무시하고 고통스러운 것이 귀스의 머리를 강타했고, 곧이어 그는 고꾸라졌다. 바닥의 돌멩이가 그의 어깨에 닿았다. 마치 잠에 빠져드는 것 같기도 했고, 공기가 부족하거나 기진맥진해서 쓰러지는 것 같기도 했다. 그는 다리를 움직여 보려 했지만, 다리가 너무 무거워서 그럴 수 없었다. 손을 이마에 얹어 보려 했지만, 손이 마비되어 있었다. 정신이 얼떨떨하고, 머릿속에 추상적인 이미지들이 뒤엉켰다. 뇌 속에서 혈관들이 뒤죽박죽으로 얽히고, 비틀린 정맥이 목에서 팔딱거렸다. 이윽고 그는 눈을 떴다. 그러자 마치 눈이 소리를 듣기라도 한 것처럼, 미친 듯이 울부짖는 프로스프의 소리가 들려왔다. 그의 아픈 머릿속에서 울리는 소리였다.

남자가 바닷가를 달리고 있었다. 한쪽 귀는 피투성이가 된 채였다. 남자는 큰바다쇠오리 쪽으로 등을 구부렸다. 큰바다쇠오리를 꼼짝 못 하게 하고 부리 공격을 막기 위해서였다. 하지만 남자는 성공하지 못했다. 죽자 살자 버둥거리는 큰바다쇠오리를 잡는 건 거의 불가능했다. 하지만 남자는 새를 죽이려고 하지 않았다. 죽일 맘을 먹었으면 벌써 그렇게 했을 터였다. 남자는 비틀거렸다. 귀스는 아직 쓰러져 있었지만 눈을 뜬 채로 생각했다. 에이나르손인 게 분명하다고. 뱃사람들이 입는 작업복, 갈색의 반들거리는 머리털이 그걸 말해주고 있었다. 프로스프는 그의 팔뚝질을 피해 달아나더니 문득 능란한 걸음으로 작은 배를 향해 돌진했다. 그러더니 소리를 내지르며 물기슭 쪽으로 방향을 틀었다. 가슴을 앞으로 내밀고, 배는 뒤로 빼고, 부리를 벌린 자세였다. 에이나르손은 큰바다쇠오리를 어떻게 죽이는지 알았다. 하지만 엄청나게 흥분한 채로 자기를 물고 할퀴어 대는 새를 산 채로 잡는 방법은 알지 못했다. 어쨌거나, 그는 새를 잡으러 뒤를 쫓았다.

귀스는 두 손을 바닥에 대고 엉금엉금 기는 데에 성공했다. 그는 작은 배의 몸체에 오른쪽 다리를 기대 몸을 일으키려 하다가 도로 넘어졌다. 다시 시도하여 몸을 일으켜 보니 프로스프의 자취가 눈에 띄지 않았다. 그가 무언가를 보면, 실 모양의 검은 반점들이 나타나 보이는 물체에 가느다란 금이 갔다. 마치 깨진 유리창을 앞에 둔 채로 사물을 보는 것만 같았다. 에이나르손은 바닷가 왼쪽에서 바위들 앞을 왔다 갔다 하고 있었다. 귀스는 노를 지팡이로 사용하면서 그에게 다가갔다. 그 순간을 맞기 전에는 아마도 누군가를 미워한 적이 없었으리라.

나무로 머리통을 때리는 소리는 무겁고 무뎠다. 에이나르손은 갑자기 바위 앞 물웅덩이에 늘어진 신세가 되었다. 얼굴을 하늘 쪽으로 돌리고 있어서 입으로 물을 마셔야 하지는 않았지만, 한쪽 귓불에 상처가 나서 피가 흐르기 시작했다. 그때 귀스는 프로스프를 보았다. 프로스프는 숨어 있던 깊숙한 바위의 틈바구니에서 빠져나왔다. 귀스는 안도감을 느끼며 허물어졌다. 바닥에 등을 대고 널브러졌지만, 에이나르손이 쓰러진 자리에서는 조금 멀리 떨어져 있었다.

귀스는 큰바다쇠오리 덕분에 깼다. 프로스프는 그의 코를 여리게 깨물고 있었다. 그를 아프게 하려는 건 아니고, 그냥 꼬집는 것과 비슷한 동작이었다. 그렇게 그의 숨을 막았다가 누르던 것을 푸는 동작을 되풀이했고, 그 일시적인 호흡 정지가 귀스를 깨어나게 한 것이었다. 이튿날, 그는 자기 피부에 작은 구멍 두 개가 나 있는 것을 보았다. 큰바다쇠오리가 눌렀던 자리에 멍이 들고 그 안에 구멍이 난 것이었다. 혼수상태에서 막 깨어났을 때, 귀스는 에이나르손이 어떻게 되었는지 궁금했다. 경찰의 수배를 받는 신세로 전락하고 싶지 않았기 때문이었다. 그 뱃사람이 죽지는 않았을 터였다. 죽었다면 시체가 있어야 하는데 그 어디에도 자취가 없었다. 물론 바다가 시체를 멀리 실어 갔을 수도 있었다. 하지만 그건 별로 있을 법하지 않은 일이었다.

프로스프와 그는 얼마 동안 바다 앞에 머물러 있었다. 움직이지도 않고 서로 만지지도 않았다. 사람은 하늘을 올려다보며 누워 있었고, 큰바다쇠오리는 수평선에 눈길을 붙박고 서 있었다. 이제 어떻게 해야 하는지가 분명해졌다. 이튿날 떠나는 것 말고는 달리 해결책이 없었다. 미리 생각해 둔 목적지가 있었지만, 이제는 선택의 여지가 없어서 아무 데든 그냥 갈 수 있는 곳으로 떠나야 할지도 몰랐다. 결국 그는 오크니 제도에서 아이슬란드로 가는 뱃길의 중간쯤에 있는 페로 제도로 갔다. 그가 한 번도 가보고 싶어 한 적 없는 곳이었다.

II

그는 고래 고기 먹는 법을 배웠다. 검고 푸르고 장중한 풍경 속에서 양들이 놀고 있었다. 그는 그 양들 옆에서 뜀박질을 했다. 배를 타기도 했다. 어느 날인가는 해변 앞에서 물범 한 마리가 범고래에게 잡아먹히는 광경을 보았다. 그 물범이 당한 일을 프로스프도 겪을 수 있었으리라는 생각이 들었다. 만약 프로스프가 자기 마음대로 왔다 갔다 하며 살았다면, 그리고 그의 보호를 받으며 지내지 않았다면 그런 일을 당했을지도 몰랐다.

그는 언제나 프로스프를 바라보았고, 프로스프의 모습을 그림에 담았으며, 프로스프에 관한 글을 썼다. 그 큰바다쇠오리의 모든 동작이 목록에 기록되고 분류되고 문서로 작성되었다. 1836년 그해에 그는 큰바다쇠오리에 관하여 지상에서 누구보다 많이 아는 사람이 되어 가고 있었다. 그는 가르니에게 여러 통의 편지를 보내어 그런 사실을 알려 주었다. 가르니에는 더 욕심을 부리지 않고 그 해결책을 받아들였다. 어쨌거나 릴 자연사 박물관에는 파리 식물원에 딸린 것 같은 동물원이 없었다. 그리고 큰바다쇠오리를 파리 식물원에 딸린 동물원에 보내는 것을 귀스가 받아들일 리 없었다.

페로 제도에 도착한 뒤 귀스는 여자를 만나 사랑을 나누고 결혼해서 이제 그곳 사람임을 자처했다. 그런데 그가 생각하기에, 자기가 큰바다쇠오리나 아내와 온전히 의사소통하는 것 같지는 않았다. 큰바다쇠오리는 새이기 때문에 그러했고, 아내는 덴마크 왕국의 땅인 페로 제도의 사람답게 덴마크어를 하고 섬사람들의 사투리를 쓰기 때문에 그러했다. 그는 아직 덴마크어를 제대로 하지 못하는 처지였고, 사투리는 더듬더듬 할 수 있을 뿐이었다. 게다가 아내는 그 고장 사람인데, 그곳은 아마조니아만큼이나 이국적이었다. 끝없이 펼쳐진 하늘과 바다가, 어디서 끝나는지 모를 정글만큼이나 숨이 막힐 것 같은 기분이 들게 했다. 이따금 그는 엘린보르가 자고 있는 모습을 지켜보았다. 엘린보르는 강하고도 아름다운 여자였다. 머릿결은 프로스프의 깃털만큼이나 고왔다. 다만 그녀의 머리카락은 카나리아의 깃털처럼 노란색이었다. 엘린보르는 한쪽 어깨를 시트 밖으로 드러낸 채 한 손으로 시트를 잡고 있었다. 손바닥은 붉지만 손등은 하얬다. 하기야 몸 전체가 흰색이라 할 수 있었다. 그래도 여름에는 바람 탓인지 구릿빛으로 변했다.

잠자는 모습을 보면 엘린보르는 토라진 듯 입술을 쫑긋하고 있었지만, 그녀는 그가 보아 온 무엇보다도 고요하고 상처받기 쉬운 존재 같았다. 그녀가 무엇을 꿈꾸는지, 머릿속에 어떤 풍광을 그리고 있는지 궁금했다. 사실 그녀가 본 거라곤 깎아지른 듯 솟은 절벽, 그 벼랑들 아래의, 발을 담그려는 생각은 단 한 번도 할 수 없을 만큼 너무나 차가운 물, 그리고 풀만 자라고 눈길을 보낼 만한 것은 전혀 없는 언덕뿐이었다. 그녀는 숲이 무엇인지 알지 못했다. 나무가 어떻게 생겼는지조차 모르는 판국이었다. 페로 제도 어디에도 나무가 없으니 그럴 만도 했다. 엘린보르는 섬의 유일한 도회지인 자그마한 도시 토르스하운을 떠나 열 집이 모여 있는 이 마을에 왔다. 말하자면 남편을 위해, 그리고 프로스프를 위해 그런 선택을 한 것이었다. 그들은 울타리 안 집터의 한복판에 프로스프를 위한 풀장을 함께 만들었다. 그런데 마을의 모든 집이 그렇듯이, 그들 집 앞으로는 해변이 펼쳐져 있었다. 그래서 이 마을에서도 저녁마다 큰바다쇠오리를 바닷가로 데리고 나가 물놀이를 시킬 수 있었다.

바닷가의 모래는 검은색이었다. 그 모래를 밟으면 오크니 제도의 조약돌을 밟을 때보다 기분이 좋았다. 하지만 그 모래톱이 꼭 깨끗하다고 볼 수는 없었고 기름기 같은 것이 느껴지기도 했다. 그런 모랫바닥을 걸을 때면 귀스는 자기가 프랑스에서 보았던 바닷가를 떠올리면서, 엘린보르는 그런 바닷가가 어떤 모습일지 짐작할 수 없으리라 생각했다. 됭케르크를 예로 들자면, 그 바닷가의 모래톱은 창백할 정도로 희었고, 여름날이면 파란 하늘 아래에서 며칠에 걸쳐 반짝반짝 빛나기도 했다. 아내는 그렇게 백사장이 반짝이는 풍광을 몰랐다. 몇 달 전부터 프로스프는 물속에 들어가기 전에 귀스의 앞이나 뒤에서 모래톱을 걸었다. 저마다 자기 리듬에 맞춰 산책하는 셈이었다. 프로스프는 귀스가 모르는 자연의 요소와 풍광도 알고 있었다. 대양의 깊이, 구름처럼 모여드는 청어 떼, 고래들이 만드는 바닷속 그늘, 그리고 귀스보다는 엘린보르에게 더 친숙한 것들. 프로스프가 헤엄을 칠 때, 예전에는 귀스가 꼼꼼하게 감시를 했지만 이제 더는 그러지 않았다. 그는 잠에 빠져들거나 책을 꺼내 들었다. 그의 발목에는 프로스프의 다리에 묶인 끈이 감겨 있고, 그는 풀이 올라오기 시작한 둑에 등을 기댄 채였다. 비가 올 때는 그가 심어 놓은 말뚝들 끝에 방수포를 설치해 놓고 프로스프가 돌아오기를 기다렸다.

이따금 그는 스스로에게 물었다. 내 눈에 프로스프는 여전히 큰바다쇠오리인가? 여전히 한 마리 새인가? 아직도 낯설기만 한 수수께끼 같은 피조물인가? 나도 이 피조물도 서로를 제대로 이해하지 못하고 있는 것은 아닐까? 내가 이 피조물의 형태학이며 표현법과 관련하여 남다르게 많은 것을 안다 믿고 있지만, 실제로 우리는 서로에 대해서 잘 모르는 게 아닐까? 어쨌거나 귀스는 프로스프에게 너무 많이 신경 쓰고 있었다. 때로는 둘이 하나가 되어 있거나, 하나로 이어져 있다는 기분이 들 정도였다. 깃털이 부츠처럼 길게 자란 큰바다쇠오리를 옆에 데리고 다니는 일이 그에게는 모자를 쓰는 일만큼이나 자연스러워졌다. 뭍에서는 몸놀림이 둔해지는 그 큰바다쇠오리에게 〈자, 가자〉라고 말하는 것 역시, 부부가 외출할 때 엘린보르에게 문을 열어 주는 것만큼이나 평범한 일이었다.

깊이 생각해 보면 우스꽝스럽지만, 그는 자기에게 〈큰바다쇠오리의 혼〉이 깃들었다고 생각했다. 누구에게도 말한 적은 없었다. 입으로 말을 꺼낸 적도 없었고, 편지를 쓸 때 적은 적은 더더욱 없었다. 하지만 그는 프로스프가 느끼는 것을 자기도 느낀다고 믿었다. 프로스프가 속상해 있을 때면, 그도 기분이 좋지 않음을 보여 주었다. 눈을 반쯤 감은 채 두 발로 바닥을 딛고 가만히 서 있는 게 바로 그 자세였다. 그렇게 있노라면 그 자신이 모든 사정을 알고 도와주는 복수(復讐)의 토템처럼 느껴졌다. 귀스는 상냥한 말로 큰바다쇠오리의 기분을 풀어 주려고 애를 썼지만, 소용이 없었다. 큰바다쇠오리는 성이 잔뜩 나서 조금도 움직이지 않았다. 그러거나 말거나 귀스가 크로키 수첩을 꺼내 들어도 그 근엄한 태도에는 아무런 변화가 없었다. 오죽했으면 큰바다쇠오리가 목석처럼 군다고 그가 확신했으랴. 프로스프는 자기 방에서 벌을 받는 아이, 쟁반에 담아 준 음식을 먹는 것도 거부하는 아이처럼 행동했다. 프로스프의 성난 마음을 누그러뜨리려면 울타리 샛문을 열고 바닷가로 가는 오솔길 — 프로스프가 너무나 좋아하는 수영을 하러 가는 길 — 로 나서는 수밖에 없었다. 그러면 처음에 프로스프는 경멸이 담긴 게 분명한 표정으로, 그가 몇 발짝 걸어가는 모습을 지켜보았다. 이제껏 살아오면서 저토록 터무니없는 움직임은 처음 본다는 식의 표정이었다.

그러다가 프로스프는 지친 표정을 지으며, 더 고약한 경우에는 건방진 표정을 지으며 모래톱으로 이어지는 오솔길로 천천히 따라오기 시작했다. 목은 꼿꼿하고, 부리는 기뻐할 때 그러듯 하늘을 향하지 않고 땅바닥과 나란하게 내민 거만한 모습이었다. 그런데, 프로스프는 이 점을 알아차리지 못했겠지만, 그렇게 부리를 앞으로 내민 탓에 몸의 균형이 무너져서 뒤뚱거리는 걸음새가 훨씬 더 서툴러졌다. 그 걸음걸이가 유순해 보이기도 하고 우스꽝스러워 보이기도 해서, 귀스는 프로스프가 되도록 오랫동안 기분이 나쁜 상태로 있기를 바랄 정도였다. 하지만 1분쯤 지나면 프로스프는 바닷물의 자극에 반응했고, 그리하여 모든 것을 잊었다.

귀스가 페로 제도에서 두 번째 7월을 보내던 어느 날 아침, 프로스프가 내리 울부짖는 소리를 냈다. 귀스는 먼저 수리가 공중에서 날고 있을 가능성을 떠올렸다. 울타리 위쪽에서 수리가 날면 프로스프는 언제나 겁을 먹고 포식자를 피하려고 헛간으로 달아났다. 그런데 그날 프로스프는 몸을 숨기지 않고 날개를 퍼덕였다. 다시 말하면, 날개를 몸통에서 훨씬 더 멀리 떨어지게 벌린 채로 앞뒤로 격렬하게 움직였다. 프로스프는 마치 늑대가 동료들을 부르거나 동료들에게 경고하는 것처럼 머리를 공중으로 올린 채 울부짖었다. 꼭 구름을 향해 말을 거는 것만 같았다. 귀스는 프로스프에게 호흡 곤란이 오지 않을까 걱정스러웠다. 울부짖을 때마다 프로스프의 좁다란 가슴이 훨씬 더 좁아질 것만 같았다.

프로스프가 귀스를 보더니 그를 향해 달려들었다. 그러고는 그의 종아리를 부리로 한 번 꼭 찍고 즉시 달려 나가 울타리를 한 바퀴 돌았다. 귀스는 프로스프를 잡으려고 했지만 그럴 수가 없었다. 프로스프가 깨물기 때문이었다. 아무 일도 없었고, 별다른 소리가 나지도 않았다. 하늘을 보아도 위험하고 잔인한 맹금은 없었고, 수평선에 고래도 보이지 않았다. 인근에 사는 소란스러운 아이가 나와 있는 것도 아니었다(프로스프는 아이들을 좋아하지 않았다). 어느새 이웃 사람 하나가 울타리로 다가오고 있었다. 분명 울음소리에 마음이 끌렸을 터였다. 무엇보다, 짜증이 나지 않았을까 싶었다. 귀스는 사과했다. 이웃 사람 야쿱손은 이 시골 마을의 뱃사람 중 하나였다. 그는 귀스가 큰바다쇠오리를 제대로 다룰 줄 모르는 사람이라는 듯 한심해하는 눈으로 쳐다보았다. 그러다가 어깨를 으쓱하며 뒤로 물러갔다. 눈으로는 귀스가 큰바다쇠오리를 진정시키려고 부질없이 애쓰는 모습을 계속 지켜보았다. 귀스는 페로 섬사람들을 겪어 보고 한 가지 알아낸 점이 있었다. 남이 어떤 행동을 하는데 자기들이 보기에는 망상증에 가깝거나 기력이며 돈을 낭비하는 일이면 그 사람을 별로 도와주려 하지 않았다.

어쨌거나 프로스프는 계속 울어 대고 있었다. 그래서 귀스는 멈추지 않고 프로스프를 쫓아서 달렸다. 야쿱손은 큰바다쇠오리에게 눈길을 붙박고 있었다. 큰바다쇠오리의 표정 하나도 놓치지 않으려는 사람 같았다. 귀스는 신경이 곤두선 나머지 그에게 도와 달라고 부탁했다. 그러자 야쿱손은 아침나절 들어 처음으로 말문을 열었다.

「새의 옆으로 다가가서 목을 잡는 게 나을 겁니다. 그러면 방향을 틀어서 도망칠 수 없죠.」

귀스는 덴마크어를 제법 알기 때문에 그 뜻을 대강 알아들었다. 야쿱손이 한쪽 손으로 무언가를 움켜쥐는 듯한 동작을 해 보여서 더 잘 알아들었다. 하지만 그 간단한 손짓은 귀스의 짜증을 돋우었다. 도움은 그것으로 끝이었다. 모범을 보이는 뜻에서 큰바다쇠오리를 뒤쫓아 달리다가 붙잡아 주면 얼마나 좋을까? 하지만 야쿱손은 그렇게 달리는 것을 의무로 느낄 사람이 아니었다. 기진맥진한 귀스는 큰바다쇠오리 붙잡는 일을 포기했다.

야쿱손이 말을 이었다.

「저 새는 이상한 동물이에요. 오래전에 바다에서 저 새들을 많이 봤어요. 잡기도 했던 것 같아요. 사람들 말로는 저 새들이 마녀랍니다. 그런 이유로 이젠 보이지 않는 게 아닌가 싶어요.」

「프로스프가 여기에 있잖아요. 아이슬란드에 가보니까 다른 큰바다쇠오리들이 보이던걸요.」

「하지만 이젠 보려고 해도 더는 찾아낼 수 없는 모양입니다. 저 새들이 뭍에서 저렇게 오래 살 수 있는 줄은 몰랐어요.」

야쿱손은 자기 말을 강조하려고 고개를 가로저었다.

「왜 큰바다쇠오리가 마녀라고 생각하세요?」

「배에다 큰바다쇠오리들을 붙잡아 두면 그 새들이 폭풍우를 불러옵니다. 뭍에다 붙잡아 놓으면, 그 새들은 아무것도 할 수 없어요. 그 때문에 이제 그 새들이 없는 겁니다. 사람들이 뭍에서 그 새들을 포획했어요. 그래서 이젠 마녀가 다 사라진 거죠.」

그 마녀 얘기는 귀스도 이미 들은 적이 있었다. 문득 조용한 분위기가 감돌았다. 하늘에는 수리가 날지 않았고, 눈앞의 바다는 잔잔했다. 그런데 프로스프가 미친 듯이 울어대니 그의 마음이 불안하지 않을 수 없었다.

「선생님네 큰바다쇠오리가 마녀라고는 생각하지 않아요. 그보다는 암탉이나 수탉과 더 비슷하죠. 기분을 상하게 하려는 말은 아닙니다. 그런데 이런 말을 하면 어떠실지 모르지만, 저 새는 마지막 큰바다쇠오리가 아닌가 싶어요. 내 생애에 다시는 보지 못하게 될 큰바다쇠오리…….」

프로스프는 여전히 달리고 있었다. 그런데 속도가 점점 느려졌다. 그러다가 지칠 대로 지쳐서 달리기를 멈췄다. 야쿱손은 어깨를 으쓱하고 자리에서 일어섰다. 재미있는 공연이, 순회 극단의 희극이 방금 끝났다고 생각하는 표정이 그의 얼굴에 어려 있었다. 그는 머리에 쓴 챙 없는 모자에 한 손가락을 갖다 대면서 귀스에게 인사를 했다. 귀스도 그를 따라 인사했다. 그가 멀어져 가는 동안, 귀스는 홀로 프로스프를 마주했다. 몇 분간 프로스프는 다시 기운을 차리고 싶어 하는 것처럼 보였다.

한 시간 뒤, 귀스는 프로스프가 자기보다 먼저 무슨 소리를 들었거나 무슨 일이 벌어질지를 짐작했던 것임을 깨달았다. 언덕에서 동물의 울음소리가 크게 들려왔다. 큰바다쇠오리는 헛간으로 도망쳐서 조용히 있으니 그의 울음소리는 아니었다. 언덕마루에서 양들이 속절없이 털 뭉치를 깎이고 그 자국에 피멍이 맺히는 일을 겪고 있었다. 연중행사인 양털 깎기가 시작된 것이었다. 한데 뭉친 양털이 마을 쪽으로 빗발처럼 날아들었다. 한 줄기 돌풍을 타고 귀스의 목덜미에도 한 뭉치가 달라붙었다. 멀리서 보면 그 양털 뭉치들은 민들레의 갓털, 즉 꽃받침이 솜털처럼 변한 것과 비슷했다.

그런데 귀스의 머리털 뿌리 쪽에 끈끈하고도 단단한 작은 덩어리가 붙었다. 양털 뭉치가 아니라 살덩어리였다. 그것을 치웠더니 목에 붉은 반점이 생기고 옷깃에 얼룩이 남았다.

그 순간, 귀스는 바다에도 그것들이 떨어져서 여기저기가 붉게 물들고 있으리라고 생각했다. 대포 공격을 피하고자 할 때 사람들이 그러듯, 양들의 울음소리가 들리지 않도록 귀를 막고 바닥에 눕고 싶었다. 양의 싱싱한 살이 날아와 몸에 맞았다고 생각하니 욕지기가 났다. 입안에 느끼한 썩은 내가 감돌았다. 문득 엘린보르가 어디에 있을까 생각했다. 틀림없이 집에서 평온하게 정리정돈을 하고 있을 터였다. 생각해 보니, 그는 여기에서 만든 숄을 사본 적이 없었다. 아내가 이렇게 미개한 고장에서 태어났다니 안타까운 일이었다. 그녀가 그런 사실을 모르고 있다는 건 더욱. 귀스가 보기에 그녀 안에는, 그리 심하지는 않지만 무언가 야만스럽고 사나운 데가 있었다. 지난해에도 양털 깎기 행사가 있었을 텐데, 아마도 이번처럼 언덕마루가 아닌 다른 곳에서, 마을에서 더 멀리 떨어진 어딘가에서 벌어졌을 것이었다. 여기는 양들이 거의 자유롭게 돌아다니는 곳이니 양들이 멀리 풀을 뜯으러 갔던 어딘가에서 일이 벌어졌으리라 짐작되었다. 귀스는 다음 해엔 양털 깎기 행사가 어떻게 치러질지 궁금했다. 그 일이 다시 벌어질 땐 프로스프랑 어디 다른 데에 가 있을 생각이었다.

날이 저물 무렵, 적막이 다시 찾아왔다. 그는 몇 시간 전부터 프로스프를 살피느라 헛간에 와 있었다. 아직 날이 어둡지는 않았다. 마을에선 믿기지 않는 일이 벌어지고 있었다. 양들이 진정되어 평온하게 〈매〉 하는 울음소리를 내는 것이었다. 엘린보르가 바닷가를 향해 소리치면서 그를 불렀다. 아내는 그가 큰바다쇠오리를 데리고 바닷가에 갔으리라 생각하는 듯했다. 큰바다쇠오리가 헤엄치는 시간이니까 그럴 만도 했다. 하지만 프로스프는 종일토록 그에게 다가들지 않았다. 한쪽 구석에서 프로스프의 눈이 반짝이는 게 보였다. 여행용 트렁크 뒤에서 꼼짝달싹 않는 중이었다. 새의 경계심이 되살아난 모양이었다. 인간들에게 크게 실망한 것이 아닌가 싶었다. 귀스는 프로스프에게 다가가려 애쓰지 않았다. 그는 프로스프를 이해했다. 그 정도에 그치지 않고, 그는 프로스프와 한마음이 되어 있었다.

엘린보르는 웃음새가 고운 처녀였다. 귀스는 그녀를 만나자마자 단박에 사랑에 빠졌다. 그건 그가 토르스하운에서 그녀를 만났을 때의 일이었다. 엘린보르는 관리로 일하던 숙부 댁에 살면서 숙모와 함께 아이들을 보살피고 있었다. 그러면서 아마도 남편이 될 만한 사람을 찾고 있었을 터였다. 그들과 함께 식사를 하던 중에, 엘린보르는 계속 대화에 끼어들고 질문을 던졌다. 귀스에게 프랑스에 관해서, 자연사 박물관에 관해서 묻기도 했다. 목청을 높일 수 있든가 이마에 갑자기 주름을 잡으며 눈썹을 이마 위쪽으로 치켜올릴 기회만 있다면, 아무것도 아닌 일에 대해서 질문을 던지기도 했다. 그녀 안에 있는 모든 것이 들썽거리는 것만 같았다. 그녀의 부모는 농민이었다. 이 외딴 제도에서는 농사를 짓는 게 고기잡이를 하는 것보다 더 편하게 사는 길일 수도 있었다.

토르스하운은 꽤 음산하고 가난한 도시였다. 도로는 두 마리 말이 마주 지날 수 없을 만큼 좁았고, 집들은 관공서 건물만 빼면 판자에 못을 박아 세운 오두막이라서 외풍이 심했다. 그래도 주민들은 인물이 좋고 친절했다. 처음 다다랐을 때는 무서워 보였으나 열흘쯤 지나자 이곳을 좋아하게 되었다. 그 매력이 어디에서 오는지는 알아내지 못했다. 생각건대, 비장하고도 인상적인 풍광과 관계가 있었다. 아니면 어떤 전체적인 효과에서, 즉 환경의 매서움과 주민들의 관대함이 뒤섞인 데서 오는 것일 수도 있었다. 그것도 아니라면, 주민들이 그 평평한 벌판이나 아무런 변화 없는 자갈땅과 닮았다는 느낌 때문인지도 모를 일이었다.

한 남자가 그에게 자기는 물범의 후손인 가문 사람이라면서, 전해 내려오는 이야기를 들려주었다. 두루 알려진 전설이 있었는데, 그의 한 조상이 해변에 나갔다가 물범이 여자로 변하는 광경을 보았다. 그 조상은 단박에 사랑에 빠져 여자를 구조하고 여자가 바닷가에 버린 물범 가죽은 궤짝에 담아 두었다. 그들은 결혼을 했고 자식들을 두었다. 어느 날 그 조상은 물고기를 잡으러 나갔다가, 자기가 궤의 열쇠를 집에 두고 왔다는 사실을 너무나 늦게 기억해 냈다. 그의 아내는 그 열쇠를 발견하고 궤를 열었다. 그런 다음 가죽을 되찾아 입고 바닷속으로 되돌아갔다. 남자는 그 얘기를 그냥 담담하게 했다. 마치 자기 아버지가 토르스하운에서 가게를 했다든가, 자기 딸이 얼마 전에 결혼식을 올렸다는 말과 비슷하게. 그 이별 이야기를 들으면서 귀스는 숨이 멎는 듯한 기분을 느꼈다. 그가 그토록 크게 감동을 받은 것이 프로스프 때문인지, 엘린보르 때문인지는 알 수 없었다.

그들은 결혼한 지 얼마 지나지 않아 엘린보르 집안의 마을에 정착했다. 그녀의 둥글고 흰 얼굴은 이 화산섬에서 빛나는 보석처럼 보였다. 귀스는 장난꾸러기 요정을 마주 대하는 기분을 느꼈다. 엘린보르는 정말이지 장난꾸러기 요정처럼 영리하고 익살스러우면서도, 야무진 사람이었다. 생각건대, 폭풍우가 몰아치는 와중에도 벼랑 끝에 서서 버틸 만한 여자였다. 치마가 이쪽저쪽으로 날고 머리카락이 광풍에 뽑힐 듯이 흩날릴지라도, 그녀의 팔다리와 곧은 상반신은 조금도 움직이지 않을 터였다. 그녀의 엉덩이가 크다는 것도 그가 아주 좋아하는 점이었다. 밤에 침대에 누워 잘 때면, 그는 한쪽 손을 그녀의 엉덩이에 올려놓았다. 그렇게 자기 엉덩이보다 높은 그녀의 엉덩이에 손을 얹고 있으면 보호받는 기분이 들었다.

마을에서는 한 해에 몇 차례씩 축제가 열렸다. 그때마다 사람들은 느린 리듬에 맞춰 춤을 추었다. 두세 번 조바꿈하는 방식으로 만들어진 멜로디에 맞춰 오래전부터 내려오는 설화를 몸짓으로 표현하는 것이었다. 그들의 목청에서는 굽이굽이 휘도는 구성진 소리가 났다.

그는 길게 뜸을 들이지 않고 다시 일을 하기 시작했다. 가르니에는 그가 큰바다쇠오리에 관한 메모를 남기는 데에 그치지 않고, 북극 지방의 동물상과 식물상도 연구하기를 바랐다. 2년도 안 되는 시간 동안 귀스는 여러 잡지에 많은 글을 발표했다. 돌고래나 코뿔바다오리에 관해서 쓰기도 했고, 날아다니는 바닷새인 바다쇠오리 — 일명 토르다 — 와 날개가 퇴화한 큰바다쇠오리에 대해서 쓰기도 했다. 사람들은 과학 모임에 그를 초대했다. 자주 있는 일은 아니었고 이따금 그랬다. 프로스프와 엘린보르를 집에 두고 초대받은 곳으로 떠나기는 쉽지 않았다. 그는 스스로 작아지는 기분이 들었다. 마치 자기의 모든 인격이, 심지어는 육신까지도, 서툴게 그린 크로키로 변하는 것만 같았다. 그들에게서 멀어져 가면 걸음걸이가 불안정해지는 느낌이었다. 엉성한 날림 신발을 신기라도 한 것처럼 걸음새가 어설펐다. 자신이 불완전한 존재로 느껴졌다. 붙였다 떼었다 할 수 있는 가짜 옷깃을 달고 모임에 갔더니 목이 졸리는 듯 갑갑했다. 그가 마주치는 여자들을 엘린보르와 비교하면 짜증스러운 사람들, 짐짓 꾸미는 자들로 보였다. 꾸밈없는 엘린보르는 속치마 차림으로도 언덕에서 양 한 마리를 쫓아 달릴 줄 알았고, 마치 생물학자이자 진화론자인 라마르크의 책을 읽기라도 한 것처럼 종들의 변화에 관해 남편과 얘기를 나누기도 했다.

어쨌거나 그해 가을, 그는 덴마크로 떠나야 했고 코펜하겐 대학에서 한 남자를 만났다. 예전에 노르웨이에서 사설 동물원을 만든 적이 있는 크뢰위에르였다. 그는 귀스보다 조금 더 나이가 많았지만, 이미 여행을 많이 한 터였다. 벌써 장학금을 기대하면서, 유틀란트반도를 두루 돌아다닐 채비를 하고 있었다. 덴마크 수역의 모든 물고기를 조사해 보려는 것이었다. 그의 연구는 귀스의 연구와 비슷했다. 코펜하겐에서 귀스는 프랑스어로 대화를 나누었다. 모두가 프랑스어를 하는 상황이라서 문제 될 게 없었다. 그러고 보니 프랑스어로 말하는 습관을 잃어버렸었다. 다른 건 몰라도 목청을 높여 말하는 버릇이 사라진 건 분명했다. 그는 덴마크어가 자기에게 강요하는 노력 때문에 목청이 얼마나 많이 지쳐 있는지 깨달았다. 프랑스어로 말할 때 그의 목소리는 노래하는 듯하고 새가 지저귀는 듯했다. 목소리가 춤을 추었고, 한 줄기 바람이 앞니에 닿는 듯했다.

그는 프로스프에 관해서 이야기했다. 크뢰위에르는 관심을 보였다. 하지만 한 가지 사실을 귀스에게 일깨워 주었다. 자기는 오래전부터 큰바다쇠오리를 보지 못했다는 것이었다.

「아마도 제가 큰바다쇠오리를 볼 수 없는 곳들만 다닌 모양입니다. 어쩌면 선생님이 생각하시는 것처럼, 그 새들이 북쪽의 더 외딴 지방으로 피신했을지도 모르죠. 어쨌거나 그 새들의 수가 감소하고 있다는 건 모두가 아는 사실입니다.」

크뢰위에르의 생각은 큰바다쇠오리의 개체군이 세계의 균형에 필요한 크기에 도달할 수밖에 없다는 것이었다. 그런 생각이 귀스는 거북했다. 크뢰위에르의 개념 속에는 무언가 시니컬한 면, 아니면 너무 비관적인 면이 있었다. 종의 소멸이 어떤 개선으로 이어질 수 있다는 생각, 그 내용은 알 수 없지만 세상이 더 좋아지는 상황으로 이어진다는 생각에는 분명 직관에 거슬리는 무언가가 있었다. 가슴 한쪽이 막힌 듯 답답했다. 이유는 알 수 없었지만 무언가가 그를 나무라고 있었다. 어떤 움직임에 맞서 균형을 이루려고 행동하기보다, 눈을 감고 그 움직임을 받아들이는 게 옳은지 묻는 것 같았다. 마치 페스트가 창궐하여 인간이 모여 사는 한 구역이 황폐화되고 있음을 알게 되었으면서도, 파리나 런던이나 코펜하겐의 거리에 삯마차가 줄어들겠다고 결론을 내리면서 페스트의 창궐을 스스로 축하하는 일이나 다름없다고 나무라는 것 같았다.

귀스가 집에 돌아와 보니, 집안이 난장판으로 변해 있었다. 프로스프가 잔뜩 토라져서 엘린보르에게 경계심을, 더 나아가 적대감을 보인 모양이었다. 그녀를 깨물지는 않았지만 부리로 몇 차례 찍었다고 했다. 그나마 부리를 다문 채로 찍어서 다행이었다. 그리고 그녀가 다가가면 숨어 버렸고, 마치 그녀를 보면 감정이 상한다는 듯이 등을 돌려 버렸다. 물고기를 갖다 주면 그녀 앞에서는 절대로 먹지 않았다. 〈쟤는 나를 싫어하나 봐〉라고 엘린보르가 기분이 상한 얼굴로 말했다. 하지만 귀스가 여행을 떠나기 전까지만 해도 프로스프는 엘린보르를 좋아했다. 울타리를 쳐놓은 프로스프의 땅으로 들어가면 프로스프는 그녀를 마중 나왔다. 저수조에서 헤엄치는 프로스프를 보고 있으면, 프로스프는 그녀에게 웃어 주었다. 때로는 프로스프와 귀스가 해변에 나갈 때 그녀가 따라가기도 했다. 그럴 때면 귀스는 큰바다쇠오리가 평소와 다르게 행동한다는 인상을 받았다. 귀스가 보기에 프로스프는 자기가 잘하는 것을 보여 주려고 했고, 그녀의 마음을 끌려고 물에서 멋지게 도약하는 모습을 보여 주는 데에 성공했다. 프로스프는 물에 들어갔다가 바닷가로 돌아오면 그들로부터 2미터쯤 떨어진 곳에 자리를 잡았다. 마치 사이좋은 친구 세 명이 바닷가 모래톱에 소풍을 나와서 이런저런 얘기를 나누기라도 하는 듯했다.

그런데 갑자기 모든 게 달라졌다. 귀스가 도착하자 프로스프는 울음소리를 내면서 그의 무릎에 부딪치도록 달음박질쳤다. 그러더니 울타리에 난 문 쪽으로 매우 빠르게 달려갔다. 귀스는 프로스프를 바닷가로 데려갔고, 엘린보르는 그들을 뒤따라갔다. 하지만 귀스도 프로스프도 그녀에게 관심을 기울이지 않았다. 이젠 셋이서 가족처럼 모여 소풍 놀이를 할 계제가 아니었다. 귀스는 여행을 통해 자극을 받고 온 터라, 이제부터 중요한 연구를 해내리라 다짐하고 있었다. 그래서 프로스프를 마치 처음 보기라도 한 것처럼 살펴보고 자기 아내 쪽으로는 눈길도 주지 않았다. 큰바다쇠오리는 그녀가 가주기를 기다렸다. 그래야 자기가 그리워했던 유일한 존재와 함께할 수 있기 때문이었다.

프로스프를 헤엄치게 하고 나서 귀스가 집으로 돌아와 보니 엘린보르는 화덕 주위에서 분주하게 손을 놀리고 있었다. 부지깽이로 재를 뒤적이기도 하고 장작을 이쪽저쪽으로 뒤집어 놓기도 했다. 귀스가 생각건대, 사람들이 보면 그녀가 장작불을 지펴 본 적이 없으리라 말할 법했다. 그는 쪼그려 앉아 있는 그녀 뒤로 지나가면서, 한 손을 그녀의 목 아래쪽에 얹었다. 그러면서 손가락으로 그녀의 빗장뼈 위를 살며시 만졌다. 그녀의 목덜미에는 올림머리에서 풀려나온 밝은색 머리카락들이 뱀의 형상으로 살갗에 달라붙어 있었다. 그는 어느 틈에 벌써 그 목덜미에 다가가려고 몸을 구부렸다. 하지만 엘린보르는 두 어깨를 흔들고 몸을 일으키더니 장작개비 하나를 집어 들었다. 그러고는 더 넣지 않아도 되는 장작개비를 넣고 부지깽이로 다시 장작불을 쑤셨다.

「이러지 말고 식탁에 가서 앉아도 돼.」엘린보르는 이번엔 수프 그릇을 들었다. 이어서 도자기 그릇이 원목 식탁에 닿는 소리가 났다.

그 이상의 진전은 없었다. 처음 있는 일이었다.

「당신이 원한다면, 내가 나가서 프로스프를 데려올 수도 있어.」그녀가 기어이 덧붙였다.

귀스는 그제야 무슨 일이 벌어지고 있는지 알아차렸다. 그리고 식탁 앞에 앉았을 때 그는 무언가 정말 새로운 일이 곧 벌어지리라는 것을 알아차렸다. 엘린보르와 처음으로 말다툼을 벌일 참이었다.

그는 사과하고 싶었다. 하지만 어떻게 말을 꺼내야 할지 모르는 자신을 보고 깜짝 놀랐다.

「당신의 큰바다쇠오리랑 같이 자도 돼. 그 애가 당신을 엄청나게 그리워했으니까.」그녀가 속삭이듯 말했다.

그러자 귀스는 자기가 세심하게 마음을 써야겠다고 생각했다. 그런데 어떤 간단한 말도 머릿속에 떠오르지 않았다. 앞에 있는 여자는 불기운 때문에 볼이 발개져 있는데, 여느 때의 엘린보르처럼은 보이지 않았다. 그녀가 겁을 주는 것도 아니고 불쾌감을 주는 것은 더더욱 아니었는데 여느 때와 달라 보였다. 이제껏 보아 온 그녀의 또 다른 모습이었다. 그는 어떻게 해야 할지 알 수가 없었다.

「당신 나한테 뭐 할 말 없어? 나한테 들려줄 얘기가 전혀 없어? 그게 정상이라고 생각해? 아니지, 미안해. 나는 글을 쓸 줄 모르고, 대학에도 관심이 없어. 꼬꼬댁거릴 수는 있지.

당신이 원하는 게 그거라면.」

엘린보르는 두 주먹을 가슴에 붙이고 팔꿈치를 들어 올리더니 꼬꼬댁 소리의 리듬에 맞추어 몽당팔처럼 앞으로 내밀었다. 소리는 점점 더 날카로워졌다. 기괴한 장난기가 발동했는지, 그 소리는 귀가 먹먹할 정도로 커져 가고 있었다. 그녀는 일어나서 자기 의자 주위를 한 바퀴 돌더니, 얼굴을 앞으로 내밀고, 팔꿈치를 몽당팔처럼 돌리면서, 엉덩이를 뒤로 내밀었다. 그녀의 발개진 이마에 땀방울이 맺혔고, 너풀거리는 소매가 그녀의 볼을 쓰다듬었다. 그러다가 문득 그녀는 동작을 멈추고 소리를 내지 않았다. 그러고는 엄숙한 태도로 다시 자리에 앉으며 접시를 마주하고 평소의 태도를 되찾았다.

「아 참, 내 친구, 코페하겐에서 뭘 했어?」

물론 귀스는 부부 싸움을 처음 해보는 터라 빈정거림을 이해하지 못했다. 그래서 음식을 삼킨 뒤에 고지식하고 순진하게 사과의 말을 했다.

엘린보르는 남편의 말에 귀를 기울였다. 하지만 이내 그의 이야기가 귀청에 들어오지 못하고 하나둘 방바닥에 떨어지도록 무심하게 굴었다. 삶은 계란을 접시에서 미끄러뜨릴 때보다 더 무심했다. 귀스가 크뢰위에르의 사설 동물원 얘기를 들려줄 때는 싫증을 내며 어깨를 으쓱했다. 그 덴마크인의 그리스 여행에 관해서 말할 때는 심드렁하게 눈을 허공으로 돌렸다. 그런데 그가 사람들이 자기 논문에 칭찬의 말을 해주었다고 말하자 그녀는 눈물을 보였다.

그녀가 운다는 건 정말 놀라운 일이었다. 그는 그녀가 우는 것을 단 한 번도 본 적이 없었다. 한 여자가 자기를 위해서 우는 일은 처음이었다. 그는 일종의 자부심을 느꼈다. 눈물짓는 과정 하나하나가 그를 매료시켰다. 그는 변하는 그 얼굴, 일그러지고 복잡하게 헝클어지는 표정을 바라보았고, 그녀의 눈이며 볼이 오목해지는 모습과 눈물이 뺨을 타고 흐르는 모습을 지켜보았다. 눈물이 그녀의 눈꼬리에서 어떻게 맺히는지도 보았다. 그녀의 코가 빨개지고 탱탱해지고 촉촉해지는 데에 시간이 얼마나 걸리는지도 가늠해 보았다. 울고 있으니 그녀의 머리카락조차 슬픔 때문에 시들해 보였다. 말하자면, 그녀의 머리카락이 땀에 젖은 이마에 메마른 실낱들처럼 달라붙어 있었다.

그녀가 그릇 소리를 내며 자리에서 일어서더니 계단이라기보다 사다리에 더 가까운 층층대를 타고 올라가서 침실로 달려갔다. 그는 자기가 어리석고 매정하다고 느꼈다. 그녀를 뒤따라 층층대를 올라갔는데, 다리가 너무 저렸던 탓인지 발을 헛디뎌 앞으로 고꾸라지는 바람에 머리가 침대 밑판에 부딪치게 되었다. 엘린보르는 다리를 흔들면서 천장에 눈을 두고 누워 있었기 때문에 무릎이 꼬인 그 우스꽝스러운 자세를 보지 못했다. 그는 그녀에게 용서를 구했고, 그녀는 당연히 그를 용서해 주었다. 왜냐하면, 둘은 서로 사랑했으니까.

그가 돌아온 것이 프로스프에게는 너무 갑작스러운 일이었을까? 아니면 그가 없는 동안에 프로스프가 너무 많은 괴로움을 겪었을까? 이튿날 귀스가 갔더니, 프로스프는 울타리 안 한구석에 엎드려 있었다. 몸을 웅크린 채로 꼼짝달싹 하지 않았다. 귀스가 왔는데 큰바다쇠오리는 그를 쳐다보지도 않았다. 11월의 바람이 머리의 깃털을 꼿꼿이 세웠고, 산발한 것처럼 등의 깃털을 흩뜨리고 있었다. 귀스는 큰바다쇠오리에게 다가가 목을 쓰다듬었고, 큰바다쇠오리는 그가 그렇게 하도록 무덤덤하게 내버려두었다. 귀스는 새를 품에 안았다. 기력이 없어 보였다. 열이 나는 게 아닌가 싶어서 에멜무지로 새의 배를 만져 보았다. 프로스프는 그런 행동을 알아차리지 못하는 것 같았다. 귀스는 새를 도로 바닥에 내려놓았다. 새는 다시 기력을 잃은 듯한 자세를 취했다. 다시금 바람이 건듯 불어와 새의 깃털을 곤두세웠다. 귀스가 물고기 한 마리를 내밀었지만 새는 부리를 벌리지 않았다. 그래서 물고기를 앞에 놓아두었지만, 새는 꼼짝도 하지 않았다. 그는 손가락들을 새의 머리 가까이에 대고 딱딱 소리를 냈다. 반사적인 행동이 일어나기를 기대한 것이었다. 하지만 큰바다쇠오리는 갑자기 귀가 먹은 것처럼 아무 반응도 보이지 않았다.

동물이란, 고통을 받으면 우는 걸까? 자기가 고통받고 있음을 인간이 이해할 수 있는 방식으로 호소하는 걸까? 귀스는 그 물음에 답할 수 없었다. 그는 사냥을 해봤고, 농장에서 동물들을 본 적도 많았으며, 개를 키워 본 적도 있고, 고양이들과 마주친 적도 있었다. 그가 키우던 개는 고통을 호소한 적이 없었다. 새들은 총알이 자기들 몸을 관통하기 전까지는 건강하고 활기차게 잘 지내는 것처럼 보였다. 귀스는 병든 동물이나 죽어 가는 동물에 대해서 아는 바가 전혀 없었다. 지금 이 순간의 프로스프가 그 두 부류 중 어느 쪽에 해당하는지조차 몰랐다. 아니, 어쩌면 프로스프는 병들거나 죽어 가는 게 아니라 그냥 우수에 잠겨 있는 것이 아닐까? 동물도 여러 가지 감정을 느낄 수 있을까? 그럴 것이다. 개들은 이따금 슬픔을 견디지 못하고 스스로 죽음의 길로 가기도 하니까. 그렇다면 큰바다쇠오리는? 어쨌거나 프로스프는 엘린보르에게 화를 냈다. 이런 행동은 그에게 감정이 있고, 그 나름의 성격이 있고, 무언가를 가려서 좋아하기도 하고 싫어하기도 한다는 사실을 증명하는 게 아닐까?

귀스는 프로스프를 집으로 데려갔다. 따뜻한 집 안의 한 구석에 들여서 보살피고 싶었다. 기력이 빠진 프로스프는 그의 소매와 가슴 사이로 부리를 미끄러뜨렸다. 바람이 그들을 휘감았다. 그의 챙 없는 모자가 뒤로 벗겨지고, 새의 깃털이 다시 흩어졌다. 새를 집 안에 들이면 엘린보르가 기뻐하지 않겠지만, 그래도 받아들이고 연민을 느낄 것이었다. 어쩌면 그녀와 프로스프가 서로 화해하는 계기가 될 수도 있을 터였다. 아닌 게 아니라 그들이 집 안에 들어가자마자 그가 예상했던 일이 벌어졌다. 귀스가 프로스프를 그녀의 품에 내려놓았는데 프로스프는 버둥거리려고도 하지 않았고, 엘린보르는 그 기운 빠진 몸뚱이를 마주하고 마음에 남아 있던 질투심을 씻어 버렸다. 프로스프도 이전에 어떤 감정을 느꼈겠지만, 이제 기력이 빠져서 그 감정을 기억할 수도 없는 듯했다. 부부는 리넨 제품을 담아 두었던 바구니를 비우고 거기에 프로스프를 놓았다. 마침내 프로스프가 귀스를 정면으로 바라보았다. 드문 일이었다.

귀스는 큰바다쇠오리에게서 그토록 공손하고 무게 있고 체념 어린 표정을 본 적이 없었다. 새의 눈은 젖빛 색조를 띠었다. 귀스의 눈이 부옇게 흐려진 것이 아니라면, 새의 눈빛이 달라진 게 분명했다. 메마른 깃털은 금방이라도 빠질 것만 같았다. 새는 가느다란 신음을 토했다. 마치 바구니를 이룬 버들가지 때문에 아프기라도 한 듯했다. 그러다가 아무 소리도 내지 않았다. 새는 귀스를 뚫어져라 바라보았다. 무슨 일이 벌어지고 있는지, 왜 자기가 이토록 기진맥진해 있는지 그에게 묻는 표정이었다. 흐트러진 깃털을 정돈하려고 엘린보르가 등에 축축한 손을 올리자 새는 받아들였다. 귀스는 문득 두려웠다. 프로스프가 죽어 가는 게 아닐까 덜컥 겁이 났다. 엘데이섬에서 새를 구조한 날부터 그는 책임감을 느끼고 있었다. 새는 그 나름의 방식으로 그를 신뢰했고, 자신과 함께하는 사람의 방식을 새롭게 받아들였으며, 그의 뜻을 따르는 것에 동의했고, 귀스가 허락할 때만 바다에 나가는 것을 받아들였다. 그에 상응하여, 귀스는 새에게 지속적인 보호와 먹이를 제공하고 생존을 보장하는 것을 자기의 의무로 삼았다.

그런데 이제 귀스는 새를 배신한 셈이 되었다. 새는 스스로 어떻게 해야 할지 가늠하지 못하는 상황이었다. 자기에게 벌어진 일에 놀란 눈길이 그에게 묻고 있었다. 〈당신은 나에 대해서 전능한 위력을 갖고 있는데, 어찌하여 나를 저버렸나요?〉 예전에 귀스는 늘 이렇게 생각했다. 프로스프의 움직임은 자기의 감정을 명백한 방식으로 드러낸다고. 그래서 그들이 바닷가로 갈 때는 즉시 기쁨을 표시했고, 웅크리고 잠이 들 때는 고요함을 보여 주었으며, 수리가 공중에서 맴돌 때는 두려움에 사로잡힌 모습을 드러냈다고. 그런데 그가 한 번도 스스로에게 물어보지 않은 것이 있었다. 그가 그 새를 관찰하려고 곁에 있지 않을 때에 프로스프가 무엇을 하거나 무엇을 느끼는지, 예를 들면 프로스프가 대양을 추억하고 있는지, 그들을 만나기 전에 영위했던 삶을 기억하고 있는지는 묻지 않았던 것이다. 귀스에게 프로스프는 그냥 프로스프, 큰바다쇠오리 프로스프, 그가 다른 큰바다쇠오리와 절대로 혼동하지 않을 유일한 큰바다쇠오리였다. 그는 프로스프의 한쪽 눈 가까이에 어떤 형태의 반점이 생기는지, 그 반점이 언제 사라졌다 다시 나타나는지 알고 있었다. 프로스프의 깃털이 정확히 어떤 색조를 띠는지도. 때때로 그 깃털에 백악 같은 반점이 많이 생겨난다는 것도 알고 있었다.

하지만 프로스프는 어떨까? 한 남자가 있고, 엘린보르라는 인격의 한 여자가 있는데, 이 큰바다쇠오리는 자기가 그들과 어울리고 있음을 알고 있을까? 그들의 집을 둥지나 섬과 비슷한 것으로 여기고 있을까? 따지고 보면 프로스프는 자기가 어떻게 생겼는지 알지 못했고, 자기가 한 마리 큰바다쇠오리임을 모르고 있었으며, 자기 머리와 등과 날개는 검은색이고 배에는 흰색 깃털이 넓게 나 있다는 것을 모르고 있었다. 어쩌면 이 큰바다쇠오리는 자기가 자기 종의 유일한 개체라고 생각하거나 반대로 자기가 인간이라고 믿고 있을지도 모를 일이었다. 하기야 이 큰바다쇠오리가 그런 것 말고 다른 것을 상상하지 말라는 법도 없었다. 귀스는 프로스프에게 말을 걸었고, 대답하듯 그 새를 따라서 발성 연습을 하기도 했다. 그가 큰바다쇠오리의 언어를 이해하지 못하듯 큰바다쇠오리도 그의 언어를 이해하지 못했겠지만, 그는 자기들이 서로를 이해한다고 확신했다. 양쪽 다 사용하는 어휘가 무한히 많다 해도, 그 무한성 속에서 자기들의 공통되는 소리와 어조와 억양을 찾아냈다고 굳게 믿은 것이었다. 프로스프가 자신을 인간이라 여기지 않고 귀스가 자신을 큰바다쇠오리라 여기지 않은 것은 그만큼 서로를 잘 이해했기 때문이 아닐까? 프로스프는 자기가 행복한지 아니면 슬픈지도 알고 있지 않을까? 귀스가 생각하기에, 동물은 살아 있다는 사실만으로도 마땅히 행복해야 했다. 그런데 그의 큰바다쇠오리가 모르는 게 있었다. 울타리 안에 사는 덕분에 매일 긴수염고래의 공격에서 벗어날 수 있다는 것이었다. 귀스 가까이에 사는 것이 얼마나 유익한지, 일상적으로 먹이를 받아먹고 안전하도록 보살핌을 받는 일이 얼마나 유익한지 큰바다쇠오리는 가늠하지 못했다. 하지만 귀스라면 그 두 가지 조건을 얻기 위해 자신의 자유를 희생시킬까? 확신할 수 없었다.

그는 잠든 큰바다쇠오리를 한쪽 손으로 쓰다듬었다. 머리부터 발끝까지, 천천히, 다정하게 어루만졌다. 큰바다쇠오리는 게슴츠레하게 눈을 떴다. 이제 아무것도 어리지 않는 그 뿌연 눈은 그래서인지 아주 깊어 보였다. 큰바다쇠오리는 귀스가 자기 눈을 만져서 조사하도록 허락하는 듯했다. 자기 머릿속을 뒤져 봐도 좋다는 듯한 태도였다. 이해할 수 없는 죽음을 앞에 두고 있는 그 머릿속에는 고요만 가득해 보였다. 그는 꼼짝달싹 않고 죽음을 기다리고 있었다. 공포에 사로잡히는 건 부질없는 짓이기 때문이었다. 일어나기로 되어 있는 일은 일어나게 마련이었다.

엘린보르가 생선 한 마리를 가져다 토막을 내었다. 둘이서 프로스프를 잡고, 억지로 부리를 벌린 다음, 생선 토막을 넣고, 소화하는 데에 도움이 되도록 목을 문질렀다. 귀스는 불안하여 친구와 함께 밤을 보내려고 바구니 앞에 자리를 잡았다. 새벽 4시쯤, 프로스프가 소리를 냈다. 울음소리보다 작은 소리였다. 프로스프의 눈이 밤색 빛깔을 되찾았다. 본래의 흰자위도 다시 나타났다. 귀스는 벽에 등을 기대고, 쪼그려 앉은 두 다리 사이에 바구니를 놓았다. 큰바다쇠오리가 자고 있었다. 꿈을 꾸고 있는지도 모를 일이었다. 귀스는 두 팔로 큰바다쇠오리를 가만히 안았다. 그의 머리가 깃털에 닿았다. 썩어 가는 해초의 냄새가 풍겼다. 그는 자기 뺨을, 아니 자기 수염을 깃털에 비볐다.

귀스는 잠에서 깼다. 무언가 단단한 것이 두피를 긁어서였다. 납작하고 조금 차가운 돌처럼 단단한 물건이었다. 아니, 긁는다기보다 무언가 뾰족한 것이 머리카락을 한 올 한 올 잡아당기는 것 같기도 했다. 아프지는 않았고, 그저 알아차릴 수 있을 만큼만 힘을 가하고 있었다. 그는 머리를 들어 바구니 위쪽의 팔에 올려놓았다. 자기 아래에 프로스프가 있다는 사실을 느끼지 못했다. 자기가 프로스프를 짓누른 게 아닌가 싶어 덜컥 겁이 났다. 그는 고개를 돌렸다. 프로스프의 기다란 목이 그의 관자놀이에 붙은 채 흔들리고 있었다. 그제야 그는 깨달았다. 프로스프가 조심스럽게 그의 머리카락에 윤기를 내고 있었다. 귀스가 프로스프의 깃털에 윤기를 내는 것과 비슷한 일을 하는 셈이었다. 귀스는 프로스프가 털갈이를 하던 때에 깃털을 정돈해 준 적이 있었다. 그랬듯이 프로스프는 그의 머리를 다듬어 주고 있었다. 그러면서 그의 머릿니를 잡아 주기도 했다. 아마도 자기 친구이던 큰바다쇠오리에게서 기생충을 잡아 주던 것과 비슷한 행위였을 것이다.

프로스프는 병을 앓았고, 그 아픔을 이겨 냈다. 너무 격하게 감정을 느꼈기 때문인지 어떤 미생물 때문인지는 알 수 없지만 결국 살아남은 것이다.

프로스프가 회복하는 동안, 귀스는 석양 무렵에 혼자 바닷가에 나가 바다를 되도록 멀리, 수평선까지 한눈에 조망하면서 그 망망함을 느껴 보고자 했다. 그가 생각하기에 사막은 분명 바다와 비슷할 것이었다. 바다를 바라보고 있으면 그런 텅 빈 풍광이 마음을 관통하는 기분이었다. 인간을 위해 만들어지지 않은 물질로 가득 찬 장소, 인간이 편안함을 느끼든 말든 전혀 상관하지 않는 공간이 자신을 파고드는 기분이었다. 파고든다는 건 빈말이 아니었다. 정말로 화살 같은 것이 몸에 박히는 느낌이 들었다. 그 화살이 날아와 박히면 자기 살갗이 흐물흐물 바닥에 떨어지면서, 갑자기 쓸모가 없어진 초라한 물건이 되는 듯했다.

그런 순간이면 그는 자신을 꽃가루보다 가벼운 존재로 느꼈다. 하찮은 동시에 절대적인 존재로. 구두 오른쪽 옆에 놓인 조약돌을 3미터 떨어져 곳에 있는 다른 조약돌과 구별할 수는 없을 것이었다. 멀리에서 이는 파도는 다른 곳에서 이는 파도와 전혀 다를 텐데도 다른 곳에서 다시 이는 것으로 보였다. 언덕에 솟아난 풀잎은 아마도 세상에 하나뿐인 풀잎일 텐데도 다른 풀잎과 구별되지 않았다. 그는 자기가 그 조약돌처럼, 파도처럼, 풀잎처럼 이 우주에 속해 있음을 알고 있었다. 우주는 인간이 바라보기 전부터 존재해 왔고 앞으로도 영원히 존재할 테지만, 자신의 일부분으로 이 세상이 존재하는 것에는 무관심하다. 그래서 이 세상은 혼자서 제 깜냥으로 숨을 쉬고 있다. 생각이 거기에 미치자 문득 인간은 이 세상에서 아무런 의미가 없다는 생각이 들었다. 인간은 무수히 많은 지저깨비에 섞인 하나의 부스러기보다 나은 존재도 아니고 그보다 못한 존재도 아니었다. 알고 보니 인간은 아무것도 아니었다. 이름이 붙어 있고, 체격, 냄새, 습관, 취향, 변하기 쉬운 개성을 지닌 아무것도 아닌 존재였다. 그런데 묘하게도 그는 자신을 더 자유로워졌다고 느꼈다. 파도와 다를 게 없는 존재라고, 검은 모래톱 위를 날아다니는 파리와 친구가 될 만한 존재라고 생각하니 오히려 마음이 편했다. 게다가 아주 작고 하찮으며 세상 모든 것과 동등한 존재로서 이 무한한 우주와 토론을 벌이고 있어서, 말을 걸어도 대답하지 않는 우주를 상대로 이런저런 얘기를 하고 있어서 안심이 되었다.

 매일 바닷가 모래톱에 나가서 그런 기분을 느끼는 일은 무척 매혹적이고 참신했다. 이따금 그 효과가 다른 식으로 나타나게 될 때면, 다시 말해서 그렇게 통일성과 특이성이 뒤섞인 감정을 느끼는 대신 수평선의 조금 선명하지 않은 윤곽과 출렁거리는 물결만이 눈에 들어오고, 파도의 경이로운 특성 대신 그저 바람과 너울의 역학만을 느낄 때면, 그의 마음속에 기묘한 생각이 떠오르기도 했다. 한번은 갈매기가 앞바다에서 물고기를 낚아 올리는 장면을 보았다. 그 물고기는 갈매기의 부리가 자기 몸을 베고 나서 숨이 끊어지던 순간에 무엇을 생각했을지 궁금했다. 물고기는 자기와 같은 수백수천의 다른 물고기들이 있는데 자기 홀로 잡혔음을 알아차렸을까? 자기를 선택한 그 끔찍한 우연에 대해서 생각했을까? 아니면 그게 자기 운명임을 받아들였을까? 원래부터 이게 물고기와 갈매기의 삶이니, 그냥 받아들였을까?

그런 순간이면, 그는 프로스프가 오래전부터 자기 부리를 살아 있는 물고기의 몸속에 박지 않았음을 되새기곤 했다. 프로스프는 자기 부류의 생명체들에게서 멀리 떨어진 채로 대양을 잊어 가고 있었다. 큰바다쇠오리가 가로질러 날아가 작은 외딴섬에 닿은 뒤에 번식의 의무를 수행할지도 모를 그 바다를 이제 잘 모르게 되어 버린 것이었다. 프로스프는 자기 나름의 완전무결한 방식으로 새끼들을 사랑했을 것이고, 다른 큰바다쇠오리들과 연대하는 삶을 경험하면서 그들과 함께 떠나 바다를 누비고 다녔을 터였다. 만약 프로스프가 죽는다면 귀스와 엘린보르 말고 누가 그를 기억해 줄까? 두 인간의 기억 속에 남는 것이 큰바다쇠오리들의 기억 속에 남는 것만큼 가치 있을까? 만약 프로스프의 종이 희귀해져 가고 있다면 그가 자기 종을 도울 수도 있을 텐데 나는 무슨 권리로 그를 그 무리에서 멀리 떼어 놓고 있는 것일까?

귀스가 프랑스에서 오크니 제도로 떠나는 배를 타기 바로 전에, 동물학자 퀴비에가 〈도도〉라는 멸종된 새에 관한 기사를 발표한 바 있었다. 그런데 귀스로서는 이런 점을 시인하지 않을 수 없었다. 모리셔스섬에 살았던 그 새와 프로스프 사이에는 놀라운 유사점이 있었다. 도도와 큰바다쇠오리는 둘 다 날개가 퇴화했다. 행복해서 오히려 기관의 기능이 퇴행적으로 변한 것이었다. 체구가 큰 이 두 새는 모든 것이 자기네 앞에 있는 데다 몸이 무겁던 터라 더 날지 않기로 결정했다. 귀스는 그런 유사점에서 불길한 전조를 보며 두려움을 느꼈다.

그는 곧바로 〈아냐, 그럴 리가 없어. 동물의 한 종류가 아주 없어지는 일은 생기지 않아〉라고 생각했다. 지구는 풍요 그 자체야. 물론 옛날에 매머드나 땅늘보 같은 동물들, 마스토돈만 한 크기의 그 거대한 게으름뱅이들이 사라지긴 했어. 동물들에게 변형이 일어날 수도 있고 재앙 때문에 죽는 것은 사실이야. 때로는 주위 조건이 변해서 어떤 종은 꾀바르게 번창해 가는데 다른 종은 쇠퇴할 수도 있지. 하지만 자연은 아주 순조롭게 작동하고 균형이 잘 잡혀 있어서, 인간에게 해롭지 않은 것이 소멸하도록 내버려두지 않아. 게다가 지구는 너무 방대하기에, 아마도 태평양 한복판의 어딘가에, 아니면 얼어붙은 극지방에는 우리가 소멸했다고 생각하는 종들이 숨어 있을 거야.

그런데 논리적으로 보면 어떤 생명체의 수가 줄어들면 그 생명체는 결국 사라질 수도 있다. 소멸하리라고는 생각할 수 없는 생명체도 있지만 그건 예외로 하고 말이다. 생각이 거기에 미치자, 귀스는 어떤 벽을 마주하고 있는 느낌을 받았다. 세상 만물이 조화를 이루고 있는 이 세상에서는 그 무엇도 사라질 수 없었다. 결국, 해거름에 바라보는 그 사막 같은 바다 때문에, 프로스프가 앓았던 질병 때문에, 귀스는 프로스프를 원래 속해 있던 무리로 돌려보내고 싶은 것이었다. 모든 것이 그들보다 더 큰 이 세상에 속해 있음을 알았기에, 혹은 그냥 프로스프에게 행복을 주고 싶어서 그런 생각을 한 것이 아닐까?

그 시절에 뷰캐넌과 그는 편지를 주고받았다. 그 스코틀랜드인은 금빛 모래톱을 가진 은색 도시 애버딘으로 옮겨갈까 하다가 에든버러에 정착할 생각을 하고 있었다. 그의 아내가 오크니 제도의 외딴 삶을 더 견디지 못하기 때문이었다. 그런데 그들의 편지의 주된 내용은 언제나 프로스프였다. 때로는 귀스의 직업 활동이 화제가 되기도 했다. 귀스가 발표한 기사나 논문을 뷰캐넌이 읽고 그 소감을 밝히는 것이었다. 그는 귀스에게 이렇게 쓰기도 했다.

이거 아세요? 1816년에 흰곰들이 아이슬란드에 들이닥쳐서 여우와 다마사슴을 거의 다 잡아먹었답니다. 짐작건대, 당시의 가엾은 아이슬란드 사람들은 그저 물범을 잡아서 살아야 하는 처지가 되었을 겁니다. 어쨌거나 프로스프가 아이슬란드에 가면 행복하지 않을까 싶습니다. 아마 선생님의 부인도 거기에 가시면 행복하실 겁니다. 내가 보기에 그분은 고독도 추위도 두려워하지 않으시니까요. 두 분을 뵈러 페로 제도에 들를 수 있을지도 모르겠어요. 지금 우리 가족은 느긋한 기분으로 도시의 안락한 삶을 즐기고 있는 듯합니다. 내가 몇 달쯤 여행한다 해도 저를 그리워하지 않을 것 같습니다.

어쨌거나 나는 이미 업무차 여행을 자주 했습니다. 캐나다에서 가서 경이롭고 무시무시한 것들을 보기도 했어요. 경이롭기로 말하자면 아메리카들소가 으뜸이죠. 선생님 덕분에 기린을 알게 된 내가, 거대한 동물이 옆으로 지나가는 것을 보았어요. 황소의 세 배쯤 되는 크기였어요. 머리 뒤쪽으로 외투나 스톨라 같은 것을 어깨에 걸치고 있는 듯한 모습이더군요. 마치 오페라 극장에 공연을 보러 온 노부인 같았어요. 그 엄청난 들소들이 무리를 지어 강을 건너고 헤엄치는 모습을 보는데 무시무시했습니다. 땅에서 그토록 힘이 세어 보이던 그 짐승들이 물살에 맞서 힘겹게 헤엄치고 싸우더라고요. 가까스로 목숨을 건지거나 그 대장정의 피로 때문에 아직도 몸을 부들거리고 있다가, 나와 함께 있던 모피 사냥꾼들에게 결국 죽음을 당했지요.

그런 일은 흔히 벌어지는 듯합니다. 하지만 그 광경을 보고 내가 그토록 큰 충격을 받을 거라고는 생각하지 못했어요. 인간들은 단지 그렇게 할 능력이 있다는 이유로 그 동물들에게 최후의 일격을 가했죠. 까닭을 이해하지 못한 채 죽어 가던 동물들의 피와 고통을 보는 일은 정말이지 내 마음에 큰 상처를 주었습니다. 당연한 얘기지만, 바로 그 순간, 나는 프로스프를 생각했어요. 그러면서 뜬금없이 아이슬란드에 가는 방안을 떠올리게 된 거예요.

프로스프가 아이슬란드에 가면 자기 종족의 몇몇 구성원을 만나 행복하게 살 수 있을 거예요. 두 분은 그 새들을 보호해 줄 수 있을 겁니다. 한 마리든 열 마리든 큰바다쇠오리를 보호하는 건 똑같은 일이 아닐까요?

물론 귀스는 아이슬란드로 떠나고 싶지도 않았고, 큰바다쇠오리 사육 사업을 벌이고 싶지도 않았다. 하지만 뷰캐넌의 조언에는 일리가 있었다. 동종의 개체들과 어울려 사는 것은 프로스프의 권리였다. 프로스프가 자기네 종이 번식할 수 있도록 도울 수도 있었다. 귀스는 프로스프가 파도와 조약돌이 어우러진 풍광 속에서 다른 큰바다쇠오리의 목을 끌어안는 장면을 머릿속에 그렸다. 배와 다리 사이에서 빛나는 갈색 반점의 알들, 삼키자마자 목구멍 속을 흐르듯이 내려가는 물고기도 상상해 보았다.

큰바다쇠오리의 번식 장소가 대서양의 이 구역에 무한히 열려 있는 것은 아니었다. 그 문제에 관심을 갖고 연구해 보니, 선택의 폭이 제한적이라는 게 드러났다. 사실을 말하자면, 단 한 군데가 아직 유효한 것처럼 보였다. 세인트킬다섬이 바로 그곳이었다. 왜냐하면 엘데이섬이 거대한 무덤이 되었으니까 말이다. 때때로 뱃사람들이 세인트킬다섬에서 큰바다쇠오리와 마주쳤다는 얘기를 했다. 생각이 거기에 미치자, 온 세상이 정상적인 흐름을 되찾은 것처럼 느껴졌다. 마치 지구가 잠시 큰바다쇠오리의 개체 수 감소 때문에 균형을 잃었다가 본래의 자전축 기울기를 되찾기라도 한 듯했다. 다른 프로스프를 만날 가능성이 아주 적은 것은 사실이었다. 하지만 달리 선택의 여지가 없었다. 가능성이 적다 해도 만날 수 있다면 문제 될 것이 없었다. 방정식이 흥미로워지고 있었다. 전무(全無)가 아니라면 세상이 온전하다는 얘기였다.

프로스프의 깃털에 다시 반점이 나타났다. 1837년 4월, 귀스가 프로스프를 데리고 엘린보르의 오빠인 시그나르의 배에 탔을 때의 일이다. 귀스는 세인트킬다로 항해해 그 섬에 깃들여 사는 새들의 수가 얼마나 되는지 조사할 생각이었다. 시그나르는 무척 들떠 보였다. 백 번쯤 가본 장소이지만 단 한 번도 그곳에 어떤 가치가 있을 거라고 생각해 본 적이 없는데, 그곳에서 그토록 진지한 연구를 한다는 생각에 열광한 것이었다. 항해 도중 그들은 무인도 가까이에서 닻을 내렸고, 이어서 헤브리디스 제도의 어느 항구 앞에서 이틀을 보냈다. 프로스프는 남들이 보지 못하도록 숨겨 두었다. 그들이 큰바다쇠오리를 훔쳤다고 오해를 살 염려가 있기 때문이었다. 어디를 가거나 그들은 물범들이 쉬고 있는 광경을 보았다. 코뿔바다오리들이 요란하게 날갯짓하는 모습도 어디에서나 보았다.

프로스프는 배에서 매일 목을 곧게 세우고 수평선, 바다, 물보라를 바라보면서 기쁨에 찬 울음소리를 냈다. 몸에 날

아든 바닷물이 미끄러져 내리도록 날개를 벌리기도 했다. 귀스는 나무로 제법 큰 새장을 만들어서 갑판에 못으로 고정해 놓았다. 낮 동안에는 큰바다쇠오리를 끈으로 묶어 놓고 주위를 이리저리 산책하게 해주었다. 큰바다쇠오리는 이따금 울음을 그친 채로 머리를 높이 들어 물보라를 맞기도 했다. 자연환경이 달라지니 그 새가 다른 모습을 보였다. 빛이 변할 때마다 민감하게 반응하면서 주위의 풍광에 경탄하는 존재로 변한 것이었다. 귀스는 그런 변화를 가져다주는 자연에 시샘을 느꼈다. 그가 새로이 발견한 프로스프는 본능에 아주 충실하고, 주위에서 벌어지는 현상을 곧바로 이해하는 능력이 충만한 존재였다. 이제 귀스에게 의존하지 않고, 귀스의 동정을 살피거나 귀스를 지켜보지 않는 프로스프, 아침마다 귀스를 거의 기다리지 않게 된 프로스프였다. 바야흐로 그의 눈앞에 있는 큰바다쇠오리는 이 항해의 결과를 알고 있는 것 같은 느낌을 주었다. 어딘가로 달아날 생각조차 하지 않는 것 같았다. 그래서 곧 귀스는 프로스프를 붙잡아 두는 끈이 필요 없게 되었다고 생각했다. 프로스프는 갑자기 바람이 몰아치고 소나기도 쏟아져도 겁내지 않았고, 이따금 파도가 치솟아 갑판에 떨어지며 부서져도 무서워하지 않았다. 어느 날, 프로스프를 품에 안았을 때, 귀스는 그의 냄새가 달라졌음을 느꼈다. 그에게서 해조류의 냄새가 풍겨 나와, 죽은 물고기의 진한 냄새처럼 싸하게 감돌았다.

 그들이 세인트킬다에 다가가면 다가갈수록 프로스프는 점점 더 가슴을 불룩하게 만들었다. 말뜻 그대로 정말 가슴을 불룩하게 만드는 몸짓을 했다. 가슴을 앞으로 내밀고, 머리를 목에 박은 채, 부리는 커다란 갈고리처럼 구부린 엄숙한 모습으로 갑판 위를 위풍당당하게 걸어 다녔다. 그러면서 그 당당한 눈길을 대양에서 떼지 않았다. 시그나르와 귀스는 그 모습을 보고 웃었다. 하지만 프로스프의 눈엔 그들이 무지한 견습 선원처럼 보일지도 모를 일이었다. 실제로 그들이 돛과 씨름하는 모습을 보일 때, 그리고 일부러 울음소리를 내서 뜻밖의 돌풍이 불어닥칠 것을 그들에게 알려 주거나 그들의 동작이 자기 눈에 서툴러 보인다는 사실을 일깨워 주려고 할 때면, 프로스프는 그들에게 도도한 시선을 보내곤 했다. 그러다가도 짙었던 밤빛이 가실 무렵이면 다시 귀스를 불렀다. 힘없고 얌전하게 울다가 떠는 소리를 내는 것이었다. 그러면 귀스는 프로스프를 새장에서 꺼내어 자기 옆에 두었다. 프로스프는 머리를 그의 어깨에 올렸고, 귀스는 그 머리를 쓰다듬어 주었다. 새벽빛이 부옇게 밝아 오면, 그들은 일과를 시작하기 위해 서로 떨어졌다. 낮이 되면 프로스프는 다시 으스대며 걸었다.

코뿔바다오리들이 지나갔지만 프로스프는 관심을 기울이지 않았다. 물범들도 옆으로 지나갔지만 프로스프는 배를 탄 채 보호받고 있었기에 관심을 기울일 필요가 없었다. 그는 하루에 몇 번씩 깃털에 윤기를 냈다. 그 동작은 부드럽고도 정확했다. 귀스는 그가 아름다워지려고 스스로 멋을 부리는 거라고 생각했다. 다른 큰바다쇠오리들에게 소개되기를 기다리면서 온전한 큰바다쇠오리의 모습을 되찾아 가는 것으로 보였다. 그에게서 새로 풍겨 나오는 물보라와 물고기와 해초의 냄새도 그의 친구가 될 큰바다쇠오리들을 유혹하는 데에 도움이 될 게 분명했다.

어느 날, 그들의 배 앞에서 멀리 세인트킬다 제도가 나타났다. 귀스는 크로키 수첩과 메모 노트를 준비해 놓았다. 수첩에는 큰바다쇠오리의 군집을 그려 넣고, 노트에는 눈에 보이는 것을 그대로 적어 둘 참이었다. 약간의 행운이 따라 준다면 짝짓기 전의 구애 행동을 보게 될지도 모를 일이었다. 사람들 말로는 큰바다쇠오리가 평생토록 같은 짝과 한 커플을 이루어 산다고 했다. 그런데 프로스프에게는 너무 늦어 버린 일이 아닌지 걱정스럽지 않을 수 없었.

그가 헤아려 보니 큰바다쇠오리의 수는 열 마리 이내였다. 대다수는 몇 미터 높이의 바위에 자리를 잡고 있었다. 귀스는 자기가 계획한 일에 무척 골몰해 있었다. 너무 들떠 있는 탓에 실패 따위는 상상하지도 않았다. 다른 종들의 새가 무수히 많이 모여 있었다. 그들은 절벽에 둥지를 튼 채 귀가 먹먹할 만큼 시끄럽게 굴었다. 귀스 일행은 아주 높고 가파른 해안을 따라 나아갔다. 이제껏 그렇게 높고 가파른 해안은 본 적이 없었다. 처음엔 그토록 많은 새의 울음소리가 종소리보다 요란하다고 생각했다. 그런데 더 멀리 모래톱 쪽으로 나아가자, 소음이 차츰 줄어들면서 마치 그들 주위에서 무수한 방울이 울리는 것 같은 소리로 변했다.

큰바다쇠오리들은 바닷가에서 넓은 자리를 차지하지 못하고 있었다. 한데 모여 있지 않아서 더 그런 것 같았다. 그들 중 몇 마리는 물 위로 솟은 작은 바위섬에 자리 잡고 있었다. 귀스는 물기슭에서 20미터쯤 떨어진 곳에 작은 배를 세웠다. 그러고는 처음으로 끈을 매달지 않은 채 프로스프를 물속에 놓아주었다. 아직 작은 배에 타고 있을 때, 프로스프는 이상하게도 차분하고 조용했다. 조금 진중해 보였고, 바닷속으로 뛰어들기 전에 묵상이라도 하는 듯했다.

프로스프는 한 마리 오리처럼 떠다녔다. 아마도 자연스럽게 생기는 두려움을 이겨 내면서 자기 동류들을 살피고 있을 터였다. 그러다가 물속으로 들어갔고, 그 뒤로 10분이 지나도록 귀스의 눈에는 아무것도 보이지 않았다. 귀스는 두리번거리다가 겁을 먹기 시작했다. 프로스프가 도망칠 리는 없었다. 근처에 어떤 포식자도 없으니 잡아먹혔을 리도 없었다. 하지만 귀스가 동물 심리학이나 동물의 수줍음에 대해서 무엇을 알고 있으랴. 사실 별로 없었다. 드디어, 큰바다쇠오리 한 마리가 물결을 헤치고 바닷가로 나오더니, 몸을 일으켜 세우고 문득 멈춰 섰다가 두 발짝을 떼고 다시 멈춰 섰다. 귀스는 단 1초의 망설임도 없이 그가 누구인지 알아보았다. 하기야 자기의 프로스프, 용감한 프로스프를 못 알아볼 리가 없지 않은가? 그날은 날씨가 좋았다. 참 드문 일이었다. 하늘이 파랗고, 바닷가에 있는 실루엣들이 뚜렷하게 보였다. 실루엣들은 움직이지 않았지만, 모두가 새로 온 큰바다쇠오리, 큰바다쇠오리 세계의 오디세우스 쪽으로 머리를 돌리고 있었다.

프로스프가 나아갔다. 부리를 낮춘 자세였다. 〈평화를 사랑하는 자신의 뜻을 보여 주려는 것이로군〉이라고 귀스는 생각했다. 프로스프는 앞뒤로 몹시 흔들거렸다. 평소보다

심했다. 그만큼 신경이 날카로워져 있다는 뜻이었다. 그렇게 바닷가로 나아가서 다른 큰바다쇠오리와 2~3미터 떨어진 곳에 가더니 부리를 내밀었다. 날개를 가지고 별다른 동작을 보이지는 않았다. 다른 어느 때보다 날개 움직거리는 것을 자제하는 듯했다. 상대는 그를 못 본 척했고, 그동안 다른 큰바다쇠오리들은 한 귀퉁이에서 그 장면을 지켜보았다. 그들의 표정에는 새로 온 큰바다쇠오리를 반긴다기보다 자기네 주위를 깨끗하게 치우는 일에 더 관심이 많다는 뜻이 담겨 있었다. 산란이 아직 이루어지지 않은 터라 그들은 둥지를 짓고 있었다. 어떤 큰바다쇠오리들은 부리에 조약돌을 물고 있기도 했다. 귀스는 프로스프가 선물을 좀 가지고 왔어야 하는 게 아닌가 생각했다. 하지만 설령 선물을 마련한다 해도, 일반적인 새들의 풍습, 특히 큰바다쇠오리들의 풍습에 대해서 아는 바가 없지 않은가? 귀스는 자신이 무척 쓸모없다고 느끼기 시작했다.

그는 프로스프만큼이나 신경이 곤두서 있었다. 프로스프처럼 그도 두려웠다. 그래도 프로스프는 뭔가 행동을 하기라도 하는데, 그냥 보고 있으려니 훨씬 더 두려웠다. 전에 느껴 보지 못한 감정이었다. 일찍이 사람에 대해서는 그와 비슷한 무언가를 느껴 본 적이 없었다. 엘린보르도 어머니도 친구들도 누군가에게 학대를 받거나 배척을 당한 적이 없었다. 귀스는 자기 혼자든 동료들과 함께든 자존심에 상처를 입은 적이 있지만, 모두가 그 상처를 이겨 냈다. 그는 어머니 때문에 걱정에 빠져 보지 않았다. 예를 들어 어머니가 어떤 종자매 때문에 1년 동안 화를 풀지 않던 때가 있었다. 어머니를 두고 노처녀처럼 군다는 식으로 조롱했기 때문에 화가 난 것이었다. 그런 상황에서도 그는 걱정하지 않았다. 어머니 역시 귀스 때문에 걱정을 하지는 않았다. 그가 중학교에 갈 때도 그러했다. 사실 당시에 그는 어린애처럼 감성적으로 민감하게 구는 나이를 지난 지 오래였다. 어쨌거나 그는 마음에 작은 파도라도 일렁거리는 듯한 상태를 경험한 적이 없었다. 그러던 그가 큰바다쇠오리 한 마리 때문에 작은 배 안에서 두려움에 떨고 있었다. 그는 자기가 그 큰바다쇠오리를 책임져야 한다고 믿었는데, 그 새가 어느 모로 보나 험한 일에 더욱 능숙해 보이는 다른 큰바다쇠오리들에 비해 갑자기 너무 약해 보이기 때문이었다.

프로스프는 처음 만난 큰바다쇠오리 쪽으로 목을 쭉 내밀었다. 존경을 담은 겸손한 자세인 동시에 대담한 몸짓이기도 했다. 즉각 반응이 나타났다. 한 번의 울음소리, 물지는 않고 부리로 한 번 찍기, 날개를 뒤로 뺀 채로 세 발짝 전진, 프로스프의 발 빠른 후퇴. 모래톱이나 바위 위에 멀리 떨어져 있던 다른 큰바다쇠오리들은 동작을 멈춘 채로 그 장면을 지켜보았다. 귀스의 귀에는 프로스프가 짤막하게 토하는 신음이 들린 듯했지만 그 소리는 상상력의 소산인 게 분명했다. 그가 있는 곳에서 그렇게 낮은 소리를 들을 수는 없을 터였다.

프로스프는 비틀거리는 걸음으로 다른 큰바다쇠오리를 향해 갔다. 똑같은 반응, 똑같이 엄격한 몸짓이 나타났다. 귀스는 크로키 수첩을 꺼내어 그 장면을 그려 넣어야 했지만, 너무 긴장한 터라 그럴 생각조차 하지 못했다. 일이 그런 식으로 계속된다면, 어둠이 내려도 시그나르가 기다리는 큰 배로 돌아갈 수 없을 터였다. 추위가 느껴지기 시작했다. 날이 저물기까지는 아직 세 시간쯤 남아 있었다.

프로스프는 이제 움직이지 않았다. 아무 새에게도 다가가지 않고, 물기슭 자갈밭 한 귀퉁이에 머물러 있었다. 그래도 그의 표정은, 아니 그의 태도는 여전히 의연했다. 귀스가 보기에는 그나마 다행이었다. 큰바다쇠오리 한 마리가 헤엄을 치러 가자 다른 한 마리가 바위에서 뛰어내리며 따라 했다. 귀스는 그들의 행동을 조사하기 시작했다. 긴 항해를 하고 난 뒤에, 큰바다쇠오리들이 서로 만나는 장면을 목격하고 있는 것이었다. 그 새들은 모래톱에서 짝짓기를 했다. 얼마쯤 시간이 지나자, 그런 행동을 볼 만큼 보았다는 생각이 들었다. 그의 눈에 비친 바로는 여섯 마리가 세 쌍을 지은 것 같았다. 짝짓기를 아직 하지 않은 큰바다쇠오리가 몇 마리 남아 있었다. 프로스프에게는 다행인 일이었다. 귀스가 보기에는 세 마리가 남은 듯한데, 그가 잘못 헤아렸을 수도 있었다.

프로스프는 무엇인가를 하려는 듯 자기도 바다로 달려들었다. 그는 배에 타고 있는 귀스를 보러 오지도 않았고, 물기슭에서 멀리 떠나가지도 않았다. 그냥 떠다니면서 백조처럼 목이 잠기도록 물속으로 머리를 넣기도 하고, 꼬리와 등의 깃털에 윤기를 내기도 했다. 그러다가 다시 바닷가 쪽을 향하더니, 이번에는 너울을 이용해서 바위 위로 올라섰다. 해거름이 다가오고 있었다. 귀스의 눈은 점점 저녁 어스름에 익숙해졌다. 큰 배로 돌아가야 했다. 프로스프가 혼자 바닷가에서 어려운 고비를 넘기도록 내버려두고 돌아가서 잠을 좀 자두어야 했다. 그래야 새벽에 기운을 차리고 일어나 되도록 이르게 다시 보러 올 수 있을 터였다. 그는 불안을 느끼며 배로 돌아갔다. 하지만 자기가 해야 할 일을 하고 있다고 확신했다. 그와 시그나르는 별로 얘기를 나누지 않았다. 시그나르가 프로스프의 일이 어떻게 진행되었는지 자세하게 말해 달라고 했지만, 귀스는 그냥 어깨를 으쓱하기만 했다.

이튿날, 날이 밝자 귀스는 처음으로 작은 배에서 내려 섬에 발을 디뎠다. 큰바다쇠오리들과 조금 거리를 두긴 했지만, 그들을 계속 관찰할 수 있는 장소에 자리를 잡고 메모 작업을 벌였다. 프로스프는 그가 와 있음을 알아차리지 못하는 듯했다. 프로스프가 있는 자리는 전날과 똑같았다. 동류들이 차지한 자리에서 뒤쪽으로 물러난 곳, 말하자면 지름이 15미터쯤 되는 원의 둘레에 있는 셈이었다. 프로스프는 외톨이였고, 다른 큰바다쇠오리들의 관심을 끌지 못하는 존재였다. 다른 큰바다쇠오리들은 헤엄을 치다가 바닷가로 돌아오고는 했다. 프로스프도 헤엄을 치기는 했지만, 조금 있다가 이내 돌아왔다.

그러고는 다른 큰바다쇠오리들에게 다시 접근하기 시작했다. 쌍을 지은 새들은 피하고, 귀스가 보기에 독신자인 새들에게 관심을 집중했다. 그의 태도는 너무 달라 보였고 별로 자신이 없는 듯했다. 그래서 귀스의 눈에는 그가 다른 큰바다쇠오리와 닮은 것처럼 보이지 않았다. 그들 사이에 무언가 좋은 일이 벌어지기를 바랐지만 아무 일도 일어나지 않았다. 귀스는 그 시간을 이용해서 북방가넷이나 북방풀머

갈매기에 관한 메모를 작성했다. 북방가넷은 공중을 날거나 드넓게 펼쳐진 해안 절벽에 둥지를 짓고 있었고, 북방풀머갈매기는 갈매기와 비슷하게 생기기는 했지만 분류학상으로 과(科)가 다르고 세인트킬다섬에서만 살았다. 그렇게 프로스프를 살피기보다 다른 일을 하느라 20분쯤 시간을 보내고 나서, 그는 하던 일을 접고 작은 군집 속에서 다시 프로스프를 찾아보았다.

정오쯤, 그 작은 군집에 활기가 돌기 시작했다. 멀리서 보기에도 열띤 분위기와 밝은 기운이 느껴졌다. 온 섬에 흥분한 새들의 소리가 가득했다. 흙과 돌이 어우러진 새의 모든 놀이터에 흥분과 분방함이 넘쳐 나는 춤판이 벌어졌다. 마치 자기를 기리는 한바탕 춤에 응답하기라도 하듯 태양은 중천에서 빛나고 있었다. 위도가 낮은 지역의 태양만큼 찬란하지는 않을지라도, 세인트킬다식으로 보면 태양이 빛나는 게 분명했다. 아직 섬은 새들의 탁아소로 변하지 않았고, 어떤 새도 아직 알을 낳지 않았다. 열광적인 성년의 축제였다. 몸과 몸이 부딪치고, 부리로 서로를 쪼아 대고, 사랑을 고백하는 몸짓이 난무했다. 어느 종의 새들이나 그렇게 했고, 저마다 자기 종의 방식으로 춤사위를 보였다. 귀스는 걸리버를 떠올렸다. 걸리버가 어느 미지의 사회에 들어갔다가 그 사회의 자유와 환희와 엄격함을 부러워하는 장면을 상상했다. 다시 프로스프 쪽으로 눈길을 돌려 보니, 그가 자기 깃털을 흔드는 모습이 보였다. 먼저 깃털을 세우더니 재빨리 자르르한 윤기를 띠며 반짝이는 연미복을 입은 듯한 자태를 취했다. 그런 다음 날개를 뒤쪽으로 벌리고, 아주 활기찬 걸음으로 다른 큰바다쇠오리에게 다가들어서, 하늘을 올려다보듯 고개를 뒤로 젖혔다. 새들의 온갖 노래가 뒤섞여 들리는 상황이라 제대로 듣지 못했지만 귀스는 프로스프가 지저귀는 것이라고 느꼈다. 프로스프의 상대는 그 지저귐에 답하기라도 하듯 몸을 길게 늘였다. 아마도 그 역시 지저귀고 있을 터였다.

이 순간부터 귀스는 그 장면에서 눈을 떼지 않았다. 그가 여기에 도착한 뒤로 느꼈던 중압감, 무거운 짐을 진 듯한 그 느낌이 덜해졌다. 프로스프가 이제 막 자기와 같은 종의 세계에 들어가 받아들여지기 시작한 것이었다. 큰바다쇠오리는 경이로운 동물이라고 귀스는 생각했다. 평화를 사랑하고 서로 굳게 연대할 수 있으니 멋지다고 아니할 수 없었다. 그런데 프로스프가 갑자기 뒤로 물러섰다. 바쁘게 움직이는 품새로 보아, 무언가를 꼭 해야 한다는 생각이 새롭게 머릿속에 떠오른 게 분명했다. 프로스프는 자기 노래에 맞춰 같이 노래를 불러 준 그 큰바다쇠오리에게로 돌아갔다. 이번에는 부리에 조약돌 하나를 물고 있었다. 그는 이 조약돌을 상대의 발치에 떨어뜨렸다. 드디어 수수께끼가 풀렸다. 프로스프는 수컷이었다. 짝짓기 전에 구애 행동을 하고 둥지를 칠 줄 아는 수컷.

귀스는 목탄을 잡고 그 모습을 그리기 시작했다. 프로스프와 관련된 마지막 추억이 될지도 모를 장면이었다. 귀스는 알 수 없었다. 프로스프가 자연의 삶으로 돌아가는 것을 보고 기뻐해야 할지, 아니면 헤어지는 것을 슬퍼해야 할지. 그의 크로키에서 프로스프는 부리에 조약돌을 물고 있는 모습으로 크게 그려져 있었고, 깃털의 명암 차이가 온전히 표현되어 있었다. 프로스프가 상대하는 암컷은 더 흐릿한 선으로 그려져 있었다. 그런데 귀스가 있는 자리에서 보자면 깃털도 프로스프의 눈도 보이지 않았고, 조약돌도 분명하게는 보이지 않았다.

날이 차츰 흐려졌다. 문득, 큰바다쇠오리들이 한바탕 소동을 벌였다. 두 마리씩 짝을 지어 머리를 서로 붙인 채로 울음소리를 냈다. 그렇게 쌍쌍이 부리를 맞대고 있으니 꼭 입맞춤하는 것만 같았다. 다만 몽당팔 같은 날개들을 세차게 파닥이면서 서로의 등과 옆구리에 무수한 타격을 가하고 있었다. 그런데 프로스프는 아직 짝을 이루기 전이었고, 가까이에 경쟁자 — 아마도 프로스프가 욕심을 냈던 암컷의 짝이 되고자 하는 자인듯 — 가 있었기 때문에, 바닥에서 구르며 그 경쟁자에게 자기 가슴을 보여 주었다. 그러자 경쟁자는 프로스프에게 덤벼들었다. 프로스프는 자기 부리로 상대의 부리를 잡았다. 상대가 무는 것을 피하기 위한 적절한 반사 행동이었다. 하지만 상대는 양보하지 않았다.

갑자기 프로스프의 오른쪽 옆구리에 무언가가 묻으면서 더러워졌다. 진흙 반점인가 했더니 여러모로 보아 피인 게 분명했다. 귀스는 자기도 모르게 벌떡 일어섰다. 어서 달려가서 자기 친구를 품에 안고 보호해 주려는 듯한 자세였다. 할 수만 있다면, 경마장에서 말을 격려하듯이 자기 선수에게 힘을 불어넣고 싶기도 했다. 하지만 귀스는 아무 소리도 내지 않았다. 그에게는 끼어들 권리가 없었다. 바야흐로 프로스프가 삶을 배우고 익히는 시간이었다. 프로스프는 바닥에서 굴렀고, 상대도 그와 함께 굴렀다. 그러다가 둘 다 일어서서 부리를 공중으로 들어 올린 채 침묵을 지켰다. 그러자 암컷이 한쪽 수컷을 향해 강장강장 뛰어갔다. 그 수컷은 프로스프가 아니었다. 암컷은 그 수컷을 목으로 쓰다듬었다. 전투가 끝났다. 프로스프는 졌다.

  시간이 흘렀다. 귀스는 동물 한 마리를 살펴보고 있었다. 의기소침해진 채로 뻣뻣하게 굳은 동물, 깃털에 상처를 입은 그 동물은 홀로 바닷가 저쪽 끄트머리에 앉아 있었다. 귀스는 그 새가 다른 암컷의 마음을 사로잡을 수 있으리라 생각했다. 아직 짝을 짓지 않은 새가 두 마리 남아 있었다. 그 새들이 암컷인지 수컷인지는 알 수 없었다. 귀스는 추위를 느끼기 시작했다. 멀리서 보는 모습이긴 하지만, 프로스프도 추워서 떠는 것 같았다. 다른 큰바다쇠오리들은 프로스프에게 아무런 관심을 보이지 않았다. 비가 내렸다. 프로스프가 몸을 일으키더니, 바위로 이어지는 길을 걸어갔다. 상처가 너무 심하지는 않은지, 바른 자세를 유지하려 애쓰면서 걷고 있었다. 요컨대 용기를 잃지 않았다는 뜻이었다. 그는 한 쌍의 큰바다쇠오리에게 다가갔다. 그들은 그를 쫓아냈다. 그는 짝을 이루지 않은 큰바다쇠오리에게 다가갔다. 목을 낮추고 있었는데, 그 목이 길고 유연한 데다가 마술적이다 싶을 만큼 놀림이 능숙해서 금방이라도 상대의 목에 감겨들 것만 같았다. 프로스프는 겸손하고 다정하게 부리를 내밀었다. 수줍은 몸짓이었다. 상대는 꼼짝하지 않고 프로스프가 자기 부리를 문지르도록 내버려두었다. 몇 초쯤 지나자 갑자기 그 큰바다쇠오리가 머리를 내밀더니 프로스프의 머리를 들이박았다. 그러는 동안 가슴을 프로스프의 가슴에 붙인 채, 날개로 프로스프를 때리기 시작했다. 아직 상처가 아물지 않은 부위에 수백 번의 타격이 가해졌다.

그때 귀스가 미처 대비하지 못한 일이 벌어졌다. 그 허기진 군집이, 더 큰 집단의 유산된 태아와도 같은 그 큰바다쇠오리들이, 새로 온 동류를 보고 기뻐해야 마땅할 터인데도 귀스의 친구 프로스프에 맞서 한 몸처럼 움직였다. 마치 날카로운 부리들이 하나가 되어 프로스프를 공격하는 듯했다. 섬에 있는 다른 새들의 소리가 잦아든 터였고, 어둠이 내리려 하고 있었다. 다른 새들이 모두 휴식을 취하는 시간, 그 상대적인 고요를 뚫고 미친 마녀들의 울음소리가 터져 나왔다. 그 무리는 어느 큰바다쇠오리를 뒤쫓아 가며 울부짖는 소리를 냈고, 쫓기는 큰바다쇠오리는 더 빨리 도망치려고, 아니면 공포에 사로잡혀 미끄러지는 바람에 바위에 배를 대고 급히 내려갔다. 그의 두 다리는 아무것도 하지 못하고 그저 허공에서 버둥거렸다. 도망치는 데에 다리가 도움이 되려면 물이 흐르거나 파도가 있어야 하는데, 그런 것들이 없으니 무력하기 짝이 없었다.

모욕당한 동물, 친구도 없고 미래도 없는 동물, 그가 겪은 아픔과 설움과 수치심을 어떻게 형용할 수 있을까? 프로스프는 다시 바닷가로 내려와서 혼자 걸었다. 등은 거의 수평으로 보일 만큼 앞쪽으로 기울어지고 부리는 축 처져 있었다. 그는 자기가 쫓겨난 바위의 반대쪽 끝에 있는 바위로 올라갔다. 그러고는 바위의 아래쪽 돌출부로 내려갔다. 거기에서 바다로 뛰어내리기는 어려워 보였다. 날이 저물어 가는 시점이었다. 그는 납작하게 몸을 움츠린 것 같기도 하고 엎드려 있는 것 같기도 했다. 어쨌든 더는 움직이지 않았다. 바위가 검은색이라서, 프로스프의 머리에 있는 흰 반점이 뚜렷하게 눈에 들어왔다. 그 머리는 맥없이 흐물흐물하게 늘어져 있는 듯한 모습이었다. 그의 부리는 바위 틈새에 박혀 있었다. 그는 분명 눈을 감고 있을 터였다. 귀스의 활기차던 큰바다쇠오리가 사라지고 그 대신 더 작아진 새가 바위의 좁다란 돌출부에 웅크리고 있었다. 새는 아마도 자기가 한 마리 큰바다쇠오리라는 사실을 알지 못할 것이었다. 그는 한 마리 멋진 새이고, 모든 큰바다쇠오리 중 가장 훌륭한 존재이며, 모든 새 가운데 가장 뛰어난 수영 선수이고, 아마도 북반구의 어느 짐승보다 꾀바른 새일 테지만, 그는 이제 그런 사실을 모르고 있는 것 같았다.

  귀스는 배를 저어 다가갔다. 할 수 있는 한 가장 빠른 속도로 노를 저었다. 프로스프는 여전히 꼼짝달싹하지 않았다. 바위 같은 광물질로 변하여, 마치 지금 올라앉은 바위를 뚫고 들어갈 채비를 하는 것만 같았다. 어쩌면 그는 화석의 운명을 꿈꾸고 있을지도 모를 일이었다. 바닷가의 그 모든 화석, 옛날 옛적의 고사리, 사라져 버린 조개, 수백 년 전에 죽은 벌레 들과 자기가 뒤섞이게 되리라고 생각하는 것만 같았다. 귀스는 자기 주위로 깃털이 날아가는 것을 보았다. 나비나 곤충과 비슷해 보였다. 프로스프에게서 10미터쯤 떨어진 곳에 다다르자, 프로스프의 몸에 맨살이 드러난 부위가 눈에 띄었다. 깃털의 일부가 뽑혀 나간 것이었다. 4미터 앞에 다다르자, 프로스프가 우는 소리를 내는 느낌이 들었다. 하지만 프로스프는 울고 있지 않았다. 소리를 내기보다는 오히려 평소와 달리 침묵을 지키고 있었다. 2미터 앞에 다다르자, 귀스는 프로스프를 불렀다. 하지만 프로스프는 반응을 보이지 않았다. 귀스는 그를 바라보았지만 이제 그의 눈이 보이지 않았다. 어둠이 깔림에 따라 그의 흰 반점도 어둠에 묻혔다. 그의 형상이 바위의 울퉁불퉁한 모양과 엇비슷해 보이는 상황이었다.

아래쪽의 잔잔한 바다는 진한 기름 같은 검은색이었다. 귀스는 작은 배를 밧줄로 매어 두고 바위의 돌출부로 올라가야 했다. 기껏해야 3미터 높이이므로, 별일은 아니었다. 그런데 밧줄을 묶을 자리가 전혀 없었다. 귀스는 배가 움직이지 않도록 바위에 바싹 붙여 놓았다. 큰바다쇠오리를 붙잡은 뒤에 배가 물결에 휩쓸리기 전에 돌아오자면 긴 시간을 쓸 수 없는 상황이었다. 그는 1분 안에 해치우리라고 생각했다. 처음에는 한쪽 발이 미끄러졌다. 그는 울퉁불퉁한 바위의 틈새를 찾아내 발을 디뎠다. 그러자 상반신이 프로스프가 있는 곳에 닿았다. 그는 얼른 두 손으로 날개를 감싸 프로스프를 잡았다. 프로스프는 아무 소리도 내지 않았고, 아무 저항도 하지 않았다. 귀스는 작은 배로 돌아와서 새를 보살피고 상처를 씻겨 주었다. 잃어버린 영광의 흔적인 뼈 하나를 다루고 있다는 느낌이었다.

그가 마주하고 있는 존재는 지상에서 가장 외로운 동물이었다. 같은 부류가 없는 동물, 귀스와 엘린보르의 집에 사는 자기네 종의 유일한 동물, 자기 주위의 사람들과 공통의 언어를 전혀 가지고 있지 않은 동물, 이제 큰바다쇠오리라 할 수도 없게 되어 버린 동물, 한낱 대용품 같은 존재가 되어 버린 동물, 반은 큰바다쇠오리이고 반은 오리가 되어 버린 동물. 반은 오리가 되었다고 말한 것은 그가 울타리 안에서 오리와 거의 비슷한 삶을 살고 있기 때문이었다. 그는 대양의 깊은 곳을 건너기보다 물에 떠서 참방거리는 처지였다.

하지만 프로스프의 본래 성격이 그러하듯, 그는 부상을 딛고 다시 일어섰다. 정신적인 상처도 이겨 냈다. 이 큰바다쇠오리는 후손을 갖지 못할 터였다. 같은 종의 다른 개체들로부터 인정받지 못했다. 이타카섬의 성 밖에서 영원히 길을 잃어버린 이 오디세우스는 죽기를 원하지 않았다. 어쩌면 그는 누군가를 사랑할지도 몰랐다. 어쩌면 귀스와 엘린보르뿐만 아니라, 이따금 호기심을 느끼며 울타리로 다가드는 양을 사랑하는지도 모를 일이었다. 울타리를 사이에 두고 그 양과 얘기를 나눴을 수도 있었다. 세인트킬다 제도를 다녀온 뒤로 그는 두 번 다시 아프지 않았다. 때때로 엘린보르는 그를 집 안에 들어오게 했다. 프로스프는 혼란을 느끼면서도 자신을 한 인간으로 여기는 게 분명했다. 그렇듯이 세상에 하나뿐인 이 피조물은 자기 새끼에게 헤엄치는 법을 가르쳐 줄 일이 없는 존재이고, 다른 큰바다쇠오리의 목구멍에 들어간 물고기를 먹을 일도 전혀 없는 존재이지만 특별한 운명을 안고 있었다. 한 영웅의 운명, 한 생존자의 운명이 그를 기다렸다. 그는 다른 어떤 큰바다쇠오리도 겪어 보지 못할 일을 겪게 될 것이었다.

귀스가 세인트킬다 제도에서 돌아온 뒤로, 엘린보르는 자기 남편이 무언가 다른 것에 마음을 팔고 있다고 생각했다. 그런데 달리 생각해 보면, 자기가 주의 산만과 강박 관념을 혼동하는 것 같기도 했다. 사실 귀스는 주의가 산만하기보다 강박 관념에 잘 사로잡히는 사람이었다. 귀스는 서재에 틀어박혀서 일을 많이 했다. 그러다가 식사를 하거나 함께 산책을 할 때면, 언제나 그 일보다 무언가 다른 일을 생각하는 것처럼 보였다.

「만약 마법의 힘으로 내가 당신 앞에서 갑자기 사라져도 당신은 알아차리지 못할 거야.」 그녀가 귀스에게 쏘아붙였다. 그러고는 언덕을 향해 달음박질로 달아나기 시작했다.

그는 뒤따라 뜀박질을 해 그녀를 따라잡았다. 그녀가 그의 어깨에 닿자, 헝클어진 채로 날리던 그녀의 머리카락이 그의 목과 턱을 간지럽혔다. 그는 머리채를 삼키는 시늉을 하고 숨이 막힌 척했다. 두 사람은 바닥에 쓰러져 비탈길을 내리굴렀다. 곧이어 그는 자기가 너무 몽상에 젖어 살았다고 사과했다. 세인트킬다에서 겪은 일 때문에 혼란에 빠졌을 뿐 다른 무엇은 없다는 것이었다.

그의 머릿속에는 한 가지 구상이 맴돌고 있었다. 하지만 그 구상을 콕 꼬집어 말하기에는 아직 일렀다. 그는 아내에게 메리 셸리의 『프랑켄슈타인』에 관해서 얘기했다. 아내가 아직 읽어 보지 않은 그 소설의 줄거리를 들려준 것이었다. 그는 과학도인 프랑켄슈타인처럼 새로운 인간을 만들어 내고자 하는 것은 아니라고 설명했다. 그런 의도는 없지만 자기에게도 그 미치광이 과학자와 비슷한 점이 있다고 했다. 어떤 거대한 것, 인류만큼이나 어마어마한 것, 천지 창조만큼이나 굉장한 것에 강박적으로 매달리는 성격이 서로 닮았다는 것이었다. 아내는 그를 프랑켄슈타인이라 부르기 시작했다. 그리고 그가 서재에서 나오지 않고 일에 집중할 때면 서재를 〈실험실〉이라고 부르기도 했다.

그는 탁자를 마주하고 앉아, 울타리 안에서 조금 멀리 떨어져 있는 프로스프를 창문 너머로 바라보고 있었다. 문득 궁금증이 일었다. 프로스프에게 왔다 갔다 하고 이따금 그를 내팽개쳐 두기도 하는 양이 있지만, 더 좋은 반려동물을 찾아 주어야 하는 것은 아닐까? 귀스는 문장들을 휘갈겨 쓰다가 지우기도 하고, 다시 쓰기도 하던 중이었다. 추억들이 뒤죽박죽으로 떠올라 그것들을 정리하려 애쓰고 있었다. 스트롬니스에 살던 시절에, 뷰캐넌은 큰바다쇠오리들이 거래되고 있음을 그에게 알려 주었다. 이웃 사람 야쿱손은 마녀 얘기를 했다. 사람들이 큰바다쇠오리를 마녀로 생각하면서 몰살한다는 것이었다. 귀스는 자기 뇌가 무언가에 가로막혀서 제대로 작동하지 않는 느낌이 들었다. 뇌 앞에 해안 절벽과 비슷한 것이 있었다. 그런데 이 해안 절벽은 파란색이고 반들반들하다 싶을 만큼 윤기가 흘렀다. 어쨌거나 비현실적인 낭떠러지였다.

그는 글을 쓰던 종이에서 다시 눈을 들었다. 하늘을 나는 새들이 보였다. 바다로 눈길을 돌려 보니, 돌고래들이 물결을 헤치며 잠깐 나왔다가 다시 물에 잠기는 장면이 보이는 것 같았다. 갈매기들이 지나가면서 작은 물고기들을 낚아 올리는 모습도 보였다. 왼쪽으로 보이는 언덕에는 들쥐들이 많은 듯했다. 이 들쥐들은 무수한 무척추동물들을 공격했다. 그러고 보면 세상은 풍요로운 우주라는 생각이 들었다. 저마다 무언가를 잡아먹지만, 모두가 생존해 가는 우주였다. 이어서 그는 사냥을 머릿속에 떠올렸다. 사람들은 사냥을 나가 꿩을 죽이지만, 그렇다고 꿩이 사라지는 건 아니지 않은가.

그의 머릿속에서 무언가가 맴돌았다. 그것을 포착하고 싶은데 개념이 분명치 않았다. 딸꾹질이 날 듯하다가 괜찮아졌다. 그는 다시 종잇장 위로 몸을 기울였다. 살아 있는 것은 소멸되지 않으리라는 생각이 들었다. 물론 대재앙에 관한 동물학자 퀴비에의 이론이 있긴 했다. 마스토돈, 땅딸보 같은 거대한 종이 사라지고 오늘날엔 그 흔적만 찾아볼 수 있는 이유를 설명하는 이론이었다. 하지만 귀스는 같은 세대의 사람이라면 누구나 그러하듯 그 이론을 믿지 않았고, 똑같은 종들이 오늘날 우리가 알고 있는 새로운 형태로 변화했다고 주장하는 라마르크의 가설을 더 좋아했다. 사실 그의 세대는 인간이 마스토돈 같은 동물과 공존하던 시대가 있었음을 알고 있었다. 대재앙이란 말 그대로 모든 것을, 마스토돈뿐만 아니라 인간까지 사라지게 하는 천변지이였지만, 인간은 더 나중에 출현한 종답게 대재앙의 피해자가 되지 않고 살아남은 것이었다.

그러고 보면 모든 게 얼키설키 뒤섞여 있었다. 인간은 동물의 종들을 죽이고 있었지만, 죽음을 당하는 동물들은 **유해한** 종들이었다. 예외가 있긴 했다. 설치류는 몸집이 아주 작다는 점을 활용해서 성공적으로 생존해 가고 있었다. 누구나 알고 있는 바였다. 귀스는 다시 벽 하나를 마주한 기분이 들었다. 그의 뇌가 어려운 문제에 직면하여 움츠러드는 것만 같았다. 이러저러한 생각을 이치에 닿게 정리할 수 있으면 좋으련만 도무지 가닥이 잡히지 않았다. 서로 연관을 맺지 않고 흩어져 있는 생각들, 프로스프의 상황 ─ 어떤 식으로든 인간에게 **유해한** 동물로 간주될 수 없는 그의 상황 ─ 을 분명하게 밝혀 주지 못하는 채로 불쑥불쑥 떠오르는 그 모든 생각을 관통하는 하나의 논리가 있으면 좋을 텐데, 그런 논리를 만들어 주는 무언가가 없었다.

그는 자기가 아는 박물학자들이나 고생물학자들에게 편지를 썼다. 가르니에 관장에게도 당연히 서신을 보냈다. 관장은 이렇게 답했다. 〈아마도 큰바다쇠오리들은 희소해지고 있을걸세. 우리도 알고 있는 바라네. 그렇다 해도 내가 보기엔 자네가 너무 걱정에 빠져 있네. 그게 문제가 될까? 그게 그토록 심각하냐고 묻는 걸세. 그 새들은 오히려 어디 다른

곳에 숨어 있지 않을까? 언젠가는 우리가 일찍이 보았던 것보다 더 많은 수를 이루어 다시 나타날 걸세.〉

귀스는 가르니에의 의견에 동의하는 편이었다. 아닌 게 아니라, 예전에 대구잡이 어부들이 캐나다 해안에 대규모로 몰려갔을 때 큰바다쇠오리들이 어떻게 했는지를 생각해 볼 필요가 있었다. 그 시절에 큰바다쇠오리 군집은 어부들에게 쫓겨 캐나다 해안을 떠나 어떻게 했는가? 그들은 바로 이곳으로 옮겨 왔다. 자기네가 이미 알고 있었지만 터전으로 삼지는 않았던 장소인 곳으로 돌아온 것이었다. 요컨대, 큰바다쇠오리들이 예전에 그런 식으로 이동했다면, 또다시 어딘가로 이동할 수 일었다.

코펜하겐에서 만난 적 있는 크뢰위에르는 다음과 같은 편지로 그에게 더 많은 깨달음을 주었다.

찰스 라이엘의 책을 읽어 보셨나요? 그분 말씀에 따르면, 이미 일어난 일은 다시 일어납니다. 이런 표현을 더 좋아하실지 알 수 없지만, 지금 우리 앞에 있는 것은 과거에 이미 있었다는 얘기죠. 거대한 몸집의 괴물 같은 종들을 예로 들어 보면, 그 종들은 사라졌고 우리는 화석의 형태를 보고 그들이 어떤 모습으로 존재했는지 알아내고 있어요. 그 종들이 사라졌다는 것은 오늘날에도 여전히 다른 종들이 사라질 수 있다는 뜻입니다. 세계는 변함없는 운동의 상태에 있습니다. 진행성을 띠면서 규칙적으로 움직이는 것이죠. 하지만 그 움직임이 너무 느려서, 우리는 세계가 변화하는 것을 보지 못합니다. 퀴비에는 대재앙을 논하였습니다. 그런 돌연한 변화, 그렇게 다른 세계로 갑작스럽게 변하는 일이 또 일어날까요? 이제는 그런 대재앙이 벌어지지 않았으면 좋겠어요. 라이엘은 퀴비에와 달리 순환적인 사고방식을 보여 줍니다. 그런 식으로 생각하는 게 맞는다면, 언젠가는 매머드가 다시 나타나는 것을 보게 될지도 모릅니다. 재미있을 것 같지 않습니까? 물론 코끼리들은 좋아하지 않겠지만 말입니다.

귀스는 그 편지를 읽고 서점가에 한 권 남아 있던 라이엘의 영어판 책을 구했다. 『지질학 원리』라는 그 책은 전복적이고 혁신적이며 경이로웠다. 그 책의 부제인 〈현재 작용 중인 원인을 참조하여 지구 표면의 이전 변화를 설명하는 하나의 시도가 되고자 함〉이 모든 것을 말해 주고 있었다. 라이엘은 종이라는 것을 논하면서, 종의 소멸과 관련하여 여러 가지 설명을 내놓았다. 종이 서식하던 자연환경의 변화(이로써 라이엘은 라마르크를 우스꽝스럽게 만든 셈인데, 라마르크는 행복한 적응, 개량을 믿었던 생물학자이니까 말이다), 다른 종과의 경쟁, 그리고 인간이 종들의 소멸과 관련되어 있다는 것이었다. 인간은 언제나 그랬듯이 유해한 동물을 쫓아내고 있지만, 그에 그치지 않고 인구가 증가함에 따라 어떤 동물들을 감소시키거나 소멸시켜 버리기도 했다. 라이엘은 에뮤라는 새에 관한 얘기도 했다. 그 새가 위험에 빠져 있다는 것이었다. 사실 라이엘은 그런 과정을 별로 심각하게 받아들이지 않고 있었다. 그가 보기엔 모든 게 자연스러웠다. 그 모든 게 자연법칙을 따라 이루어지는 일이었다. 죽음과 마찬가지로 피할 수 없었다. 죽음에 맞서 우리가 아무 일도 할 수 없듯이, 그냥 받아들여야 했다. 〈하기야, 어떤 의미에서는 그게 삶이지〉 하고 귀스는 생각했다. 전체적으로 볼 때, 라이엘의 발상은 비관적인 색깔, 체념적이고 단도직입적인 색조를 띠고 있었다.

크뢰위에르에게 답장을 쓸 때, 귀스는 자기의 개인적인 고민거리를 그에게 알려 주었다. 〈라이엘이 소멸의 메커니즘을 여러 가지 방식으로 설명하고 있지만, 그 어떤 것도 큰바다쇠오리의 경우에 적용되지 않습니다. 기후도 마찬가지입니다. 기후 환경은 달라지지 않았습니다. 그리고 20년까지 거슬러 올라가지 않더라도 똑같은 지리적 조건에서 큰바다쇠오리들의 수는 많았습니다. 동물들 간의 경쟁도 큰바다쇠오리에게는 해당되지 않습니다. 이렇게 말씀드려도 될지 모르지만, 큰바다쇠오리에게는 적이 없습니다. 어떤 물범도 어떤 코뿔바다오리도 큰바다쇠오리의 영역을 넘보거나 그들과 싸울 필요를 느끼지 않습니다. 끝으로 인간에 대해 말하자면, 큰바다쇠오리는 우리에게서 멀리 떨어진 곳에 살고 있는데 어떻게 우리에게 해를 끼칠 수 있나요? 저로서는 그들이 우리에게 유해하다는 주장을 이해할 수 없어요. 혹시, 우리 인간들이 어떤 실수를 범한 것은 아닐까요?〉

편지를 끝내면서, 귀스는 자기 앞에 있는 장벽의 성격을 파악한 기분이 들었다. 큰바다쇠오리는 어떤 부당 행위의 희생자이지만, 그 부당 행위를 다른 사람들에게 이해시킬 수 없으리라는 느낌이었다. 본질적으로 부당 행위는 설명될 수 없는 것이므로, 남의 이해를 얻기도 어려울 터였다.

그의 친구이자 아마추어 박물학자인 다르주네가 그에게 편지를 보내 왔다. 스코틀랜드의 성직자이자 박물학자인 존 플레밍을 화제로 삼은 편지였다. 귀스 역시 프랑스를 떠나기 전에 존 플레밍의 책을 대충 읽어 본 적이 있었다. 다르주네는 이렇게 썼다.

존 플레밍의 설명을 내 기억에 따라 인용하자면, 인간 사회의 발전은 동물들의 지리적 분포에 영향을 미친다네. 영국에서 많은 종이 사라졌어. 예를 들면, 비버가 사라졌지. 하지만 비버가 죽은 건 아니라네. 그것은 무엇을 말해 주는 것일까? 인간이 동물의 종들에게 파괴적인 영향을 끼칠 수는 있지. 하지만 지구의 드넓은 표면을 염두에 두고 생각해 보면, 인간의 힘은 제한적이야.

자네는 플레밍을 좋아하리라는 생각이 들어(그는 라이엘에게 영향을 주었네). 그 역시 큰바다쇠오리와 관련해서 어떤 일을 겪은 것 같아. 그는 큰바다쇠오리 한 마리를 인간 세상에 데려오고 싶어 했대. 그런데 새가 죽어 버렸어. 사람들 말을 들어 보니, 그가 큰 충격을 받았던 모양이야. 그게 지어낸 얘긴지 아닌지는 알 수 없어. 끝으로 한 가지 더 이야기하자면, 내가 알기로 최근에 멸종된 동물은 없어. 도도라는 새가 멸종되긴 했지만, 언제 그랬는지는 분명하게 밝혀져 있지 않아. 게다가 도도는 한 섬에 갇힌 채로 땅을 디디며 살았어. 헤엄을 칠 줄 모르고 날 줄도 몰라서 포식자들이 덮쳐 왔을 때 도망칠 수가 없었어. 그런 것은 프로스프에 관한 한 관련이 없지.

귀스는 그를 믿는 것 말고는 달리 어쩔 수가 없었다. 〈지구의 드넓은 표면〉이라는 말이 자명한 이치로 마음에 다가왔다. 그래, 그러니까 아마도 큰바다쇠오리는 지구 어딘가에 숨어 있을 거야. 옛날에 동물의 어떤 종이 삶의 터전을 옮겼다면, 오늘날에도 그 종은 다시 삶의 터전을 옮길 수 있어. 왜 그걸 있을 수 없는 일로 생각한단 말인가? 1816년, 아이슬란드에서 곰들이 다마사슴을 모조리 잡아먹은 적이 있었어. 하지만 다마사슴들은 다른 곳에 존재하고 있었지. 오늘날에도 그런 일은 벌어져. 다르주네가 영국에서 비버가 사라졌던 일을 말해 주지 않았는가? 오늘날 아메리카 대륙에는 비버가 너무 많다고 하지 않는가? 그렇듯이, 라이엘식의 사고방식을 따라가 보면, 다시 말해서 이미 일어났던 일은 다시 일어날 수 있고 다시 일어나게 되어 있다면, 큰바다쇠오리들은 내가 모르는 세계의 한쪽 구석에서 번식할 수도 있는 거야.

엘린보르가 뱃속에 아기를 가졌다. 당시는 그녀가 프로스프와 가깝게 지내던 시절이었다. 대개는 그녀가 프로스프를 바닷가로 데리고 나가 헤엄을 치게 해주었다. 그녀도 크게 놀라고 귀스도 놀란 일이지만, 프로스프를 끈에 매달 필요가 없어졌다. 프로스프 역시 세인트킬다섬에 다녀온 뒤로 달라져 있었다. 귀스가 보기에 그는 자기가 원래 있었던 천연의 세계로 돌아가고 싶어 하지 않았다. 그 세계에는 이제 그의 자리가 없었다. 바다에서 헤엄을 칠 때 그는 예전보다 더 멀리 나갔다가 언제나 되돌아왔다.

딸아이가 태어났다. 그들은 아이에게 오귀스틴이라는 이름을 지어 주었다. 아버지 이름인 오귀스트의 여성형을 아이의 이름으로 삼은 것이었다. 엘린보르의 귀에는 그런 프랑스 이름들이 이국적인 느낌을 주는 감미로운 소리로 들렸다.

귀스는 다시 여행을 하기 시작했다. 그는 페로 제도에 들렀던 탐험대의 일원이 되어 아이슬란드에 갔다. 레이캬비크라는 어촌을 방문했던 일이 기억에 남았다. 그곳의 어민들은 오두막집에 살았는데, 지붕이 푸른 풀로 덮여 있었다. 그 지방의 모든 곳에서 그런 지붕을 많이 보았던 터라, 그것 때문에 놀라지는 않았다.

그는 식물 채집을 했고 수로 조사에 참여했다. 이듬해에는 다른 탐험대와 함께 그린란드에 갔다. 거기에서 본 빙산이 매우 인상적이었다. 일찍이 그토록 아름다운 것을 상상해 본 적이 없었다. 무엇보다 놀라운 일은 그의 머릿속에서 생각을 가로막던 장벽이 그 모습 그대로 눈앞에 나타났다는 점이었다. 그 드넓고 파란 장벽, 그 반들반들하고 무시무시한 장벽이 바로 앞에 구현되어 있었다. 정말이지 꿈에서 보는 듯한 광경이 펼쳐져 있었다. 한순간 귀스는 그 숭고한 아름다움에 도취하여, 그냥 그 자리에서 죽어 버려도 좋다고 생각했다. 머리가 어질어질해서 몸을 움직일 수가 없었다. 그는 갑판에서 균형을 잃고 비틀거렸다. 그와 동시에 자기가 날고 있는 기분이 들었다.

그린란드에서 돌아오는 길에 그는 스칸디나비아반도 북부로 갔다. 거기에서 라플란드 사람들의 언어, 민간에서 예로부터 전하여 내려오는 탕약에 관해 기록했고, 지형을 측량하여 도면을 작성했다. 그는 순록 가죽으로 자기가 신을 장화를 만들기도 했다. 나중에 페로 제도에 돌아왔을 때, 엘린보르와 귀스가 보니 그 장화의 높이가 오귀스틴의 키와 똑같았다. 장화가 잘 휘고 안에 털가죽을 대어 따뜻했기 때문에 아이는 그것을 장난감으로 여겼다. 부부는 장화를 아이에게 주었다. 엘린보르가 다시 아기를 가졌다. 이번에는 아들이 태어났다. 그들은 페로 제도 사람들이 흔히 그러는 것처럼 아이에게 오타르라는 이름을 지어 주었다. 행복하게 귀스가 살고 있는 그 섬들에 경의를 표한 것이기도 하고, 그가 북유럽 단어의 이국정취에 민감하기 때문이기도 했다.

큰바다쇠오리 프로스프는 아이들을 시샘하지 않았다. 그렇다고 아이들 가까이에 가는 것을 좋아하진 않았다. 얼마쯤 아이들에게 경계심을 품고 있었는지, 아이들의 동정을 살폈다. 한 아이가 무엇에 부딪치거나 넘어졌는데 엘린보르가 아이들 곁에 없을 때면 그는 울부짖는 소리를 내질렀다. 아이들 어머니가 올 때까지 소리를 멈추지 않았다. 그러다가 어머니가 오면 그는 조금 언짢아하는 듯한 표정으로 부리를 수평선 쪽으로 돌린 채 자리를 떴다. 어쩌면 의무를 완수했다는 느낌과 자기가 없으면 낭패를 겪고 마는 그 어머니에 대한 약간의 연민을 품고 있을지도 모를 일이었다. 귀스는 프로스프가 아이와 어른의 차이를 어떻게 이해해야 하는지 궁금했다. 아이가 어떤 점에서 허약하고 신체 활동에 부족함이 있는지 제대로 알아야 할 것 같았다.

어느 날, 그는 토르스하운에 갔다가 시장에 나와 있는 거위 한 마리를 보고 그것을 샀다. 별로 탐스럽게 생기지 않고 표정도 여느 거위처럼 퉁명스러워 보였다. 하지만 크기가 프로스프랑 비슷해서, 프로스프가 마음에 들어 하며 함께 지낼 수도 있으리라 기대했다. 만약 기대에 어긋나는 상황이 벌어져 두 새가 서로 싸운다면 그 거위를 잡아먹으면 되는 일이었다.

엘린보르와 그는 울타리를 쳐놓은 큰바다쇠오리의 거처 안에서 두 새가 마주 보게 했다. 그러자 한바탕 난리가 벌어졌다. 프로스프가 몹시 분하고 노엽다는 듯 머리의 깃털을 곤두세운 채로 덤벼들었다. 거위는 날개를 벌린 채로 달리기 시작했다. 날개를 벌린 모습이 프로스프가 그럴 때보다 우아하긴 했다. 어쨌거나 인정할 건 인정하지 않을 수 없었다. 거위는 프로스프보다 빨리 달렸다. 거위가 울타리를 따라 미친 듯이 두 바퀴를 달리는 동안, 프로스프는 그저 반 바퀴를 돌았을 뿐이었다. 반면에 프로스프의 높고 날카롭고 힘찬 울음소리는 가엾은 거위의 것보다 훨씬 무시무시했다.

엘린보르와 귀스도 새들을 뒤따라 달리기 시작했다. 한바탕 도살이 벌어질 판이니 막아야 했다. 엘린보르가 거위를 붙잡는 데에 성공하여, 한쪽 팔로 거위의 목을 죄었다. 귀스는 프로스프의 부리에 한 번 찍혀서 귓불에 상처를 입었다. 그들은 거위를 데리고 울타리 밖으로 나갔다. 그런 다음 울타리 문을 다시 닫자, 프로스프는 두 다리에 몸을 꼿꼿하게 박은 듯한, 퉁명부리는 자세를 취했다. 귀스는 큰바다쇠오리의 눈빛이 예사롭지 않다고 느꼈다. 빛이 번쩍이는 듯했다. 아닌 게 아니라, 이건 실제로 벌어진 일이었다. 그의 큰바다쇠오리는 빛의 반사 작용을 이용해서, 눈이 거무스름하게 반짝반짝 빛나도록 만들 줄 알았다.

그들은 큰바다쇠오리와 거위를 며칠 동안 따로 두었다. 거위를 울타리 건너편에 머물게 한 것이었다. 처음에 프로스프는 거위에게 눈길을 주지 않는 척했다. 하지만 엘린보르는 곧 알아차렸다. 큰바다쇠오리는 여전히 화가 나 있지만 호기심을 가지고 거위의 아주 작은 움직임까지 살피고 있었다. 거위가 시야에 들어오면 큰바다쇠오리는 먹거나, 자기 몸을 긁거나, 머리를 물속에 넣는 동작을 즉시 중단했다. 며칠이 지나자, 프로스프는 예전에 양을 상대로 그랬던 것처럼 울타리에 다가가기 시작했다. 그러더니 적의를 품지 않고 거위를 바라보았다. 한편, 거위는 거리를 유지하고 있었다. 큰바다쇠오리에게서 몇 미터 떨어진 곳에 버티고 서서, 몹시 무덤덤한 표정으로 거드름을 피우는 것처럼 보였다. 엘린보르의 의견에 따르면 거위는 으스대는 게 아니라 아양을 부리는 것이고, 프로스프는 그리운 마음에 달라진 태도를 보이리라는 것이었다. 달리 말하면, 두 새가 서로를 길들이고 있다는 얘기였다. 어느 날, 귀스는 울타리 근처에 다다라 마침내 두 새가 서로 아주 가까워져 있는 것을 보았다. 울타리를 사이에 두고 서로 부리를 맞대고 있는 것이었다. 이튿날, 부부는 그들을 합쳐 놓았다.

그 뒤로 큰바다쇠오리와 거위는 자주 함께 잠자리에 들었다. 그들의 목이 서로 얽혀 있는 모습도 쉽게 볼 수 있었다. 거위의 목이 프로스프의 목보다 길어서 상대의 것을 거의 한 바퀴나 감을 수 있을 정도였다. 그들의 검은 깃털과 흰 깃털은 그 색조의 경계가 아주 분명해서, 둘이 붙어 있으면 마치 두 개의 귀를 가진 고대의 도기 암포라 한 쌍을 보는 것 같은 느낌을 주었다. 밤이면 그들은 헛간에 들어갔다. 그곳이 가장 편안한 안식처인 듯 나란히 들어가 자리를 잡은 뒤 서로 깃털에 윤을 내주었다. 이제 그들이 떨어져 지내는 경우는 별로 없었다. 다만 각자 자기 식대로 먹이를 먹을 때, 즉 한쪽은 낟알을 먹고 다른 쪽은 물고기를 먹을 때, 그리고 프로스프가 헤엄치러 갈 때는 서로 떨어져 있었다.

오타르가 세 살을 먹고 오귀스틴이 다섯 살 생일을 눈앞에 두고 있던 1843년 어느 날, 뷰캐넌이 페로 제도에 다다랐다. 그는 모피 장사를 해서 재산을 모은 뒤에 이제 영국의 특허 기업인 허드슨만 회사와 함께 일하고 있었다. 그는 캐나다로 가는 길에 페로 제도에 들른 것이었다. 그의 모습은 옛날 그대로여서 변함이 없었다. 귀스의 눈에는 나이가 든 것처럼 보이지도 않았다. 창백해 보일 만큼 흰 얼굴도 그대로였고, 후리후리한 몸도 예전 모습 그대로였다. 여러 면에서 연한 밤색을 띤 해초가 생각났다. 물속에서 낭창낭창 흔들리는 바닷말, 아름답지도 추하지도 않은 묘한 해조를 대하고 있는 기분이 들었다.

그들은 해안에서 멀리 떨어진 섬의 안쪽으로 소풍을 가기로 했다. 풍경은 단조로웠고, 무엇보다 텅 빈 느낌을 주었다. 풀이 나 있긴 하지만 불에 탄 것처럼 보였고, 그 정도까지는 아니더라도 붉은 색조를 띠었다. 10월이니 그럴 만도 했다. 그들은 텐트를 치고 그 안에서 잠을 잤고, 캠프파이어를 했다. 멀리 여우가 보이고, 그 여우들에게 쫓기는 산토끼들도 보였다. 차가운 바람에 얼굴의 살갗이 아렸고 낯빛이 붉어졌다. 창백하기로 유명한 뷰캐넌의 얼굴마저 발갛게 변했다. 그들은 산책하면서 이야기를 나누었다. 풍광은 단조롭지만 한결같은 느낌을 주었다. 헤아릴 수 없이 많은 언덕을 품은 그 고즈넉한 외딴 땅에 자기들끼리만 있다는 기분이 들었다. 그런 분위기의 도움을 받아 그들은 서로에게 더 관심을 기울이게 되었다.

뷰캐넌은 귀스에게 사람들의 말을 전해 주었다. 그해 세인트킬다 제도에서는 큰바다쇠오리가 단 한 마리도 보이지 않았다고 했다. 아마도 거기에서 큰바다쇠오리가 소멸된 듯하다는 것이었다. 귀스는 이상한 기분을 느꼈다. 자기가 원한을 품고 있는 어떤 존재가 죽었다는 소문을 들은 것 같았다. 마치 어떤 복수에 성공하기라도 한 듯 한순간 기쁨 같은 것이 일었다. 앙갚음을 한 느낌, 정의가 실현된 것 같은 만족감이 한 줄기 바람처럼 스치고 지나갔다. 그러더니 곧이어, 그의 가슴이 오그라드는 기분이 들었다.

「그 소문을 못 믿겠어요.」 그가 뷰캐넌에게 말했다.

그러고는 마치 모루를 두드려 만들어 낸 화음 같은 소리를 음절에 실어 말을 이었다.

「그건 있을 수 없는 일입니다. 큰바다쇠오리들은 분명 다른 곳에 있을 겁니다. 30년, 40년 전만 해도 아주 풍성했던 종이 사라질 리가 없어요.」

「알프스의 산악 지방에 사는 바위염소[2] 얘기 들어 봤어

2 학명 *Capra ibex*인 이 야생 염소를 우리나라 영한사전이나 불한사전 같은

Edward Whymper (1871), The Bouquetin.
*Scrambles Amongst the Alps in the years 1860-69*
(London: John Murray, 1871)

요? 사부아 지방에서 바위염소가 사라질 위기에 처해 있던 때의 일이에요. 사부아 지방을 다스리는 사르데냐 왕국의 임금은 몇 해 전에 바위염소 사냥을 금지하는 방안을 생각해 냈어요. 이 일에서 보듯이, 인간이 동물의 한 종을 사라지게 만드는 일이나 한 종을 구원하는 일이 있을 수 없다고 할 수 있을까요? 어떤 점에서 불가능하다는 것인지 말씀해 보세요.」

「하지만 그렇게 빨리 사라진다는 건 말이 되지 않아요. 나로서는 도통 이해할 수 없어요. 저 여우들을 보세요. 저렇게 잘 있잖아요.」

그러면서 귀스는 멀리서 뛰어오르는 어렴풋한 형체를 가리켰다. 그 형체는 어쩌면 여우가 아니었을 수도 있지만, 그건 별로 중요하지 않았다.

「우리가 여우들을 잡아먹지는 않죠.」

「토끼들도 잘 있어요. 저기 보세요!」

「암토끼 한 마리가 새끼를 얼마나 많이 낳는지 아시잖아요? 큰바다쇠오리 한 쌍은 알을 몇 개나 낳죠? 보세요, 계산이 금방 끝나잖아요. 아마도 우리의 큰바다쇠오리는 이 모습 이대로의 세상에 더는 적응하지 못하는 것 같습니다. 그토록 후손이 적은 것을 감당해 내려면 코끼리 정도는 되어

---

대역사전에서는 〈아이벡스(길게 굽은 뿔을 가진 산악 지방 염소)〉 또는 〈아이벡스(알프스, 아펜니노, 피레네산맥 등에 사는 야생 염소)〉라는 식으로 소개하거나 그냥 〈야생 염소〉라 옮기기도 한다. 학명의 뒷부분인 종명 ibex을 영어식으로 읽은 아이벡스도 적당한 번역어는 아닌 듯하고, 그냥 야생 염소라고 하는 것도 적절치 않아 보인다. 그래서 독일어 Steinbock처럼 〈바위염소〉라고 옮겨 본다. 설산의 바위를 옮겨 다니는 염소라는 느낌으로.

Edward Weller (1855), Whale Hunting in Westmannshaven Bay.
*A Narrative of the Cruise of the Yacht Maria among the Feroe Islands in the Summer of 1854*
(London: Longman, Brown, Green and Longmans, 1855)

야 합니다.」

 귀스는 문득 이곳 페로 제도에서 연례행사로 열리는 그린다드라프, 즉 고래 사냥 축제를 떠올렸다. 그는 이 행사를 한 차례 목격한 적이 있었다. 사람들이 어느 만(灣)에 돌고래들을 몰아넣고 바싹바싹 죄어들었다. 곧이어 바닷가에서 기다리던 남자들이 허벅지까지 잠기도록 물속으로 걸어 들어가더니, 갈고리며 밧줄을 사용해서 돌고래들을 물기슭으로 들어 올린 뒤에 칼로 찌르기도 하고 등뼈를 부러뜨리기도 했다. 피가 사방으로 흩어져 옷을 적시고 바닥에 흥건하게 고였다. 처음에 귀스는 별로 충격을 받지 않았다. 그가 구역질을 느낀 것은 그다음의 일이었다. 돌고래가 삼킨 물고기들이 아직 살아 있는데 싹둑싹둑 잘려 나가거나, 망치에 맞아 돌고래의 척추가 부러지는 것을 보았을 때 혐오감을 느끼지 않을 수 없었다. 사람들은 돌고래 고기와 기름을 나누어 가지는 것으로 행사를 마무리하였다. 그렇게 나눈 음식으로 주민들은 몇 달을 버티게 될 것이었다. 이곳 섬사람들은 무척 가난했다. 귀스와 엘린보르 역시 그 행사의 덕을 보아 온 셈이었다.

 귀스는 엘데이섬에서 겪은 일을 떠올렸다. 거기에서도 고래 사냥을 하는 사람들과 비슷한 사람들이 큰바다쇠오리의 알을 박살 내고 있었다. 그곳 사람들도 아마 고래 사냥과 비슷한 어업 활동에 참여했을 터였다. 그 활동을 다른 이름으로 불렀다 해도 비슷한 어부였을 게 분명했다. 다른 한편으로는 양의 털 뭉치를 깎아 내던 사람들, 그 친구들과 친지들도 생각이 났다. 그러면서도 귀스는 뷰캐넌에게 말하고 싶었다. 돌고래들은 여전히 살아 있다고, 양들은 스스로 목숨을 끊지 않는다고.

「어쨌거나 엘데이섬에 살던 큰바다쇠오리들은 사라졌어요.」뷰캐넌이 말했다.

「그런데 그 큰바다쇠오리들이 남극해나 인도양으로 떠나지 말란 법이 있나요? 떠나지 못할 이유가 없지 않나요? 펭귄을 아시죠? 펭귄들이 있는 곳에 큰바다쇠오리들이 없으리란 법이 있어요? 사실, 펭귄과 큰바다쇠오리가 서로 닮았다고 생각하지 않으세요? 아프리카 케이프타운 인근 해안가에도 펭귄이 살고 있다는데, 프로스프가 거기로 가면 행복하지 않을까요?」

「이제 프로스프는 선생님이 없으면 어디를 가도 행복하지 않을 겁니다. 잘 생각해 보세요, 오귀스트. 희소한 것은 어쩔 수 없이 사라집니다. 맬서스가 주장한 대로, 지수 함수적으로 변화하는 것이죠. 인간은 마치 뒤집어 놓은 피라미드처럼 무한히 수를 늘려 가면서 번창합니다. 반면에 감소하는 종은 같은 방식으로 아주 빠르게 쇠퇴하고요. 그게 **이치에 맞습니다**. 외람된 말씀이지만, 케이프타운 인근 해안가에서는 아무도 큰바다쇠오리를 본 적이 없어요.」

귀스는 친구와 나란히 까슬까슬한 풀밭에 앉아 차가운 소시지를 깨물어 먹고 있었다. 눈앞의 모든 것, 풍광이며 온 대지가 불변의 경지에 있는 것처럼 보였다. 어느 것도 움직여 본 적이 없는 듯했고, 앞으로 어떤 날에도 변하지 않을 것 같았다. 앞선 세대들이 여기에서 했던 일, 즉 걸어 다니고 물고기를 잡고 고래가 죽는 것을 지켜보고 코뿔바다오리며 풀머

갈매기가 해안 절벽에서 알 낳는 것을 바라보는 일을 귀스 자신이 하고 있었다. 버섯도 곰팡이도 어느 집에서 철저히 제거하고 나면 언제나 다시 피어난다. 큰바다쇠오리가 그러지 말라는 법이 어디 있는가?

귀스는 낙관주의자 가르니에의 의견을 따르고 싶었다. 생명력이 작용하는 한 그 어떤 것도 사라지지 않으며, 생명은 언제나 다시 형성된다는 믿음을 간직하고 싶었다. 하지만 뷰캐넌에게 대답할 말이 전혀 없었다. 사실 개체 수가 너무 적어지고 있는 종은 쇠락할 수밖에 없다. 한 해에 알을 하나 낳는 새의 전체적인 개체 수가 줄어든다면, 예전과 같은 수준으로 종의 번식을 유지할 수 없게 되는 것이다.

백 쌍의 큰바다쇠오리가 백 개의 알을 낳으면, 새끼 큰바다쇠오리 중 마흔 마리는 다 자라기 전에 죽고, 스무 마리는 갖가지 사고로 죽으며, 나머지 마흔 마리는 외부 조건이 동일하므로 똑같은 비율로 목숨을 잃는 피해를 겪게 될 것이다. 그런 식으로 결국엔 모두가 사라지고 만다. 어쩌면 우리가 알지 못하는 사이에 **벌써** 모든 게 사라지고 있는지도 모른다. 귀스가 그런 생각에 젖어 소시지를 물어뜯는 동안, 세계는 천천히 변화하고 있었다. 다만 그는 땅바닥이 움직이는 것도, 발아래에서 지진이 준비되고 있는 것도 느끼지 못했다. 바로 그렇게, 그 순간 이미 모든 게 달라져 있었다. 모든 것이 결국엔 슬프게, 음울하게, 까닭 없이, 난폭하게 종말을 맞고 있었다.

그들은 귀스와 엘린보르의 집으로 돌아왔다. 뷰캐넌은 이튿날 새벽에 떠나기로 되어 있었다. 저녁참에 그들 세 사람은 프로스프와 거위를 보러 갔다. 큰바다쇠오리가 뷰캐넌에게 다가오더니, 그의 바지를 물고 몇 초 동안 그를 빤히 올려다보았다. 뷰캐넌은 큰바다쇠오리가 자기를 알아보는 거라고 즉시 결론을 내렸다. 감동하고 기분이 좋아진 눈치였다. 귀스는 친구의 말에 반대하지 않았다. 하지만 사실 그가 큰바다쇠오리에게서 본 것은 새로 온 사람에 대한 긍정적인 형태의 호기심일 뿐이었다. 그런 점에서 귀스는 프로스프가 이제 바닷가에 사는 자연적인 동물이 아님을 또다시 보여 준 셈이었다. 그는 마치 자기가 반려조 큰바다쇠오리라는 새로운 종을 만들어 내기라도 한 듯한 기분을 느꼈다.

〈새로운 종〉이라는 말을 머릿속에 떠올리긴 했지만, 사실 그는 새로운 종을 만들어도 그게 무슨 소용이 있을까 하는 생각을 했다. 프로스프와 그의 동류 새들은 한 해에 알을 한 개씩만 낳았다. 그렇게 알을 적게 낳아서는 한 가정을 먹여 살릴 수가 없었다. 그리고 생식이 너무나 느려서, 잡아먹기 위해 키울 수도 없었다. 큰바다쇠오리가 예쁘기는 하지만, 공작만큼 아름답지는 않았다. 귀스가 보기엔, 큰바다쇠오리를 공원에 갖다 놓아도 미학적으로 이바지하기에는 어려움이 있었다. 사정이 그러하기 때문에 그는 스스로 편치 않은 기분을 느꼈다. 자기가 괴물을 창조한 과학도 프랑켄슈타인처럼, 영원히 외톨이가 될 존재를 창조한 것이 아닐까 하는 생각이 들었다. 프로스프는 동류의 개체들이 무서워하는 존재이자, 인간들과 그들이 집에서 키우는 동물들에게 인정받지 못하는 존재였다. 거위가 그와 친하게 지내기는 하지만, 잘 생각해 보면, 거위에게는 선택의 여지가 없었다. 큰바다쇠오리와 친하게 지내는 것 아니면 꼬치에 꿰인 채 생을 마감할 수밖에 없는 동물이었다.

뷰캐넌이 떠나고 일주일이 지났을 때, 귀스는 처음으로 고래기름의 냄새를 맡으며 욕지기를 느꼈다. 페로 제도에서 그건 심각한 문제가 있음을 보여 주는 반응이었다. 그리고 처남인 시그나르가 사냥을 다녀와서 코뿔바다오리를 요리하라고 엘린보르에게 주었을 때, 귀스는 아무하고도 말을 하지 않겠다면서 하루 내내 서재에 틀어박혀 지냈다. 큰바다쇠오리와 같은 과[3]의 새를 시체로 가져왔는데, 아내가 도대체 무슨 생각으로 그걸 선물이라 생각하고 받아들였는지 이해할 수가 없었다. 귀스에게 남아 있는 먹을 거리는 이제 대구밖에 없었다. 주위의 다른 먹을 것에서는 생선 냄새가 났다. 또한 귀스가 확신컨대, 소금은 뼈를 부식시키고 머리카락을 푸석거리게 하며, 튼 입술과 굳은살에 하얗게 각질

---

3 큰바다쇠오리도 코뿔바다오리도 도요목 바다오리과Alcidae에 속한다. 국제 조류학 위원회의 World Bird List(2022년 11월판)에 따르면, 바다오리과에는 11개 속, 25개의 종이 딸려 있다. 우리나라에서는 바다오리과를 바다쇠오리과로 지칭하는 경우가 더러 있지만, 전문 기관과 조류 연구자들은 바다오리과로 명칭을 통일한 것으로 보인다.

이 생겨나게 하고, 옷뿐만 아니라 인격 자체를 뻣뻣하게 만들었다.

그는 고기를 살짝 익혀 먹는 문화, 흙냄새, 요오드 향이 아닌 다른 향이 나는 분위기를 동경하고 있었다. 이따금 프랑스 남부 지방을 생각하기도 했다. 라벤더의 보라색, 페리고르[4]의 노란 돌, 응접실에 장미꽃과 작약꽃을 꽂아 놓은 꽃병들, 오로지 집들을 더 아름다워 보이게 할 목적으로 해놓은 건축미 넘치는 장식들이 생각났다. 끊임없이 일렁이는 광활한 바다가 아니라 나무, 숲, 평탄하고 고요한 초원을 보고 싶었다. 확신컨대, 옛날에 갈색이었던 그의 눈은 색이 엷게 변하여 뷰캐넌의 눈 같은 연하고 불투명한 진흙빛이 되어 있을 터였다.

그런 동경이 있다 해도 거기에서 그가 무언가를 할 수 있는 것은 아니었다. 그래도 그는 주위 사람들에게 경계심을 품고 있었다. 그들을 두려워하는 것은 자기를 위해서도, 엘린보르나 아이들을 위해서도 아니었다. 그는 그들의 돌연한 난폭성 때문에 빚어질 일을 염려하고 있었다. 그들의 손에 갈고리가 들려 있고, 그 갈고리에 양털 뭉치가 붉은 살과 뒤섞인 채 걸려 있는 모습이나 큰바다쇠오리의 머리가 걸려 있는 모습이 눈에 선했다. 그들은 야만스럽고 미개했다. 그들은 지구의 음울한 지역과 비슷했고, 회색, 이 빠진 도자기에서 볼 수 있는 어정쩡한 흰색이 주된 색조를 이루고 있는 이 지역의 단조로운 동물상과 비슷했다. 이곳에는 빛나는

---

[4] 오늘날의 프랑스 누벨아키텐 레지옹 도르도뉴 데파르트망에 해당하는 지방의 옛 지명.

것도 없고, 반짝거리는 것도 없으며, 공짜도 없다는 생각이 들었다. 노랑배박새의 명랑한 노란색이나 청설모의 익살스러운 긴 꼬리털 같은 것은 여기에 없었다. 누구나 굳건하게 견디고 생존할 수 있다면 좋겠지만 이곳은 그런 땅이 아니라는 생각이 들었다.

생각하면 생각할수록, 자식들을 이런 곳에 내버려두고 싶지 않았다. 아이들이 크면 공부를 제대로 할 수 있도록 덴마크나 프랑스에 보내려고 했지만 그건 안이한 생각이었다. 보낼 거면, 아이들이 아직 어린 지금 당장 보내야 했다. 아이들은 어릴 때 이 부패의 기운이 도는 분위기에서 벗어나야 했다. 하늘이 회색 뚜껑이라고 생각하면서 보내는 삶, 하늘과 땅 사이에 살아 있는 것은 자기들뿐이라고 생각하면서 사는 삶, 헛간이나 집의 지붕 말고는 비를 피하거나 이웃의 눈길이 닿지 않도록 몸을 숨기기 위해 들어앉을 만한 곳이 없다고 믿으면서 사는 삶에서 벗어나야 했다.

귀스는 아내에게 그 점에 관해서 말했다. 아내는 찬성도 반대도 하지 않았다. 자기가 프랑스어를 못 하기 때문에 프랑스에는 갈 수 없지만, 덴마크에 가는 거라면 못 할 게 없지 않으냐는 것이었다. 코펜하겐에 가서 사는 것이 좋지는 않지만, 그런 새로운 삶이 흥미를 불러일으키기는 한다는 게 그녀의 생각이었다. 하지만 그녀가 이해할 수 없는 것이 있었다. 남편이 왜 그렇게 나무에 집착하는지, 양고기 먹는 것을 왜 한사코 거부하는지 이해할 수 없었다. 색깔과 꽃에 관한 이야기도 알아듣기 어려웠다. 그녀라고 정원의 아름다움을 모르는 것은 아니었다. 젊은 시절에 대륙에서 정원들을 본 바 있었다. 하지만 그녀로서는 그가 얼마나 정원을 그리워하는지 알 수 없었다.

귀스는 점점 더 자주 서재에 틀어박혀서 지냈다. 아침마다 일어나는 데 애를 먹었다. 일어나 있다가도 창문 너머를 바라보고는 다시 침실로 돌아가 자고 싶어 했다. 그러던 어느 날, 그는 몸이 아프다고 주장했다. 엘린보르는 침대에 누워 있는 그를 일주일 동안 보살폈다. 마치 오타르와 오귀스틴에게 하듯이 그를 돌봐 주었다.

그에게 아직 힘을 주는 일이 한 가지 있다면, 그건 울타리 안에 있는 프로스프를 보살피는 것이었다. 오죽하면 그들이 남몰래 음모를 꾸민다는 말이 나올 정도였다. 그들은 얼굴과 얼굴을 맞대고 서로 바라보기 일쑤였다. 귀스는 한참 동안 자기 머리를 프로스프의 머리 쪽으로 낮춘 채로 속삭이는 듯한 표정을 짓곤 했다. 둘 다 미치광이 같아 보였다. 울타리 뒤에 갇힌 두 명의 포로처럼 보이기도 했다. 그 모습에 거위조차 짜증을 내는 듯했다. 귀스는 자기 마음을 아프게 하는 무언가를 프로스프에게서 보았다. 무어라고 분명히 말할 수는 없지만 왜 그런 것이 보이는지 궁금했다. 프로스프는 이제 그를 즐겁게 해주지도 않았다. 프로스프가 뒤뚱거리며 걸어가는 것을 보거나, 맹금류가 공중을 지나갈 때 숨어 버리는 것을 보아도 이젠 그의 마음속에 슬픔밖에 일지 않았다. 이제 그 큰바다쇠오리가 어떤 공허한 존재의 발현으로 느껴지는 것 같았다. 다시 말하면 프로스프 안에 있는 모든 것이 하나의 역설, 즉 덧없이 사라질 존재의 현존이라는 역설을 보여 주기라도 하는 듯했다.

귀스는 프로스프에게서 받은 그런 인상을 지우려고 눈을 깜박이기도 하고 고개를 젓기도 했다. 하지만 그 인상이 계속 머릿속에 맴돌았다. 엘린보르는 남편이 고개를 가로젓고 눈살을 찌푸리는 그 이상한 모습을 근심 어린 눈으로 바라보았다. 귀스 자신도 우울증을 두려워하고 있던 터였다. 우울증은 그를 진창으로 몰아넣고 있었다. 우울에 빠져 있을 때면, 아이들의 웃음소리도 아내의 다정한 말도 기쁨을 주지 않았고, 일의 즐거움도 느낄 수 없었으며, 잠을 제대로 이루지 못해 자고 또 자기를 거듭했다. 시간이 흘러간다기보다 무언가에 끌려가는 느낌이 들었다. 날이 저물면 밝기를 기다리고, 날이 밝으면 밤이 오기를 꿈꾸었다. 툭하면 깜짝 놀랐다가, 곧이어 벌어지는 일에 실망하기를 숱하게 하였다. 그가 일부러 그러는 건 아니었지만, 모든 일이 종말의 관념으로 그를 이끌어 갔다. 프로스프는 물론이고 오귀스틴과 오타르에게도 좋지 않은 일이 생길까 걱정이 되었다. 아이들이 언덕 위에서 달릴 때면, 그 애들이 낭떠러지 쪽으로 나아가는 것처럼 보이기가 일쑤였다.

이것인지 저것인지 분명히 가늠할 수는 없었지만, 그는 아이들이 페로섬 사람들처럼 잔인한 사람들로 변해 감을 두려워하는 것일 수도 있었고, 모든 게 덧없다고 느끼면서 미래에 아이들과 프로스프가 겪게 될 고통을 내다보고 있는 것일 수도 있었다. 언젠가 사람들이 아이들에게 고통을 가할지도 모르고, 거꾸로 아이들이 고통을 가하는 사람이 될지도 몰랐다. 앞으로 어떻게 살지를 생각해 봐도 가늠할 수 없기는 마찬가지였다. 그는 장막 같은 빗줄기 뒤에서 살 수도 있었고 — 이곳에서는 정말 이렇게 살 수밖에 없었다 — 햇살이 들어오는 먼지 낀 창문 뒤에서 살 수도 있었다 — 이건 여기에서 보낼 수 없는 삶이었다.

〈잘 생각해 보세요, 오귀스트〉라고 하면서 뷰캐넌은 〈케이프타운 인근 해안가에서는 아무도 큰바다쇠오리를 본 적이 없어요〉라고 덧붙였다. 이 말은 자주 그의 귓전에 맴돌았다. 〈희소한 것은 어쩔 수 없이 사라집니다〉라는 말도 마찬가지였다. 그런데 사라진다는 게 어떻게 이루어지는 거지? 살아오면서 무엇이 사라지는 것을 본 적 있었나? 그는 어렸을 때 겪은 일을 떠올렸다. 그의 어머니가 집 안에 있던 개미집을 완전히 제거하는 데에 성공한 적이 있었다. 아마도 그 개미집은 공격을 받고 자꾸 크기가 줄어들다 결국 생사를 가르는 위험 단계에 도달했을 것이고, 그 단계를 넘어서면서 개미들은 모두 사라졌을 터였다.

먼저 보름에 걸쳐 막연한 소문이 돌았다. 엘데이섬에서 큰바다쇠오리가 완전히 사라졌다는 얘기였다. 그러다가 그 소문의 내용이 명확해졌다. 엘데이섬에 마지막으로 남아 있던 한 쌍의 큰바다쇠오리가 죽임을 당했다는 것이었다. 뒤이어 귀스는 완전한 이야기를 들었다. 아이슬란드에서 돌아와 오크니 제도로 가던 길에 들른 어느 박물학자가 들려준 얘기였다. 그 박물학자는 어느 뱃사람을 만났다고 했다. 바다에 아직 없어지지 아니하고 남아 있는 종들을 구한 뒤 박물관이나 수집가들에게 파는 일을 하는 밀매업자에게 고용

된 뱃사람을 우연히 만난 것이었다. 이 뱃사람이 자기가 겪은 일을 박물학자에게 들려주었다. 1844년 6월 3일, 즉 귀스가 그 이야기를 듣기 한 달 전에, 그의 배를 탄 세 남자가 엘데이섬에 상륙했다. 큰바다쇠오리 두 마리의 실루엣을 보고 섬에 들어간 것이었다. 다시 배로 돌아왔을 때, 그들의 손에 큰바다쇠오리가 들려 있었다. 목 졸라 죽인 큰바다쇠오리들을 한 손에 한 마리씩 들고 있었다. 귀스는 그 장면을 묘사하는 얘기를 더 들을 필요가 없었다. 언제 어디에서나 똑같이 벌어지는 일이었다.

「알이 있지 않았나요?」그가 동료 박물학자에게 물었다.

「한 개가 있긴 했는데, 섬에 두고 왔답니다.」

귀스가 이튿날 아침 프로스프를 다시 만났을 때, 그는 이제 프로스프가 그냥 큰바다쇠오리로만 보이지 않는다는 사실을 깨달았다. 그가 마주하고 있는 것은 유일한 표본, 곧 바닷가 바위에 달라붙을 하나의 화석이었다. 그는 자기들이 차지하고 있던 지상의 터전에 빈 보금자리를 남겼을 큰바다쇠오리 한 쌍을 생각했다. 그 보금자리는 아무도 눈여겨보지 않을 초라한 것이지만, 그게 사라지면 필연적으로 바다 개체군의 밀도에 영향을 줄 것이었다. 그 큰바다쇠오리들이 삼켰던 물고기들, 그 새들이 사이사이로 헤엄치고 다녔던 해조류의 밀도에 영향을 주지 않을 수 없을 터였다.

혹시 모든 걸 엉망으로 만들 만한 일이 벌어졌던 것일까? 폭풍이 몰아치거나 뇌우가 쏟아져 내리거나 한 무리 마녀들이 그 음산한 섬을 덮치는 바람에 그곳의 모든 것이 인간의 잘못 때문에 죽게 된 것은 아닐까? 아니, 그건 아니었다. 아무 일도 벌어지지 않았다. 그날의 황혼은 매일 조금씩 늦어지는 여름철의 그것이었을 테고, 아마도 여느 때보다 더 붉게 물들었을 것이다. 바다도 이전의 나날보다 더 잔잔했다. 추위와 돌풍의 매서움과 물보라의 축축한 기운밖에 모르는 그 지역에서는 거짓되다 싶을 만큼 그랬다. 아무 일도 일어나지 않았다. 다만 뱃사람들이 그 섬에 다다랐을 때, 두 마리 큰바다쇠오리가 특유의 순해 빠지고 효율성 없는 걸음새로 달아나다가 서로 헤어지는 일이 벌어졌을 뿐이다.

만약 그 둘 중 한 마리가 도망쳤다면 무슨 일이 벌어졌을까? 그가 보금자리로 돌아가서 알을 품고 후손이 끊기지 않게 했을까? 그런데 무슨 목적으로 그런 일을 한단 말인가? 그들이 마지막으로 대양으로 여행을 갔던 것은 무엇을 위함이었을까? 그들은 혼자 헤엄쳤을까, 아니면 나란히 헤엄쳤을까? 그들은 범고래와 긴수염고래와 바다코끼리를 피해 도망쳤을 것이다. 그러고 나서 차갑고 단단한 바위에 닿았다. 그 끝은 죽음이었다.

귀스는 무릎과 무릎 사이에 낀 큰바다쇠오리를 자기도 모르는 사이에 힘껏 붙잡고 있었다. 그는 큰바다쇠오리를 쓰다듬었다. 이번엔 자기의 손가락에 닿는 맥박의 온기를 느끼는 게 아니었다. 깃털은 여전히 곱고 촘촘하지만, 그것과는 다른 무언가가 느껴졌다. 그가 사랑하는 이 큰바다쇠오리가 사라진다면 큰바다쇠오리라는 종의 추억도 사라질 것이었다. 이 새는 자기가 속한 종의 다른 개체들과 잘 어울리지 못했지만, 이 새가 사라지면 종의 추억까지 없어질 것이었다. 이 새가 별로 건너 본 적 없는 깊은 바다의 추억도 함께 사라질 터였다.

 말로 표현하기는 어려웠지만, 분명 무언가 다른 것이 그의 머릿속을 맴돌았다. 고통이 밀려왔다. 무언가를 후회할 때처럼 마음이 아팠다. 어리석게 일시적 기분에 빠져 행동했다가 돌이킬 수 없는 상황에 빠진 느낌이었다. 문득 저명한 남극 탐험가 뒤몽 뒤르빌이 생각났다. 테르아델리[5]를 발견한 이 멋진 탐험가가 시답잖은 여행에 나섰다가, 타고 가던 기차가 뫼동에서 탈선하는 바람에 세상을 떠났다고 하지 않는가. 바야흐로 귀스 앞에 닥친 일은 그가 잘못해서 벌어진 것이 아니었다. 하지만 그는 책임을 느꼈다. 인간이 일을 저질렀고 그도 인류의 구성원이기 때문이었다. 어떻게 말해야 할까? 만약 귀스가 큰바다쇠오리의 멸종을 화산이나 범고래나 흰곰의 책임으로 돌릴 수 있었다면, 이 상황을 더 잘 극복할 수 있을지도 몰랐다. 하지만 큰바다쇠오리들이 죽은 것은 스튜의 재료, 검은 스테이크의 재료, 고래기름보다 나을 것도 없는 기름의 원료이기 때문이었다.

 두 무릎 사이에 끼인 프로스프에게 눈길을 주면서, 너무나 진지한 그 새의 밤색 눈을 주의 깊게 살펴보면서 귀스는 무슨 생각을 했을까? 아직 실제로 벌어질 일로 받아들이지는 않았지만, 그의 마음엔 두려움이 가득했다. 프로스프가 죽고 나면, 더없이 은근한 그 깊은 눈길을 어디에서도 보지

---

 5 1840년 쥘 뒤몽 뒤르빌이 이끄는 프랑스 탐험대는 남극 대륙에 딸린 섬들에 도착하여 프랑스 국기를 꽂았다. 탐험 대장 뒤몽 뒤르빌은 마주 보이는 남극 대륙의 땅에 아내 아델리의 이름을 따서 〈테르아델리〉(영어 이름으로는 아델리랜드)라는 이름을 붙였다.

못하게 될 것이고, 그 불투명한 안막이 홍채와 동공을 보호하기 위해 아래위로 움직이는 모습을 두 번 다시 보지 못하게 될 것이었다. 귀스는 바로 그 점이 두려웠다. 뻔뻔하기 짝이 없는 그런 생각은 말로 표현하기도 쉽지 않았다. 프로스프가 떠나고 나면, 프로스프의 눈을 닮은 그 어떤 눈도 그를 바라보지 않을 것이었다. 그 이유는 프로스프가 한 마리 말 같은 존재가 아니기 때문이었다. 프로스프가 한 마리 말이라면 다른 말을 보면서 그의 특성을 다시 찾아볼 수 있겠지만, 이 새가 죽고 나면 세상의 어떤 새도 지구상에서 절멸된 이 종의 고유한 특성을 보여 주지 못할 것이었다.

귀스는 또다시 궁금증을 느꼈다. 이 큰바다쇠오리는 무슨 생각을 하고 있을까? 내가 불안해하는 것처럼 이 새도 불안에 빠져 있을까? 어떤 균형이 깨지면서 세상의 무언가가 어그러지고 있는데 이 새도 그것을 느낄까? 프로스프의 처지가 되어 보면 이상한 기분을 느낄 게 분명해. 하나밖에 없는 방식으로 사는 법을 배워야 하니까. 게다가 귀스라는 친구가 있기는 하지만 그는 큰바다쇠오리의 언어를 할 줄 모르고, 함께 헤엄을 치지도 않으며, 함께 새끼를 만들 수도 없는 존재야. 그런 생각을 하는데, 문득 이상한 느낌이 귀스에게 찾아왔다. 자신이 큰바다쇠오리가 된 것 같은 느낌이었다. 프로스프처럼 생각하고, 프로스프처럼 사물을 지각하는 기분이 들었다. 세계가, 그들의 세계가 눈앞에서 점차 흐릿해지는 동안, 그들은 서로 밀착한 채로 풍경의 한복판에서 뼈 조직으로 변해 가고, 주위의 그 풍경은 천천히 하얗게 변화하고 있었다.

III

이제 그들 주위에서 생선 냄새가 나지 않았다. 귀스의 살갗에서 소금기가 묻어나지도 않았다. 바람이 불어와도 엘린보르의 머리채가 헝클어지지 않았다. 이제 그녀는 머리카락에 윤기를 내고, 귀 위쪽으로 예쁘게 머리띠를 하고 있었다. 가정 교사 한 사람이 아이들 교육을 맡았고, 이따금 아이들을 가로수 길로 데리고 나가 산책을 시키기도 했다. 모두가 덴마크를 좋아했다. 도로는 넓었고, 포도에는 말발굽 소리가 요란했으며, 사람들은 무리를 지어 다녔다.

1845년, 귀스는 코펜하겐 대학교에 일자리가 생겨 이사를 하게 되었다. 그는 연구 영역을 북유럽의 식물상과 생물학으로 넓혔다. 일주일에 며칠은 대학생들이 그의 집에서 저녁을 먹었다. 그들은 한 가족처럼 어울리며 검소하고도 느긋한 분위기에서 모든 주제를 놓고 진지하게 토론을 벌였다. 귀스 부부의 집은 코펜하겐 밖에 있었고 별로 크지 않은 데다 딸린 정원이 어수선했지만, 그래도 그 정원에는 프로스프를 위한 수조가 마련되어 있었다. 집 바로 앞에는 바다가 있었다. 프로스프에게도 잘된 일이었다. 배들이 자주 지나다녔지만 큰바다쇠오리는 이내 그런 상황에 익숙해졌다.

그러니까 프로스프는 예전과 거의 같은 삶을 사는 셈이었다. 한 가지 달라진 것이 있다면, 한 달 전부터 한 폭의 그림을 위해 오귀스틴과 나란히 포즈를 취하고 있다는 점이었다. 그건 그 그림을 그리는 화가와 소녀 오귀스틴의 아이디어였다. 그들의 생각대로 멋진 초상화가 될 법했다. 아이는 화가나 이젤에 시선을 둔 채로 포즈를 취하고 있음을 의식하면서 진지하고도 장난스러운 표정을 지었다. 큰바다쇠오리의 엄격하고도 위험해 보이는 부리는 아이가 입은 소박한 드레스의 옷감과 대비를 이루며 뚜렷하게 드러날 것이었다. 바탕은 수련의 녹색이었다. 외부 사람이 이 그림을 본다면 큰바다쇠오리와 아이가 어우러진 그 모습을 이상하게 여길지도 모른다. 큰바다쇠오리는 그 생김새가 갈수록 목사를 닮아 가던 터이고, 아이는 놀다가 막 돌아온 듯 땋아 늘인 머리채를 조금 흩뜨리고 있으니 그렇게 여길 법도 했다. 그래도 귀스가 보기에는 딸아이와 프로스프와의 우정을 잘 드러냈고, 프로스프와 함께하는 그들의 삶이 정상적이라는 것을 보여 주고 있었다.

귀스는 큰바다쇠오리라는 종의 미래를 더는 생각하고 싶지 않았다. 그와 함께 사는 큰바다쇠오리는 그냥 독특한 반려동물이었고, 당연히 그의 친구였다. 그런 새와 함께 사는 일은 상궤를 벗어난 행동으로 여겨지기도 했다. 그의 대학생들도 놀랍게 여겼다. 큰바다쇠오리라는 종이 사라지는 문제에 대해서는 해결책이 없었다. 너무 심각하고 엄청난 사건이라서 더 생각하지 않고 그냥 사는 편이 나았다. 하기는, 그가 식물상에 관심을 기울이게 된 이유도 거기에 있었다. 데이지 한 송이를 잃는 것이 울음소리로 감정을 표현하며 살아가는 존재의 종말보다는 덜 비극적인 일로 보였다.

이따금 이런 생각이 밀려왔다. 몇 해가 지나 누군가가 오귀스틴과 프로스프의 초상화를 보게 되면, 상상 속의 날짐승처럼 생긴 이 새가 무슨 새인지 궁금해하지 않을까? 바다오리랑 비슷해 보이기는 하는데 날개가 퇴화하고 덩치가 크며 부리는 코뿔소의 코 위에 난 뿔처럼 생긴 이 피조물의 정체를 궁금해하지 않을까? 귀스는 새를 바라보면서 그렇게 자문하다가 곧바로 그 생각을 털어 버렸다. 그런 생각을 하면 무력감이 들었고, 엘데이섬에서 프로스프를 구조하던 때에 다른 큰바다쇠오리들을 붙잡아서 그들을 보호할 방법을 떠올렸어야 했는데 그러지 못했다는 점에서 어렴풋이 죄의식이 생겨나기도 했다.

프로스프는 늙어 가고 있었다. 하지만 놀랍게도 여전히 활기찼다. 어찌 보면 아직 개구쟁이라고 할 만했다. 그는 갑각류를 무척 좋아했다. 물고기보다 갑각류를 더 좋아하는 것 같았다. 청어를 너무 자주 주면 싫은 기색을 보이기도 했다. 어느 날 오타르가 정원에서 들고 다니다가 떨어뜨린 빵 한 조각을 프로스프가 날름 삼킨 적이 있었다. 그 뒤로는 누가 손에 빵을 들고 있거나 비스킷을 먹고 있으면 넉살스럽게도, 벌 받을 일을 걱정하지 않고 울음소리를 내어 한 조각을 요구하곤 했다. 귀스가 보기에는 프로스프가 과잉보호를 받고 살아왔고 먹이를 구하기 위해 싸움을 벌여 본 적이 없는 터라, 응석을 부리는 성격이 생겨난 것 같았다. 그래서 마치 자신이 응석둥이라도 된 것처럼 과도하게 요구하는 게 아닌가 싶었다. 부모가 엄격하게 굴면서도 대개는 양보한다는 점을 알고 영악하게 활용하는 아이와 비슷해진 셈이었다.

하지만 함께 저녁을 먹은 대학생들이 떠난 뒤에 자기가 마련해 놓은 온실에서 프로스프와 단둘이 있을 때면, 귀스는 그 새의 얼굴에서 우울한 기색을 읽곤 했다. 생각하기에 따라서는 귀스 자신이 너무 우울한 나머지, 허공을 바라보는 동물에게, 뿌연 눈으로 골똘한 시선을 보내는 동물에게 자기 마음을 떠넘기는 것일 수도 있었다. 어쨌거나 그럴 때면 귀스는 손가락들을 흔들어 보이며 프로스프를 불렀다. 그러면 프로스프는 뒤뚱뒤뚱 나아와서 그의 손 앞으로 부리를 내밀었다. 귀스는 부리를 쓰다듬었다. 그는 오크니 제도에서 그랬고 페로 제도에서 더 자주 그랬던 것처럼, 프로스프의 깃털에 물을 세 단지 부어 주었다. 프로스프는 즉시 일어서서 몽당팔 같은 날개를 펼치고, 임시변통의 그 폭포수를 맞으며 깃털에 윤을 냈다.

귀스는 프로스프에 관한 메모를 다시 작성했다. 이번에는 성격이 다른 메모였다. 큰바다쇠오리 문제에 국한하지 않고 그것을 넘어서는 백과사전을 쓰겠다고 작정한 연구자처럼 기록을 이어 나갔다. 그 작업은 프로스프가 오늘날 야성의 세계에서 스스로를 지킬 수 있는지 자문하면서 시작되었다. 귀스는 프로스프가 인간에게 익숙해지고 신뢰를 갖게 되어, 만약 스스로 위험에 빠졌다고 느낄 때면 어느 뱃사람에게라도 달려가서 도움을 청하지 않을까 걱정이 되었다. 하지만 따지고 보면 프로스프가 자기를 둘러싸고 있는 것에 대해서 무엇을 알겠는가? 프로스프는 자기가 큰바다쇠오리라는 것을 모르고 있었다. 마찬가지로 귀스와 그의 동류가 인간이라는 종에 딸려 있음도 모르고 있었다. 그들이 **말을 한다**는 사실도 알지 못했다. 그들이 의미를 지닌 낱말들, 서로 결합하여 다른 의미를 만들어 내는 낱말들을 주고받는다는 것도 알지 못했다. 프로스프에게 그들의 목소리는 보칼리제, 즉 모음으로 하는 발성 연습의 한 형태로, 기분이나 의도를 알려 주는 허밍으로 느껴지지 않을까 싶었다. 아침에 사람들의 인사를 받을 때는 그냥 상대의 기분을 좋다는 것을, 사람들이 점심 식사로 넙치를 가져다주면서 〈이리 와, 프로스프, 이리 와〉라고 소리칠 때는 상대가 기분이 좋을 뿐만 아니라 자기에게 기쁨을 줄 의도가 있음을 느낄 것이었다.

프로스프에게는 모든 일이 자연스러울 것이었다. 그 무엇도 이상하게 느껴지지 않을 터였다. 아니면 이상함이 세상의 모든 것에서 나타나는 통상적인 요소일 수도 있었다. 달리 말하면, 프로스프는 앞에 무엇이 있든 그것에 대해 의문을 품을 필요가 없었다. 포크든 사다리든 안락의자든 그것의 용도가 무엇인지는 중요하지 않았다. 포크는 위험하고 쓸모가 없었으며, 사다리는 단과 단 사이로 머리를 미끄러뜨릴 수 있기 때문에 5분 정도 재미를 주었고, 안락의자는 펄쩍 뛰어서 올라앉는 일을 해낸다면 ─ 그게 쉽지 않아서 평생에 한두 번, 상당한 노력을 기울여 성공했지만 ─ 바다 쪽으로 뾰족하게 뻗은 육지, 즉 곶의 끄트머리에 서 있는 기분을 느끼도록 활용할 수 있었다.

프로스프가 자기를 둘러싸고 있는 것에 의문을 품는 일은 범고래에게 왜 이빨이 있느냐고 묻는 것만큼이나 헛되었다. 결국 큰바다쇠오리들은 아주 먼 옛날부터 범고래에게 잡아먹히는 그 끔찍한 현실을 받아들이고 있었다. 그런 일이 벌어지면 그들은 범고래의 입안에서 소란을 피우지도, 울지도 않고 죽었다. 아마도 유감스럽다고, 오늘은 운수가 사납다고 언뜻 생각하면서 목숨을 잃을 것이었다. 그들은 죽기를 바라지 않을 터였다. 하지만 그들이 크릴새우를 먹듯이 범고래는 그들을 잡아먹을 수 있고, 그렇게 잡아먹혀서 생을 마감하는 것은 무릅써야 할 위험이자 큰바다쇠오리가 평생 겪어야 할 일 중 하나였다. 문득 귀스는 깨달았다. 사람들이 큰바다쇠오리나 덩치가 작은 바다쇠오리의 죽음에 관해서 말할 때, 그 새들이 천수를 다하고 죽었다는 식으로 말하는 것은 들어본 적이 없었다. 가자미나 넙치 같은 물고기에 대해서 말할 때도 마찬가지였다. 아마도 그런 동물이 늙고 약해지면 포식자들에게 잡아먹히고 마는 것이 자연의 이치일 터였다. 그들 중 아무도 친구나 여행의 동반자나 친척이 고래의 뱃속으로 사라진 것에 대해서 애도의 뜻을 표하지 않을 터였다.

　귀스나 프로스프는 자기들이 똑같은 것을 관찰하고 있다고 스스로 생각할 터였다. 하지만 귀스는 자기도 프로스프도 잘못 생각하는 것임을 알고 있었다. 귀스의 눈으로 보면 주위의 모든 것에는 하나의 이치가 있었다. 프로스프의 눈으로 보면, 모든 게 아무런 이유나 동기 없이 그냥 나타났다. 눈앞에 어떤 존재가 모습을 드러내 걸어가기도 하고, 재킷을 입거나 벗기도 하고, 모자를 쓰거나 벗기도 하지만, 그 존재에 무슨 의미가 있는 건 아니었다. 모자는 프로스프에게 아무 의미가 없었다. 모자가 탁자 위에 놓여 있으면, 프로스프는 아마도 그 모자를 머리카락 또는 머리와 연결시켜 생각하지 않을 것이었다. 모든 것에 무슨 이치가 작용하는 것은 아니었고, 프로스프는 그런 상황에 적응해 가고 있었다. 아니 어쩌면 그는 눈앞에 보이는 것을 이리저리 따져 볼 생각조차 안 하는지도 몰랐다.

오귀스틴과 함께 화가 앞에서 포즈를 취하고 있을 때, 프로스프는 왜 사람들이 자기에게 되도록 오랫동안 가만히 있으라고 요구하는지 전혀 모르는 눈치였다. 가만히 있으라는 것에 그치지 않고, 탁자라는 좁다란 공간에 올라서서 몸을 약간 옆으로 돌린 자세로 꼼짝달싹하지 말라고 하니 이해하기가 어려웠을 것이다. 물론 사람들이 그를 제자리에 붙들어 둘 수 있는 시간은 길어 봤자 5분밖에 되지 않았다. 그래서 화가는 쓱쓱 크로키를 하는 식으로 그 시간을 유익하게 활용해야 했다. 바로 그 참에 프로스프가 또 다른 특징을 보여 주었다. 오귀스틴조차 따분하게 여기던 그 포즈 취하는 일에 순순히 응함으로써 친절한 성품을 드러낸 것이었다. 어찌 보면, 여자아이에게 즐거움을 주려고, 자기에게 그 일을 시키는 여자아이랑 함께 있으려고 분명하게 순종하는 태도를 보였을 터였다.

프로스프가 자기를 바닥에 내려 달라고 울음소리를 내면, 사람들은 그를 탁자의 상판에서 들어 올려 바닥에 내려놓았다. 그는 방에서 도망가지 않고 한쪽 구석에 자리를 잡은 다음, 화가가 그러듯이 여자아이를 바라보았다. 마치 여전히 움직이지 않고 있는 아이가 시련을 잘 견디도록 응원하기라도 하는 듯했다. 그런 점에 비추어 보면, 프로스프에게는 무언가 겸손한 점, 자기가 이해하지 못하는 관습을 존중하는 면모, 다정한 부분, 결국 그의 가족이기도 한 그 가족의 공통된 삶에 동참하려는 의지가 있었다.

한편, 그의 감각 능력과 관련된 문제가 하나 있었다. 그는 처음부터 매우 강한 냄새를 풍겼다. 생선 비린내 같기도 하고 곰팡내 같기도 한 냄새, 말하자면 활기를 잃어 가는 물고기의 매스꺼운 냄새, 썩은 생선의 악취와는 다른 냄새가 났다. 그런데 그는 독한 냄새를 풍길 뿐만 아니라 외부의 냄새를 민감하게 맡는 후각을 갖추고 있기도 했다. 인공적인 향수 냄새를 잘 맡았고 그런 냄새를 싫어했다(사람들이 향수를 뿌린 채로 다가가면 그는 거북한 듯 머리를 돌렸다). 갑각류를 찾아내는 일도 잘했다. 위층의 붙박이장 안이든, 정원의 땅속이든, 어디에 갑각류를 감춰 놓아도 귀신같이 찾아냈다. 귀스가 시험을 통해 확인한 능력이었다. 그래서 분명히 말할 수밖에 없는 것이, 그는 인간의 자연스러운 체취를 좋아했다.

프로스프에 비하면 귀스는 후각이 별로 발달하지 않았다. 그런 점에서도 그들은 각자 아주 다른 세계에서 사는 셈이었다. 귀스 편에서 보면, 시각이 공간을 파악할 수 있게 해주었다. 그는 이 공간에서 무슨 냄새를 맡을 필요도 없이 그냥 있을 수 있었다. 그를 둘러싸고 있는 세계는, 심지어 자연마저도 수다스러웠다. 이 세계는 과거형으로, 현재형으로, 때로는 미래형으로 스스로를 표현하면서 기나긴 지식을 뒤섞고 있었고, 그 지식은 단 1초도 걸리지 않아 그의 머릿속으로 모여들었다. 프로스프 편에서 보면 세계는 다양한 물질의 조합이었다. 위험하기도 하고 위험하지 않기도 한 이 물질들은 아마도 그의 움직임에 따라 점진적인 방식으로 그에게 다가들 것이었다. 미루어 짐작하건대, 만약 귀스가 바다에서 프로스프와 함께 수영을 한다면 그들의 상황은 뒤바뀔 터였다.

그래도 그들은 서로를 잘 이해했고 신뢰했다. 그들의 두 세계 사이에는 교차점 같은 것이 있었다. 그 교차 지대에서 그들은 사이좋게 살았다. 귀스는 그 지대가 애정을 통해서 형성되었다고 말하고 싶었다. 하지만 그는 그게 사실이 아님을 알고 있었다. 그런 교차점이 애정을 만들어 낸 것이지, 그 역은 사실이 아니었다. 그들은 어떤 느낌들을 공유하고 있었다. 그들은 자기들의 욕구 실현에 문제가 생기면 즉시 알아차렸다. 둘 다 배고픔과 맛있는 음식을 먹는 즐거움을 알았고, 목마름과 그것을 해소하는 기쁨, 어루만짐의 효과와 충격의 효과도 익히 알고 있었다. 그들은 그런 유형의 사건들에 동일한 해석 방식을 적용했고, 자기가 경험하는 것을 상대도 경험하고 있으리라 믿었다. 그들의 몸은 똑같은 방식으로 감각 능력을 발휘했고, 졸음이 오면 둘 다 눈을 감았다.

하지만 그런 교차 지대를 벗어나면 모든 게 달라졌다. 귀스는 자기와 프로스프 중에서 누가 세계를 있는 그대로 보는지 궁금했다. 사실, 저마다 자기 방식으로 세계를 있는 그대로 보지 않을까 싶었다. 예를 들어 프로스프는 몇 가지 색깔을 구별하지 못하는 듯했다. 식물에 마음이 끌리는 경우, 그는 초록색이나 보라색 식물을 선호하는 뚜렷한 취향을 보였다. 엘린보르의 몇몇 드레스에 대해서도 비슷한 태도를 보였다. 엘린보르는 덴마크에 온 뒤로 더 선명한 색깔의 드레스를 입었는데, 프로스프는 창백한 것이나 은은한 파스텔, 회색, 밤색 계통인 것에는 관심을 보이지 않았다. 때로는 마치 방바닥에 놓인 걸레를 보지 못하기라도 한 듯, 그것에 걸려 비틀거리기도 했다. 그런데 아마 귀스 자신도 주위의 **모든** 색깔을 보지는 못할 것이었다. 그러니까 만약 프로스프가 말을 할 줄 알아서 그들이 주위 세계에 관해 묘사한다면, 그 묘사가 실제 세계와 일치하지는 않을 터였다. 귀스는 풀이 초록색이라고 생각하지만, 어쩌면 그 풀에는 색깔이 전혀 없을 수도 있었다. 어쩌면 큰바다쇠오리와 인간은 일련의 관습을 따라 나아가고 있는 탓에, 자기들 눈에 보이는 것과 실제 모습 사이의 차이를 가늠하지 못하는 것일 수도 있었다. 아니면 실제 모습은 존재하지 않고 모든 건 그저 해석일 뿐이며, 그래서 그 오해들이 서로 얽히면서 서로를 이해하게 되는지도 모를 일이었다.

 귀스는 프로스프가 따분하지 않을지가 자주 걱정됐다. 프로스프를 그의 환경에서 **빼내어** 온갖 것을 발견하게 해주었는데 그럼에도 프로스프가 따분해한다면 귀스로서는 심한 자책감을 느끼지 않을 수 없었다. 큰바다쇠오리가 원래의 환경에서 자연 그대로 살아간다면 따분함을 느낄 리 없었다. 기린이나 참새가 야생의 삶을 살 때처럼 활기찰 터였다. 지루하고 답답한 것은 사람 그리고 그들이 키우는 개, 고양이, 말처럼 자기네 생존을 걱정할 필요 없이 일상을 반복해야 하는 동물과 관계가 있었다. 프로스프는 그런 동물이 아니었다. 그는 주위의 움직임과 빛의 유희를 지켜보면서, 또는 수조의 물에 뜬 채로 몇 시간을 보낼 수 있었다. 물고기 한 마리가 물속에서 빠르게 헤엄쳐 나아가는 것을 보면 그는 아연 활기를 띠었다. 먹이를 충분히 먹고 나면, 고양이들이 먹잇감을 가지고 장난을 치는 것과 같은 행동을 했다. 아니, 어쩌면 귀스가 잘못 생각하는 것일 수도 있었다. 사실, 프로스프는 자기를 둘러싸고 있는 것에 여전히 호기심을 느끼고 여전히 깜짝깜짝 놀라는지도 몰랐다. 결국 프로스프는 일찍이 다른 큰바다쇠오리가 전혀 해본 적이 없는 행동에 나서고 있었다. 화가를 위해서 포즈를 취한다든가, 놀고 싶어서 자기에게 다가오는 오귀스틴이며 오타르를 관찰한다든가, 저녁에 온실에서 꽃이 든 단지를 둘러싸고 말을 주고받는 사람들의 얘기에 귀를 기울이는 것 같은 일들 말이다.

그의 동료 한센이 바닷가에 살던 큰바다쇠오리의 마지막 표본 두 마리가 엘데이섬에서 죽었다고 생각하던 무렵, 이러저러한 소문이 생겨나고, 서로 겹쳐지고, 배에서 배로, 부둣가 대화에서 대화로 퍼져 나갔다. 누가 큰바다쇠오리를 보았다는 소문인데, 그 장소가 어디인지는 분명하지 않았다. 처음엔 〈아마 세인트킬다섬일 거야〉라고 했다가, 나중엔 〈당연히 세인트킬다섬이지〉라고 말하기가 일쑤였다. 뱃사람들과 여행객들의 말이 사실이라면 바다에 큰바다쇠오리가 번창해 가기 시작하는 판이었다. 하지만 조각조각 전해지는 그 소문들에는 확실한 면이 전혀 없었다. 귀스에게 그 이야기들을 전해 준 사람은 교수이자 왕립 과학원 회원이었는데, 그는 매번 친구의 친구 되는 사람이 들려준 얘기라면서, 그 사람이 항구의 어딘가에서 뱃사람을 하나 만났는데 그 뱃사람이 큰바다쇠오리를 보았다고 말하더라는 식의 말만 했다. 뱃사람이 멀리서 보았다는 제법 크고 검은색과 흰색이 어우러진 형체는, 폭풍우가 휘몰아치는 조약돌 해변에서 뒤뚱거리고 있거나, 파도를 삼키는 더 큰 너울을 타고 있었다고 했다.

한센은 귀스가 그런 얘기를 전해 주면 어깨를 으쓱해 보였다. 귀스가 영국 더럼 대학교 박물학자인 윌리엄 프록터에 관해서 말할 때도 마찬가지였다. 윌리엄 프록터는 아이슬란드 곳곳으로 큰바다쇠오리를 찾아다니다가 1837년부터는 더 찾을 수 없게 되자 그 종의 소멸을 선언했다. 그런데 그건 잘못 알고 행한 일이었다. 1844년에 엘데이섬에서 한 쌍의 큰바다쇠오리가 죽는 일이 벌어졌으니까 말이다. 그 사건에 대해서는 한센도 자기 의견을 말하지 않을 수 없었을 것이었다. 그는 뉘앙스를 넣어 가며 말했다. 하기야 그 역시 무엇에 대해서도 확신을 갖지 않는 사람이었다.

「귀스, 내가 큰바다쇠오리의 부재를 증명할 수는 없어요. 신이 되어 단 1초만이라도 온 세상을 본다면 모를까, 그러지 않고서는 증명할 수가 없죠. 부재를 증명할 수 없으니 확신할 수도 없지요. 부재를 확인하기는 어려울 수밖에요. 그러니까 이제 당신에게 남은 일은 어딘가에 큰바다쇠오리가 존재하고 있음을 내게 보여 주는 거예요.」

그때부터 귀스는 프로스프의 겨레를 찾으러 곧 다시 떠나리라고 다짐했다. 그러나 그는 시간이 흐르고 또 흘러도 떠나지 않았다. 두려웠다. 실망하지 않을까, 쓸모없이 바다를 건너지 않을까, 멀리 보이는 어렴풋한 형체를 살피다가 시간을 잃지 않을까, 돌고래의 지느러미나 고래의 등을 큰바다쇠오리로 혼동하지 않을까 두려웠다. 떠났다가 돌아왔을 때, 프로스프를 바라보면서 장차 박제가 될 동물을 보고 있

John James Audubon (1836), Great Auk.
*The Birds of America; from Original Drawings by John James Audubon*
(London: John James Audubon, 1838)

다고 생각하게 되지 않을까 두려웠다. 사람들이 박제가 된 프로스프를 이 박물관 저 박물관으로 끌고 다니면서 〈보십시오, 이것이 마지막으로 살았던 바로 그 큰바다쇠오리입니다〉라고 말하는 장면을 상상하게 되지 않을까 두려웠다.

1847년, 한 해 전에 오귀스틴의 초상화를 그린 그 화가는 이제 오타르의 초상화를 완성해 가고 있었다. 오타르는 누나를 따라 하려고 자기 초상화에 개 한 마리 — 이웃집에서 빌려 온 개 — 를 넣어 달라고 요구했다. 그러는 동안 또 소문이 돌았다. 아이슬란드에서 큰바다쇠오리를 한 마리 보았다는 말이 들리더니, 또 한번은 노르웨이에서 보았다는 말이 들려왔다. 귀스가 생각하기에 아이슬란드는 광대하고 사람이 거의 없으니 정말 완벽한 피난처였다. 그렇다면 희망을 품는다고 해서 불합리하지는 않을 터였다.

어느 날 저녁, 그의 집에 자주 오는 대학생 중 하나가 오듀본[6]이 지은 『아메리카의 새들』의 보급판 한 권을 가져왔다. 아메리카 대륙의 모든 새를 훌륭한 데생을 곁들여 소개하는 책이었다. 그림 속 새들의 포즈는 자연스러워 보였고, 대개는 호평을 받을 만했다. 깃털의 미묘한 차이도 빠뜨리지 않고 그리고자 오듀본이 어떤 노력을 기울였는지 짐작이 갔다. 그는 새를 아주 많이 죽여 놓고 그 시체들을 그렸다고 하지 않는가. 페로 제도에 틀어박혀 살던 시절엔, 귀스는 그 책의

---

6 미국의 조류학자이자 화가라서 보통 존 제임스 오듀본John James Audubon이라 표기하지만, 서인도 제도의 프랑스 식민지 생도맹그(현재의 아이티)에서 플랜테이션과 노예를 소유하고 있던 프랑스 원양 항해선 선장의 아들로 태어나 열여덟 살 때까지 프랑스에 살다가 나중에 미국에 귀화했기 때문에, 프랑스 사람들은 보통 장자크 오뒤봉Jean-Jacques Audubon이라 부른다.

어마어마한 성공에 관심을 기울이지 않았다.

책을 가져온 학생이 표시를 해둔 덕에 큰바다쇠오리가 나오는 페이지를 금방 찾을 수 있었다. 큰바다쇠오리의 모습은 오듀본의 다른 모든 그림과 마찬가지로 가느다란 선으로 그려져 있었다. 〈꼼꼼하다〉라고 말할 수밖에 없는 작품이었다. 두 마리 큰바다쇠오리와 잘 어울려 조화미가 높아지도록 몇 가지 색을 넣었는데, 그 색깔이 회색과 연한 밤색 톤이라서 다른 종들(맹금류를 제외하고)을 그릴 때 사용한 색깔들, 노랑, 빨강, 파랑이 주를 차지한 색조와 비교할 때 조금 슬픈 느낌이 들었다. 두 마리 큰바다쇠오리는 옆모습을 보이고 있는데, 한 마리는 뭍에 있고 다른 한 마리는 물에 떠 있었다. 배경을 이루고 있는 것은 잔물결이 일렁이는 바다를 낙타색 해안 절벽이 둘러싼 풍경이었는데, 귀스의 눈에는 일본 취향이 짙고 우스꽝스러워 보였다.

「이건 아니지. 전혀 아니야!」 귀스는 말했다. 마음에 들진 않았지만 그래도 담담하게 말하고 싶었다. 다만 그림을 보는 순간 그가 질투심을 느낀 건 사실이었다. 귀스는 말을 이었다.

「이 작가는 큰바다쇠오리를 집에서 기르는 날짐승으로 만들어 버렸어. 다들 보라고. 표정이 멍청하고, 몸통이 아주 포동포동하잖아!」

맞는 말이었다. 사실 프로스프는 그림 속의 큰바다쇠오리들보다 위험스러워 보였다. 말하자면 더 공격적으로 보였다.

책을 가져온 학생이 설명했다.

「오듀본은 큰바다쇠오리를 만나지 못했어요. 이건 그가 묘사를 읽고 그린 그림이에요. 그는 자연 속에서 큰바다쇠오리를 보는 데에 성공한 적이 없어요. 아메리카 대륙에서 큰바다쇠오리들은 이미 사라졌거든요.」

귀스의 눈에는 이 그림 전체가 무덤을 생각나게 했다. 늪에 사는 순해 빠진 겁쟁이 새, 반은 오리이고 반은 칠면조인 힘없는 새, 헤엄을 잘 칠 거라고 상상하기가 불가능한 새를 연상케 하는 그림이었다. 당연한 얘기지만, 귀스는 이미 프로스프를 천 배나 더 잘 그린 바 있었다. 귀스가 그린 프로스프의 자세는 훨씬 더 진짜 모습에 가까웠고, 훨씬 더 경이로웠으며, 프로스프의 변덕스러운 기분과 감정 상태까지 그대로 표현되어 있었다. 물론 오듀본의 선이 아마도 귀스의 선보다 더 매력적일 것이고, 그 우중충한 색깔조차 재미있어 보일 것이며, 오듀본의 삽화가 조화로운 세계의 평화로움을 생각나게 하기는 했다. 하지만 그 삽화의 우아한 창백함은 괴기스러운 비현실성을 띠었다. 하기야, 평화로움이 무슨 소용이란 말인가? 곧 사라져 버릴 이 종에게 평화가 무엇이란 말인가?

이튿날 아침, 『아메리카의 새들』은 기분을 상하게 하는 그 페이지가 열린 채로 식당의 서랍장 위에, 오귀스틴과 프로스프의 초상화 아래쪽에 놓여 있었다. 귀스는 식탁 끄트머리에 앉아 기다리고 있었다. 식구들 모두에게 두 그림을 비교해 보라고 권한 터였다. 오듀본에게는 안된 일이지만, 큰바다쇠오리들에게 가해진 모욕을 온 가족이 불쾌하게 여길 거라 지레짐작하는 중이었다. 귀스는 해진 셔츠 차림으로, 마치 생각에 너무 깊이 빠져 핏기가 다 가셔 버린 듯한 얼굴에 두 눈이 때꾼한 채로, 저마다 자기 의견을 말해 달라고 부탁했다. 오타르는 삽화가 〈예뻐〉 보인다면서 손가락을 자기 잔에 집어넣고 있었다. 오귀스틴은 삽화의 큰바다쇠오리들이 프로스프와 비슷하지 않다고 말했다. 끝으로, 엘린보르는 한 손에 버터와 잼을 바른 빵을 든 채로 자기 생각을 들려주었다.

「멋이 없어. 거실에 두는 새 같아. 아니, 성탄절에 식탁에 올리는 가금에 더 가깝다고 할까?」

귀스는 긴장을 풀었다. 아닌 게 아니라 초상화 속의 프로스프는 위엄이 있어 보였다. 옆에 앉은 여자아이는 화가를 향해 조금 놀리는 듯한 미소를 짓고 있는데, 프로스프는 듬직하다는 느낌을 주었다. 밝은색 줄무늬가 들어가 있고 검은색에 가까운 부리는 아이의 뺨을 할퀴기라도 할 것 같았다. 반면에 오귀스틴은 느긋하고 편안한 모습이었다. 머리카락은 흐트러져 있었고, 옷차림은 여느 때 모습 그대로 간소했다. 한 손에 꽤 커다란 잔을 들고 있어서, 마치 한창 간식을 먹고 있던 아이와 큰바다쇠오리를 막 데려다 놓은 것만 같았다. 아이는 새를 바라보고 있지 않았다. 당연한 일이었다. 새를 두려워하지 않았으니까. 새는 화가가 방에 다다르기 전에 거기에 있었고, 화가가 떠난 뒤에도 여전히 거기에 있을 것이었다.

큰바다쇠오리를 보았다는 얘기는 계속 들려왔다. 뉴펀들랜드에서 큰바다쇠오리를 목격했다는 사람도 있었다. 사람들은 이미 세기 초에 그곳에서 큰바다쇠오리가 사라졌다고 공식적으로 확인한 바 있었다. 소문은 부둣가에서, 술집에서 생겨나 돌고 돌았다. 큰바다쇠오리의 시체를 찾는 사람들이 더 많아지면서, 그 유체의 아주 작은 조각도 한껏 비싸졌다. 귀스는 술집이나 식당 겸 여인숙을 돌아다니면서 큰바다쇠오리에 관한 생생한 정보를 직접 들어 보고자 했다. 하지만 그런 일은 한 번도 일어나지 않았다. 큰바다쇠오리를 보았다는 사람은 있었지만, 그들 중에 프로스프의 형제나 사촌이나 조카뻘이 될 그 새가 어떻게 나타났는지 얘기를 들려주는 사람은 단 한 명도 없었다.

그런데 어느 날, 한 뱃사람이 자기가 어떻게 코펜하겐 자연사 박물관의 어떤 사람에게 엘데이섬에서 잡은 큰바다쇠오리 두 마리의 내장을 팔았는지 말해 주었다. 그 큰바다쇠오리들은 그 뱃사람과 동료들이 4년 전인 1844년에 죽였다고 했다. 그는 그 새들의 가죽을 누가 가로챘는지 모르겠고, 생각만 해도 아직 화가 난다고 했다. 다른 선원 세 명이 저지른 파렴치한 행위이거나 선원들을 우습게 알던 선장의 부정직한 짓거리일 수도 있다는 것이었다. 그 뱃사람의 아랫입술 한복판에는 상처가 하나 나 있었다. 붉게 번들거리고 툭 불거진 상처였다. 옛날에 잘못 던진 갈고리에 맞아서 생긴 거라고 했다. 그는 큰바다쇠오리의 내장을 왜 사는지도 모르고 있었다. 그래서 귀스에게도 그 이유를 가르쳐 주지 못했다.

귀스는 자연사 박물관에서 일하는 대학교의 동료들을 떠올렸다. 그러자 문득 구역질이 났다. 그들 중 몇몇은 아마도 그의 집에 들렀을 때 프로스프를 쓰다듬으려고 했을 터였다. 다시 말하면, 포르말린 표본병에 떠 있던 큰바다쇠오리의 내장을 관찰하다가 와서 프로스프를 쓰다듬었다는 얘기다.
 귀스는 뱃사람에게 물었다.
「어떻게 생각하세요? 아직 어딘가에 큰바다쇠오리가 있다고 보세요?」
「분명코 없어요. 나, 케틸 케틸손이 마지막 두 마리를 잡았다고요. 내 이름을 기억해 두세요.」

 그 이름을 어찌 잊으랴. 그는 기록으로 그 이름을 후대에 남길 의도까지 품고 있었다. 그 이름을 대문자로 적고, 밑줄까지 그으리라 작정했다. 그런데 그 뱃사람이 당당하게 구는 태도를 보니 무슨 의미가 있는가 하는 생각이 들었다. 세상 만물은, 설령 신이 없다 하더라도 더 나은 쪽을 향해 가고, 더 발전되는 쪽으로, 더 정의로운 쪽으로 간다는 믿음을 가진 사람들에게 뱃사람의 말이 무슨 의미가 있을까? 당연히 아무 의미가 없다. 그래서 나는 프로스프가 아직 살아 있다는 사실에서 희망을 얻으려고 계속 애쓰고 있다. 하지만 나는 바보가 아니다. 나는 셈을 할 줄 안다. 여기에 큰바다쇠오리 한 마리가 있고 저기에 또 한 마리가 있다고 하자. 이 큰바다쇠오리 두 마리가 짝짓기를 한다고 치자. 그런들 개체군이 만들어질까? 그저 마지막 큰바다쇠오리들을 만들어 낼 뿐이다. 그들의 생식은 희소 상태를 결코 개선하지 못할 것이다. 결국 멸종으로 이어지리라.

 소문이 뜸해졌다. 여러 달이 지나고, 이어서 몇 해가 흘렀다. 어디에서든 큰바다쇠오리를 보았다는 사람은 더 나타나지 않았다. 부둣가에서 주고받는 말에서도 대학교 복도에서 나누는 대화에서도 그 주제, 큰바다쇠오리라는 말조차 나오지 않았다. 마치 큰바다쇠오리가 존재한 적이 없었던 것만 같았다. 큰바다쇠오리의 잔존한 표본은 이제 아무의 관심도 끌지 못하는 것만 같았다. 아니, 그보다는 그 새가 대양 한복판에 많이 모여 평온하게 살고 있으니, 얘기를 꺼내는 게 쓸모없는 일이 되어 버리기라도 한 듯했다.

프로스프는 늙어 가고 있었다. 검은 깃털이 하얗게 세지도 않았고 부리가 부스러지지도 않았지만, 예전보다 덜 움직였고 피로한 기색을 자주 보였다. 아니면 귀스의 눈에만 프로스프가 피로한 것처럼 보였을까? 겨울에 그를 위해 마련한 수조가 얼어붙어 버리자, 헤엄을 칠 수 없게 된 그는 온실에 틀어박혀 서툴게 바닥을 디디며 뒤뚱거렸다. 그러면서 물기를 잃어 가는 깃털에 물을 더 많이 부어 주기를 요구했다. 그는 여전히 큰바다쇠오리였지만, 귀스가 보기엔 다시금 자연적인 것에서 벗어난 큰바다쇠오리, 무엇보다 홀로 고립된 큰바다쇠오리였다. 아침마다 그는 귀스나 엘린보르를 향해 달려왔다. 때때로 오귀스틴과 그 뒤를 따르는 오타르 쪽으로 뛰어가기도 했다. 그들이 자기에게 흔쾌하게 가져다주는 물고기를 먹으려고 날개를 뒤로 빼고 부리를 앞으로 뻗어서, 배가 거의 땅바닥과 평행을 이루는 자세로 달렸다.

저녁 식사가 끝나고 나면 그는 귀스네 부부와 학생들이 함께 어우러지는 모임에 동석했다. 학생들은 프로스프가 함께 있다는 사실에 놀라지 않게 되었고, 프로스프를 희귀한 동물로 여기지도 않았다. 물론 이 큰바다쇠오리가 혹시 무언가를 알아듣는 게 아닐까 하는 생각을 하긴 했다. 모임 도중에 보면, 다리를 모으고 얌전히 앉아 있는 프로스프가 눈을 반쯤 감은 채로 사람들을 지켜보기도 하고, 때로는 한창 토론이 벌어지는 중에 누군가를 설득하려는 듯 꾸륵꾸륵 소리를 내거나 권위적으로 까옥까옥 소리를 냈기 때문이었다. 그런 울음소리까지 더해지니, 모두가 존중할 만한 의견을 자기 나름대로 적절하게 내는 것 같았다. 그 소리는 고양이의 야옹 소리나 앵무새의 울음 같은 역할을 했다. 어떤 점에서는 특히 앵무새 소리와 비슷하다 할 수 있었다. 프로스프는 거의 도시적인 그 풍광 속에서, 정원의 덤불 속에서, 또는 수조 주위의 풀밭에서, 열대의 한 동물처럼 어울리지 않는 소리를 내고 있는 셈이었다. 사람들은 그를 바라보면서 그 기이함을 재미있어했다. 마치 계단에 앉아 있는 원숭이를 보거나, 정확하지는 않지만 생동감이 넘치는 오듀본의 삽화를 보듯이, 어떤 구경거리를 즐기는 듯했다.

그러던 어느 날 저녁, 프로스프가 온실 바닥에 조금 기우뚱하게 박혀 있던 타일에 걸려 미끄러지는 일이 벌어졌다. 프로스프는 발톱으로 옆의 타일을 때리며 쓰러졌다. 학생 중 하나인 라스무센이 웃음을 터뜨렸다. 프로스프는 바닥에서 몸을 좌우로 흔들었다. 일어나려고 했지만 몸을 일으키기가 쉽지 않았다. 그에게는 드문 일이 벌어진 셈이었다. 귀스는 그를 붙잡아 바로 세워 주었다. 그러는 동안 라스무센은 계속 깔깔거렸다. 마치 서커스장에서 잘 숙달된 공연을 망쳐 버린 호랑이를 조롱하듯이 비웃으며 놀려 대고 있었다. 그는 프로스프가 쓰러지고, 축축한 바닥에서 미끄러지고,

기분이 상해서 사람들의 눈길을 피해 조금 떨어진 탁자 밑으로 도망치는 모습을 흉내 내기도 했다. 귀스는 손을 부들부들 떨었다. 프로스프가 부끄러움과 당혹감 때문에 얼굴을 붉히고 있을 것만 같은 생각이 들었다.

귀스는 그 뒤로 라스무센을 집에 들이지 않았다. 라스무센 쪽에서 사과를 할 수도 있으련만 그는 전혀 그러지 않았다. 새 한 마리를 조롱했다는 이유로 어찌 사과를 한단 말인가? 동물원에 가면 사람들은 물개를 보고 비웃는다. 물개가 얼마나 헤엄을 멋있게 치는지, 대양에서 물고기를 잡을 때 얼마나 민첩한지 모르는 사람들은 물개를 우습게 볼 수밖에 없지 않은가. 한 교수의 별쭝맞은 욕망, 집에서 사는 삶에 적응하지 못하는 동물에 대한 애착을 우스꽝스럽게 생각하는 게 어째서 사과할 일이란 말인가? 그 바닷새, 물속에 들어간들 어느 누구도 두려워하지 않을 것 같은 새, 어쨌거나 물범이나 돌고래나 상어보다는 무섭지 않을 것 같은 새, 깃털이 온통 오리의 가슴 솜털로 가득 차 있는 그 바닷새가 익살극을 보여 주는데, 어찌 웃지 않을 수 있단 말인가? 라스무센의 생각은 그러하였다.

귀스는 정원에 마련해 놓은 수조 앞에서 프로스프를 관찰할 때마다, 자신의 잘못 때문에 그 새의 삶이 메말라 가고 있음을 느끼게 되었다. 보면 볼수록 프로스프의 삶은 인위적이고 생기 없어 보였다. 그가 삼킨 이미 죽은 물고기들의 비릿하고 들척지근한 맛, 그가 헤엄친 잔잔한 물의 밍밍한 맛이 그 새의 삶을 이루는 모든 것에 배어 있었다. 프로스프를 머릿속에 그리면, 어떤 모습이 떠오르나? 깨끗하게 청소된

집 바닥에서 끊임없이 미끄러지는 뒤뚱거리는 걸음새, 이곳에서 살아가자면 그에 걸맞은 체격과 거동을 갖춰야 하는데 자기는 왜 그런 것을 갖추지 못했는지 모르겠다는 듯한 표정을 지으며 다시 일어서는 그 모습, 날개가 있지만 나뭇가지에 올라앉는 비둘기처럼은 날 수 없는 처량한 신세, 발에 물갈퀴가 있지만 너무 넓적하고 성가셔서 고양이처럼 뛰어오르고 싶거나 아이처럼 두 다리로 달리고 싶어도 양쪽 물갈퀴가 서로 부딪혀서 도저히 따라 할 수 없는 서글픈 바닷새의 처지.

그런 생각들에 사로잡혀 있을 때면 귀스는 혀가 두꺼워지고 침이 마르는 것 같았다. 큰바다쇠오리들이 분명코 어딘가에 아직 존재하고 있으리라는 생각이 다시금 밀려왔다. 프로스프는 존재하고 위험을 견디고 살아남지 않았는가. 세상에 기적이 단 한 번만 일어나리라는 법은 없다. 서로 다른 곳에서 같은 기적이 일어나는 얘기는 동화에도 나오고 성경에도 나온다. 자연은 참으로 광대하다. 자연 속에서 형상이 되풀이되고, 순환이 거듭된다. 그 어느 것도 새롭지 않고 모든 것이 다시 나타난다. 이따금 약간의 변이가 생기긴 하지만, 만물은 언제나 되돌아온다.

그런 생각을 하다가 그는 다시 술집에 가보기로, 부둣가를 돌아다녀 보기로, 배에서 내리는 화물을 염탐해 보기로 결심했다. 그는 작은 주점에서 술잔을 기울이고, 기름때에 절은 식탁 앞에 앉아 게걸스럽게 스튜를 먹었다. 밤이 깊어가는 동안 이 뱃사람 저 뱃사람에게 질문을 던졌다. 그러다가 그들 중 하나가 큰바다쇠오리들을 보았다고 알려 주었다.

열 마리쯤 되는 큰바다쇠오리 군집과 마주쳤는데, 그 장소는 아이슬란드 북서쪽에 있는 베스트피르디르[7] 지방이라고 했다. 아닌 게 아니라 그 자신이 유골 조각 하나를 주머니에 지니고 있었고, 코펜하겐에서 수집가를 만나면 팔 수 있지 않을까 기대하고 있다고도 했다.

그 뱃사람의 얼굴에는 주름이 쪼글쪼글하게 모든 방향으로 잡혀 있었다. 서로 반대되는 움직임이 너무 많으면 모든 게 상쇄되기라도 하는 것처럼 그 주름 때문에 얼굴은 굳은 채였다. 그 얼굴에서 살아 움직이는 요소는 오로지 작고 옴팡한 짙푸른 눈뿐이었다. 귀스가 그 유골 조각을 보고 싶다고 하자 남자는 부리의 윗부분을 꺼내 놓았다. 프로스프의 부리와 비슷하게 줄무늬가 난 기다란 부리의 일부분이었다. 크기가 프로스프의 것과 거의 같았다. 귀스는 그것으로 식탁 가장자리를 툭 쳐보았다. 단단하기가 프로스프의 것과 똑같았다. 남자가 설명하기를, 자기는 큰바다쇠오리를 죽이지 않았고, 레이캬비크에서 한 어부를 만나 그 부리를 샀다고 했다. 그 어부는 큰바다쇠오리의 부리를 소유하고 있으면서도 그게 무엇인지 모르더라는 말도 덧붙였다. 뱃사람의 짙푸른 눈에는 탐색하는 기색과 흥분이 담겨 있었다. 진지하고 품위가 있는 사람이라는 느낌을 주었다. 그는 귀스에게 아무것도 요구하지 않았다. 귀스가 자기 술값을 내면서 그의 것도 내주겠다고 했지만, 그는 그조차 받아들이지 않

---

[7] 베스트피르디르는 〈서부 피오르〉라는 뜻으로 아이슬란드 북서쪽의 큰 반도이다. 험준한 절벽으로 둘러싸인 많은 수의 피오르 때문에 매우 들쭉날쭉한 지형을 보인다. 그 긴 절벽에 새가 많이 모이는 것으로 유명하다.

았다.

　술집을 나서면서, 귀스는 자기가 그날 밤 잠을 이루지 못하리라는 것을, 그 뒤로 며칠에 걸쳐 그러리라는 것을 알았다. 그날 밤부터 그는 페로 제도를 떠나기 전에 나무들을 너무나 보고 싶어 했던 것처럼, 척박한 땅과 일망무제로 펼쳐진 풀밭을 꿈꾸게 될 것이었다. 어두운 침실에서 전전반측하며, 프로스프의 실루엣이 몽돌 해변에서 다른 큰바다쇠오리들과 어울리는 장면을 머릿속에 그리게 될 것이었다. 그가 눈을 감기만 하면 주위에서 빙하가 환상적인 파란색으로 반짝이고, 빙산의 발치에서는 다른 큰바다쇠오리들을 향해 걸어가는 프로스프의 검은 깃털과 흰 깃털이 두드러져 보일 것이었다. 프로스프가 환희에 차서 열어 보이는 목구멍의 담황색이 귀스의 눈에 보일 터였다.

　결국 귀스는 잠을 다시 이루기 위해, 프로스프의 행복을 위해, 또한 자신의 모험심을 충족하기 위해, 떠나겠다고 결심했다. 여행을 기획하는 것은 어렵지 않았다. 학술원과 대학이 정기적으로 아이슬란드에 탐사대를 파견했다. 엘린보르는 그가 떠나는 것을 받아들였다. 몇 달 동안 남편 없이 쓸쓸하게 살아야 한다고 생각하면 화가 났지만, 아무리 생각해 봐도 그의 뜻에 어떻게 반대해야 할지 알 수 없었다. 어찌 보면 남편의 여행은 그녀와 그 사이의 도덕적 계약, 그들 결혼의 부수 협약 같은 것일 수도 있었다. 귀스와 과학, 귀스와 프로스프를 떼어 놓을 수는 없었다. 아이들이 있다 해도 마찬가지였다. 하기야, 그녀가 생각건대 귀스가 프로스프를 사랑하는 것은 그가 오귀스틴과 오타르를 사랑하는 것과 같은 맥락이었다. 귀스는 허약한 존재를 위해 온전히 헌신하는 사람이므로 — 그는 어느 날 우연히 그 존재에 대한 책임을 떠안았다 — 자기 아이들을 대하는 태도에서도 신뢰할 수 있는 사람이었다. 그가 아이들을 더 적게 보살피는 이유는 그의 도움을 더 적게 요구하기 때문이었다. 엘린보르는 이런저런 생각 끝에 이런 깨달음에 도달했다. 프로스프를 데리고 있으면서 귀스는 온전히 사랑하는 능력을 보여 주었다. 자기에게 낯선 것, 완전히 다른 것, 자기가 완벽하게 파악할 수 없는 것에 대한 선의, 자기 수중에 들어와 있기 때문에 그저 보호해 주고 소중히 여길 수밖에 없는 존재에 대한 존중심을 보여 주었다. 그리고 돌이켜 보면, 엘린보르는 거의 아무도 찾아오지 않던 가난한 페로 제도에서 한 모험가를 만났고, 그 남자와 함께 자그마한 집에서 가난한 처지에 맞는 검소한 방식으로 살았고, 두 사람 모두 행복했다. 그런 남자를 깨끗한 도시의 포도에 붙잡아 두는 것, 떼었다 붙였다 하는 접착식 칼라와 세제 냄새와 석호(潟湖)의 온화한 분위기 속에 그를 붙들어 두는 것에는 아무 의미가 없을 터였다.

두 달이 지나 귀스는 프로스프와 함께 배를 탔다. 그 배는 아이슬란드에 그와 프로스프를 내려 주고 캐나다까지 계속 항해하기로 되어 있었다. 엘린보르와 아이들은 부두에서 손수건을 흔들었다. 귀스는 배에서 그들에게 입맞춤을 보냈다. 그의 품에 안긴 큰바다쇠오리는 환희에 찬 울음소리를 내고, 다시 만나기를 약속하는 듯한 인사를 올렸다. 시간이 좀 흐르자 귀스의 눈에 보이는 것은 멀리 떨어진 점들뿐이었다. 하지만 그는 짐작했다. 아내의 연회색 치마는 바람에 펄럭

이고, 오타르의 챙 달린 모자는 날아가 버리고, 오타르는 되도록 빠르게 모자를 쫓아 뜀박질을 시작했을 거라고.

그는 하선한 항구에서 배 한 척을 산 다음 그 배를 타고 남부 해안을 따라, 이어서 서부 해안을 따라 나아갔다. 큰바다쇠오리는 단 한 마리도 보이지 않았다. 낮 동안에 프로스프는 뱃머리에 자리를 잡고, 당당한 뱃사람처럼 가슴을 앞으로 내밀고 있었다. 배로 다리를 가린 채 눈을 감고 똑바로 서 있기도 했다. 그러다가 밤이 되면 귀스와 함께 잤다. 선실이 너무 작아서 밤중에 귀스가 팔을 뻗기만 하면 손이 큰바다쇠오리의 등에 닿았다. 마치 자기가 혼자가 아니고 친구가 하나 있음을 확인하는 동작 같았다. 프로스프는 그의 손이 닿으면 놀란 듯 구구 소리를 냈다가 이내 조용해져서 다시 잠에 빠져들었다. 귀스는 둘이 함께 있음으로써 서로에게 힘을 주고 있다고 느꼈다. 그들은 각자 자기 종의 동반자들과 함께 있을 때보다 더 강한 연대감을 느꼈다.

그들은 여러 어촌에 배를 대고 주민들을 만났다. 귀스는 큰바다쇠오리들에 관해서 물어보았지만, 누구나 몇 해 전부터 그 새들을 본 적이 없다고 했다. 그는 노인들에게 말을 걸었다. 노인들은 젊은 시절에 큰바다쇠오리들과 마주쳤던 일을 기억해 냈다. 때로는 그 새들을 잡아먹기도 했지만, 하도 오래전 일이라서 이젠 그 맛도 잊어버렸다고 했다. 귀스의 작은 배는 레이캬비크에 다다랐다. 그곳은 안개가 많이 끼는 작은 도회지였다. 덴마크에서 뱃사람이 들려준 이야기 속 어부를 찾아내는 데는 사흘밖에 걸리지 않았다. 그 사흘 동안 귀스는 짐을 부리는 사람들에게 묻기도 하고, 자기가 큰바다쇠오리의 사체를 찾는 수집가라고 말하기도 했다. 큰바다쇠오리의 부리를 팔았다는 사람은 잘 알려진 상인이었다. 그는 연장 가게를 운영하고 배 한 척을 소유하고 있었다. 사실 귀스는 대단한 수집가라도 되는 양 행세할 필요가 없었을 것이었다. 죽은 큰바다쇠오리의 조각을 파는 것은 전혀 불법이 아니었다. 프랑스 사람이 돈만 많이 준다면, 그가 왜 큰바다쇠오리의 다리를 원하고 깃털을 원하고 가죽을 원하는지 그곳 사람들은 전혀 관심을 두지 않았다.

가게의 벽면들은 갖가지 도구, 낚싯바늘, 그물, 바구니 바닥, 웃옷, 챙 없는 모자 등등으로 덮여 있었다. 헬가손은 프랑스 사람 하나가 들르리라는 것을 이미 알고 있었다. 그는 웃음이 헤프고 친절하고 나이가 많았다. 키는 귀스의 절반밖에 안 될 만큼 작았다. 그는 기다렸다는 듯이 뒤쪽 사무실에서 부리 하나와 갈비뼈 세 개를 가져왔다. 귀스는 그것들을 검사하는 척했다. 그러다가 그 만남의 시간을 늘리고 싶어서 혹시 큰바다쇠오리의 가죽이 있느냐고 물어보았다. 헬가손은 아마 있을 거라면서 찾으러 가겠다고 했다. 그러고는 만약 귀스가 특별하고 근사한 것을 좋아한다면, 어딘가에 알이 하나 있을 거라는 말을 덧붙였다. 가죽도 비싸긴 하지만, 알은 당연히 더 비쌀 거라고 했다.

헬가손이 가게를 나섰다. 귀스는 상자들을 움직이는 소리와 서랍들을 열었다 닫는 소리를 들었다. 헬가손이 돌아왔다. 가방 하나를 들고 왔는데, 그 안에는 갓 뽑아낸 것처럼 아직 온기가 있고 아름다운 깃털이 많이 있었다. 귀스는 아주 여리고 유순한 큰바다쇠오리, 건강한 큰바다쇠오리를 만지는 기분을 느꼈다. 진짜로 살아 있는 큰바다쇠오리가 손 전체를 쓰다듬어 주고 있는 것 같았다. 뼈대도 없고 가죽도 없는 구름 같은 것이 손에 닿아 프로스프를 생각나게 했다. 헬가손은 만약 귀스가 내일 들르겠다고 하면 알을 꼭 찾아 놓겠다고 덧붙였다. 짐 속 어딘가에 있긴 한데, 정확히 어디다 두었는지 모르겠다는 것이었다.

헬가손에게 어디에서 새들을 사냥하느냐고 물어보고 싶었지만, 그래 봤자 소용없으리라는 생각이 들었다. 금을 캐는 사람에게 노다지가 어디에 있느냐고 묻는 것만큼이나 실패로 돌아갈 수밖에 없는 일이었다.

「최근에 잡은 큰바다쇠오리에게서 나온 물건도 가지고 계신가요? 저는 이 깃털처럼 최근에 나온 것에 관심이 많습니다.」

헬가손은 너무 놀라운 말을 들었다는 듯이 자기 입으로 거의 완벽한 동그라미를 만들었다. 그 입 모양은 이렇게 멍청한 프랑스 사람을 보게 되어 어이가 없다는 의미를 담고 있었다. 바보 같은 프랑스인이 자신의 끝없는 무지를 드러내면서 남의 기분을 상하게 하고 있다는 뜻이었다.

「이 깃털은 갓 뽑아낸 게 아니라 세탁을 한 겁니다. 너무 깨끗하니까 손님이 오해를 하신 모양입니다. 사실 이건 꽤 오래된 깃털입니다. 그런 점에서 이 깃털의 품질이 아주 좋다는 것을 알 수 있죠.」

그 자그마한 남자는 미소를 짓고 있었다. 그리고 그의 입은 친절하고 싶어 하는 인간 표정의 일반적인 모양새를 되찾아 갔다. 귀스는 갈비뼈와 부리를 다시 바라보았다. 갈비뼈에는 덕지덕지 먼지가 엉겨 붙어 있었고, 뿔같이 딱딱한 부리는 색이 바랜 데다가 줄무늬의 홈은 마치 침식된 산의 능선처럼 뭉개져 있었다.

「해마다 큰바다쇠오리 표본들을 구하려고 베스트피르디르 지방에 가시지 않나요?」

「그런 일을 제가 왜 하겠어요? 보시다시피, 저는 이제 아주 멀리까지 갈 나이가 아닙니다.」

귀스는 문득 기분이 아래로 푹 내려앉는 것을 느꼈다. 들보 하나가 어깨에 떨어진 것만 같았다. 어쩌면 그렇게 생각이 짧았을까? 그냥 가게에 들어가서 가죽을 달라고 하면 사흘 전에 무두질한 아주 부드러운 가죽을 얻게 되듯이, 일이 그렇게 간단하리라고 생각했단 말인가?

「이 물건들을 언제 구하셨어요?」

사실, 귀스는 어디서 구했느냐고 묻고 싶었으리라. 하지만 머릿속에서 말들이 뒤섞이고 있었다. 〈언제〉가 〈어디〉의 뜻으로 쓰이고, 〈어떻게〉가 〈무엇〉을 뜻하고, 〈무엇〉이라는 말이 제 의미를 잃는 판국이었다. 〈무엇〉이 그냥 이 부리, 갈비뼈, 깃털을 뜻한다는 것은 그 자신만 알고 있었다.

「15년도 더 된 일이에요. 여기에 아직 큰바다쇠오리가 있던 시절입니다. 제가 젊을 때였지요. 사람들이 큰바다쇠오리를 잡았어요. 이것들은 제가 보관해 온 물건들입니다. 추억이 담겨 있죠. 이제는 이것들을 팔고 있어요. 알도 다시 찾아낼 수 있을 겁니다. 알을 판 기억은 없으니까요. 그렇다고 팔지 않았다고 확신하는 건 아닙니다. 사람들이 너나없이 큰바다쇠오리를 찾아 돌아다니던 때가 있었어요. 내 기억엔 그래요. 하지만 이제 잘 모르겠어요. 모든 게 긴가민가해요.」

헬가손은 잠시 귀스만큼이나 아쉬워하고 안타까워하는 듯한 표정을 지었다. 어쩌면 그 노인은 삶의 슬픔을 마주하고 그런 표정을 지었을지도 모를 일이었다. 살다 보면 누구나 늙게 마련이고, 옛날에 환희를 느끼며 했던 일들, 삶을 자부심으로 가득 채워 주던 일들은 늙어 갈수록 덧없이 사라지지 않는가. 귀스는 희망 하나가 가게의 혼잡한 바닥에 떨어지는 것을 보았다. 그렇게 떨어진 희망은 황마 포 자루들 사이로 뱀처럼 빠르게 달아나 버렸다.

장차 프로스프에게는 귀스 말고 다른 동반자가 없을 것이었다. 귀스는 큰바다쇠오리를 구조한 사람으로 남지 못할 것이었다. 엘데이섬에서 프로스프를 만났을 때 운 좋게 구조할 기회가 생겼지만, 그 기회는 그의 앞으로 지나갔고 결국 그는 기회를 놓쳤다. 그날, 그는 큰바다쇠오리가 물속으로 도망치도록 그냥 두어야 했다. 그랬다면 어디 다른 데로 가서 번식을 했을 수도 있지 않을까? 아니면 뱃사람들이 섬에 배를 대는 것을 막아야 했나? 그래, 그들에게 돈을 주어 멈추지 말고 계속 나아가도록 했어야 하지 않을까?

하지만 그는 대학살을 보고 구역질을 느꼈음에도, 자신의 뜻을 나타내기 위한 행동에 나서지 않았다. 그는 사람을 비천하게 만드는 그 장면을 그냥 지켜보았다. 아무도 배가 고프지 않았으므로 그건 아무런 근거 없는 학살이었다. 사체들의 수가 점점 늘어나더니 섬에 깃들어 살던 얼마 되지 않는 새들이 몰살당하는 판국이 벌어졌지만, 그는 불안해하지 않았다. 당시에 그는 그저 자기가 잡은 큰바다쇠오리를 프랑스에 보낼 생각만 하고 있었다. 그는 이의를 제기하지 않았고, 그래서 그가 얻었던 행운은 날아가 버렸다. 큰바다쇠오리들의 울음소리, 엘데이섬의 조약돌에 묻은 피, 멀리서 보았을 때 반짝거리는 반점처럼 빛나던 피, 뱃사람들의 손에 목이 졸린 채로 죽은 큰바다쇠오리를 끈적끈적하게 감싸고 있던 피에 대한 기억이 아직 생생했다. 한마디로 그는 프로스프에게 유용하지 않았다.

귀스는 가게 안에 널브러져 있던 민걸상 하나에 앉지 않을 수 없었다. 만약 그 순간 누군가가 가게 안에 들어왔다면, 두 남자가 카운터를 사이에 두고 똑같이 구부정한 자세로 멍하니 허공을 바라보는 모습을 목격하게 되었으리라. 그들이 눈길을 둔 눈에 보이지 않는 그림에는 두 사람이 겪은 젊은 시절의 이야기가 담겨 있을 터였다. 두 사람이 서로 마주친 적은 한 번도 없었지만, 젊은 시절을 다 보냈다는 점에서는 차이가 없었다. 한쪽 사람은 고래와 큰바다쇠오리를 잡다가 그만두었다. 다른 사람은 고래잡이를 해본 적이 없고 단 한 번 큰바다쇠오리를 잡았는데, 이제 그 일을 후회하고 있었다. 한 사람은 망연한 표정으로 배의 키를 잡던 자기가 어쩌다 이렇게 연장을 파는 신세가 되었는지, 왕년에는 크고 힘세고 민첩했던 자기가 어쩌다 이렇게 사지가 쑤시고 덩치가 쪼그라든 처지가 되었는지 한탄했다. 다른 사람은 멀뚱한 표정으로, 젊을 때는 북극에 가까운 휑뎅그렁한 외딴섬들이 아니라 태평양과 오스트레일리아의 광활한 땅을 탐험하리라 계획했는데, 북유럽의 대야처럼 좁은 수역에서 절벅거리다가 삶을 보내 버렸다고 생각했다.

귀스는 레이캬비크의 도로들을 따라서 천천히 나아갔다. 자기 자신에게 대답하듯이, 아니면 어떤 악마에게 대답을 들려주듯이 고개를 주억거리며 돌아다녔다. 그는 바야흐로 상궤를 벗어난 사람, 다른 존재에게서 찾아볼 수 없는 이상한 태도를 보이는 사람이 되어 가고 있었다. 어이가 없다는 듯 어깨를 으쓱거리는가 하면, 말도 되지 않는 소리를 하지 말라는 듯 손을 흔들기도 했고, 황당하다는 듯 고개를 내젓기도 했다. 그는 눈에 보이지 않는 어떤 동물을 데리고 다니는 사람 같았다. 아니면 그리핀 같은 신화 속의 괴물이나 우리가 꿈에서 보는 듯한 환상적인 존재, 또는 메달의 새김글 위쪽에 새겨 넣는 동물과 함께 다니는 사람 같기도 했다.

그의 혼잣말이 이어졌다. 어떻게 이런 일이 가능하단 말인가? 고래나 물범은 여전히 살아 있어. 그런가 하면 아프리카에는 덩치가 크고 우둔해 보이는 코뿔소들이 있는데, 사람들이 그 짐승들을 잡아 맛있는 스튜를 만들어 먹어도 느긋하게 으스대며 살아가고 있어. 오스트레일리아에는 자연의 익살극이라 할 만한 괴상한 동물이 있어. 주둥이는 오리의 부리 같고 몸은 비버와 비슷한데, 그보다 훨씬 경이로운 것은 포유류임에도 알을 낳고, 부화한 새끼는 젖으로 키운다는 사실이지. 이치에 닿지도 않고 아름답게 생기지도 않지만, 잘 살고 있잖아. 그런데 프로스프가 속한 종은 해를 끼치지도 않고, 재미있고, 물속에서 우아하게 헤엄치는 바닷새인데 세상에서 자취를 감추었어. 세상의 조화는 차치하고라도 정의란 도대체 어디에 있는 거야?

배로 돌아가기 위해 시내를 떠날 때가 되자, 그는 두 팔을 내저어 그의 머리 위쪽에서 날 듯이 움직이기 시작했다. 행인들은 걸음을 멈추고 그를 바라보며 웃었다.

배로 돌아오자 그는 다시 차분해졌다. 프로스프와 그는 이튿날 떠날 것이었다. 이제 여기에 남아 있을 이유가 없었다. 그들은 사람이 거의 살고 있지 않다는 베스트피르디르로 갈 것이었다. 오래전에 마지막 큰바다쇠오리들이 목격되었다는 그 지방이 목적지였다. 일종의 순례이고, 사라지기 전에 시원의 땅으로 회귀하는 일일 터였다. 그들은 파도를 마주하고 바닷가에서 묵상에 잠길 것이다. 파도 하나하나 모래알 하나하나가 아무도 더 찾아오지 않는 공동묘지의 비석과 비슷할 것이다.

뱃짐을 꾸려 떠날 준비를 하는 동안, 프로스프를 바라보려 하는데 엄두가 나지 않았다. 귀스는 부끄러웠다. 이치에 맞지 않는 이상한 일이 벌어지고 있는데, 프로스프에게 그런 사정을 어떻게 설명해야 할지 알 수 없었다. 이제 프로스프는 지상에 살아 있는 자기 종의 유일한 개체였다. 세상은 광대하고 신비롭고 어딘가에 수백만 마리 큰바다쇠오리를 맞아들여 보호해 줄 수도 있을 법한데, 그런 세상의 마지막 큰바다쇠오리가 된 것이다. 프로스프는 독특한 운명을 지닌 피조물이었다. 자기가 속한 종의 감각을 알고 언어를 알고 본능을 아는 마지막 존재, 멸종을 앞둔 큰바다쇠오리들이 지상에서 보낸 수십만 년이 넘는 기나긴 세월을 추억하는 유일한 존재가 아닌가.

그들은 아이슬란드의 북서부 지방에 다다랐다. 1849년 여름이 가기 전의 일이었다. 그들은 어느 단칸집을 거처로 정했다. 물기슭 가까이에 납작한 돌을 겹겹이 쌓고 그 위에 잔디 뗏장을 얹는 방식으로 지어진 그 고장 특유의 건축물이었다. 겨울에도 춥지 않게 지낼 수 있을 법한 집이었다. 가장 가까운 마을은 14킬로미터 떨어진 곳에 있었다. 귀스와 프로스프는 자갈땅과 풀밭 위에서 달랑 둘이 사는 존재들이었다. 그럴 수밖에 없는 것이, 그들은 저마다 유일한 존재이자 마지막 존재였던 것이다. 다시 말해서, 귀스는 큰바다쇠오리를 보게 될 지상의 마지막 인간이고, 프로스프는 자기가 속한 종의 마지막 개체였다.

이곳에서 낮의 길이는 여름에는 스무 시간, 겨울에는 네 시간이었다. 이따금 귀스는 밤중에 잠에서 깨어나, 침대 발치에 오리처럼 웅크리고 있는 프로스프의 형체를 보았다. 그가 곱은 손을 뻗어 프로스프의 몸에 얹으면, 잠들어 있던 새는 놀랐다는 듯이 구구 소리를 짧게 냈다. 하지만 자기 몸에 닿은 손이 귀스의 것이므로 안심하고 더는 소리 내지 않았다. 둘이서 나란히 쉬고 있으니 모든 게 잘 돌아가고 있는 것이었다. 그러면 귀스 역시 다시 잠에 빠져들었다. 큰바다쇠오리가 거기 있으니, 마치 자기가 보호를 받기라도 하는 듯 마음이 든든해지는 것이었다.

그들은 함께 물고기를 잡으러 다녔다. 물론 귀스는 배를 탄 채로 고기를 낚았고, 프로스프는 물속을 돌아다녔다. 프로스프는 물고기를 잡는 대로 삼켜 버렸고, 귀스는 자기가 잡은 물고기들을 뭍으로 가져왔다. 큰바다쇠오리는 귀스가 저녁마다 물고기로 요리하는 모습을 지켜보았다 — 전에는 이 큰바다쇠오리가 주방에 들어온 적이 없었다. 처음에는 큰바다쇠오리가 귀스의 접시에 담긴 생선 토막들을 훔쳐 먹었다. 귀스는 짐짓 아무것도 알아차리지 못한 척했다. 몇 주일이 지나자, 귀스는 저녁을 먹을 때 포크로 먹이를 찍어 프로스프에게 내밀었다. 프로스프는 그 먹이를 받아먹었다. 이 일은 하나의 관행이 되었다. 이로써 사람과 새 모두가 즐거움을 얻게 되자, 새는 무언가를 훔쳐 먹는 일을 마침내 그만두었다.

귀스는 고립된 그 새에게 자기가 곁에 있어 위안이 되고 있다고 생각했다. 어리석은 생각이었다. 프로스프는 자기가 종의 마지막 개체인 줄도 알지 못했고, 자기가 선조의 영혼이 서린 바닷물 속에서 헤엄치고 있다는 것도 모르고 있었다. 프로스프는 귀스와 그의 가족 말고는 다른 것을 거의 겪어 본 적이 없었다. 큰바다쇠오리 공동체의 일원으로 사는 삶은 그에게 낯설었다. 달리 살 수도 있었다든가 달리 살아야 했다는 식의 생각은 단 한순간도 그의 머릿속을 스치지 않았다.

 그렇게 살아가던 처음 얼마 동안, 귀스에게 문득 이런 생각이 스치곤 했다. 나와 프로스프 중에서 누가 사람이고 누가 큰바다쇠오리일까? 계속 머리를 맞대고 살면서 공통의 습관이 몸에 배다 보니 우리 둘이서 하나의 잡종, 바닷새와 인간의 키메라를 창조하기라도 한 듯하지 않은가. 아닌 게 아니라, 거울을 들여다볼 때면, 귀스는 자신을 온전히 알아보지 못했다. 수염과 머리털이 자라서 이마와 귀와 손과 광대뼈 부위를 제외하면 부스스하지 않은 데가 없었다. 그런 모습으로 옷을 입고 있으니, 사람의 피부라 할 만한 부위는 어디에서도 찾을 수 없었다. 한편, 프로스프는 거울을 들여다본다고 해도, 거울에 비친 것이 자신이라 생각하지 못할 터였다. 자기와 비슷하게 생긴 큰바다쇠오리들이 없으니, 자기의 외모가 다른 큰바다쇠오리와 어떻게 다른지 모르는 게 당연했다.

 바닷가에 나가 있다 보면 이따금 범고래의 지느러미와 긴수염고래의 꼬리가 멀리서 나타나곤 했다. 그러면 물속에 있던 프로스프는 소리를 내지르며 바닷가 쪽으로 미친 듯이 내달아 와서, 귀스의 바지 아랫부분을 물어뜯으며 그를 바닷가의 오두막으로 이끌었다. 귀스는 그 일이 재미있었다. 어떻게 재미있지 않게 여길 수 있으랴? 그 일은 그에게 감동을 주기도 했다. 그런 상황에서 보면, 그들의 삶이 서로 얽혀 있음에도 불구하고, 프로스프는 영구적인 고유의 본능을 지닌 동물의 모습 그대로였고, 그는 뭍에 도달할 수 없는 바다의 거대한 동물을 두려워하지 않는 인간이었다.

왜 나는 여기, 사람이 거의 살지 않는 세상 끄트머리에 와 있을까? 그렇게 자문했지만 그는 이제 답을 알지 못했다. 무언가가 그의 신경을 망가뜨려 놓았는지 그는 고기잡이, 잠자기, 먹기, 프로스프 쓰다듬기, 프로스프와 산책하기, 프로스프가 헤엄치거나 잠수하는 것 구경하기 등 일상적으로 늘 하는 행위 말고는 다른 행위에 마음을 두지 않는 사람이 되었다. 아무리 생각해 봐도 나머지 일은 그에게 의미가 없어 보였다. 엘린보르와 자식들을 생각할 때면 밝은 색깔의 집 벽들에 걸린 그림들 속에 있는 얼굴들이 눈에 보였다. 그 그림들의 배경으로 한 남자의 유령이 지나가고 있었다. 그는 자기가 이제 그 남자와 닮지 않았다고 생각했다.

거기에서는 아무도 그가 필요하다 생각하지 않는 듯했다. 그의 운명은 아주 드문 것이었다. 평범한 인물인 그가 동물의 한 종이 아주 없어지는 예외적인 사건을 마주하고 있다는 점이 믿기지 않았다. 아무리 찾아보아도 그와 비슷한 일을 겪은 사람은 전혀 없었다. 도도라는 새가 멸종하긴 했지만, 마지막 도도의 죽음은 그 종이 사라지고 오랜 시간이 흐른 뒤에야 세상에 알려졌다. 어쩌면 다른 종들도 다른 곳에서 사라졌지만 아무도 그 일에 신경을 쓰지 않았는지도 모른다. 예컨대 먼 옛날에 매머드가 생존했다는 사실은 누구나 알고 있지만, 마지막 매머드에 관해서 알려진 바는 아무것도 없지 않은가. 귀스가 단언컨대, 단 한 사람의 사냥꾼도 왜 자기가 매머드를 만날 수 없게 되었는지 물어보지 않았다. 사라져 버린 종들의 개체군은 수가 천천히 줄어들었을 테고, 그러는 사이에 그들의 추억이 지워졌을 것이다. 그런 일을 어떻게 이해해야 할까? 옛날에 있었던 것, 과거에 수가 많았던 것, 왕년에 번창했던 것이 사라지는 일을 어떻게 이해해야 할까?

프로스프가 저기 내 눈앞에서 헤엄을 치고 있다. 어제도 그가 목숨을 잃지 않기 위해 싸우는 일이 벌어졌다. 북극여우 한 마리가 그에게 덤벼들어 공격을 가했다. 북극여우의 모피는 눈처럼 희기 때문에 프로스프는 그 여우가 다가드는 것을 보지 못했다. 여우는 그를 크레이프처럼 납작해지도록 짓눌렀고, 그는 여우를 세게 물어서 자신을 방어했다. 어찌나 깊숙하게 물었던지, 여우는 깜짝 놀라면서 목에 피가 흥건해진 채로 큰바다쇠오리를 피하기 위해 내달렸다. 미친 듯이 화가 난 큰바다쇠오리는 무시무시한 부리를 벌리고 여우를 뒤쫓아나. 하지만 그렇게 용맹하고 담대함에도 프로스프는 사라지리라. 그냥 죽는 거라면 정상적인 일이지만, 단지 죽는 것이 아니라 녹아 없어지듯 사라지리라. 떠나면서 자기가 속한 종의 모든 흔적을 가져가리라. 어떤 식으로 존재했는지, 어떻게 먹이를 먹고 스스로를 지키고 이따금 사랑을 나누었는지를 알려 주는 모든 흔적을 함께 가져가리라. 정말 믿기지 않는 일은 그것을 나 한 사람만이 알고 있다는 사실이다. 프로스프 자신도 알지 못하는데 나만 알고 있다는 게 말이 되는가?

그런 생각을 하다 보니 귀스는 마치 꿈속에서 살아가고 있는 기분이 들었다. 〈나는 왜 여기에 있을까? 이런 주제에 관심을 기울이지 않던 내가, 이런 일이 벌어질 수 있다는 것조차 모르던 내가 왜 여기에 있는 걸까?〉 그런 의문이 들 때면, 매일같이 그런 의문에 부딪칠 때면 귀스는 자신이 언덕 위쪽으로 떠오르는 듯한 기분을 느꼈다. 높이 올라갔다는 기분이 들면, 윤곽이 흐릿한 동물 무리가 지구의 한쪽 장소에서 다른 장소로 빠르게 움직이는 장면이 머릿속에 그려졌다. 그 동물 무리는 천공으로까지 나아갔다. 불분명한 형태의 그 긴 행렬은 문득 지구를 벗어나 달을 향해 검은 우주 공간을 지나고 있었다.

겨울이 왔다. 귀스는 걷는 데에 어려움을 느꼈다. 숨이 차고 다리가 뜻대로 움직이지 않았다. 다리가 나무로 만들어진 것만 같았다. 문득문득 이런 생각이 들었다. 프로스프는 떠나야 하는 게 아닐까? 큰바다쇠오리의 삶을 조금이라도 살아야 하는 게 아닐까? 다만 큰바다쇠오리의 삶이라고 하는 것은 때늦은 개념, 무기력한 관념, 첫음절을 발음하자마자 맥이 풀려 버리는 활기 없는 관념이었다.

귀스가 바라보던 모든 것이 겨울에는 차츰차츰 눈 속으로 사라져 버리는 듯 보였다. 그는 문득, 페로 제도에 살던 시절 엘린보르가 여름철에 궤짝 안에 넣어 두곤 했던 모포가 떠올랐다. 몇 달이 지나 그 모포를 궤짝에서 꺼내어 보면 좀이 쏠아 놓은 탓에 구멍이 나 있었고, 색깔을 넣은 끝자락들이 빠져 있었다. 그건 마치 여기에서 좀먹은 풍광에 큰바다쇠오리들이 빠진 것과 비슷한 상황이었다. 장차 누가 프로스프를 기억해 줄까? 장차 누가 또 다른 프로스프들을, 그들이 바닷속에서 보여 준 민첩성을, 뭍에서 겪은 곤경을, 갑각류를 깨부술 때 보여준 턱의 위력을, 상냥한 마음씨를, 수프에 넣은 우유처럼 왈카닥거릴 만큼 발끈발끈하는 성미를 기억해 줄까?

긴 겨울을 지내다 보니 귀스는 침대에 더 오랫동안 누워 있는 버릇을 들이게 되었다. 식량을 구하려고 여전히 2주에 한 번씩은 마을에 다녀왔고, 사흘에 한 번씩 고기잡이를 했지만, 날씨가 춥고 안개비가 부옇게 내리는 속에서는 모든 게 힘겹게 느껴졌다. 프로스프는 뭔가 좋지 않은 기분을 드러내기 시작했다. 낮에 프로스프는 바닷가에 나가 있었다. 귀스가 곁에 있어 주기를 요구하지 않았다. 처음에는 두 시간 동안 헤엄을 쳤고, 그다음에는 세 시간, 나중에는 여섯 시간 동안 헤엄을 쳤다. 하지만 보통의 큰바다쇠오리가 사는 삶을 영위하는 것과는 거리가 멀었다. 보통의 큰바다쇠오리였다면 바다에서 몇 날을 보냈을 것이다. 어쩌면 프로스프 역시 피곤함을 느꼈을 수도 있었다. 아니면 오래전부터 더는 큰바다쇠오리라 할 수 없는 존재가 되었는지도 몰랐다. 귀스가 덴마크에 살던 시절에 두려웠던 것처럼 말이다.

큰바다쇠오리가 바닷가에서 돌아오면 귀스는 대개 자고 있었다. 그러면 프로스프는 문득 화해하는 태도를 보이며 침대 위로 뛰어올라가 귀스의 베개 옆에서 잠을 잤다. 아침마다 귀스는 찌뿌둥한 기분으로 잠에서 깨어났다. 다리는 늘 조금 뻣뻣했다. 어느 날, 그가 너무 느릿느릿 움직이는 것에 짜증이 났는지 프로스프가 그의 장딴지를 물어뜯었다. 귀스는 그게 그를 일깨우려는 싹싹한 몸짓인지, 자기의 짜증을 고약하게 나타낸 것인지 가늠할 수가 없었다. 결국 그의문을 풀지 못하고 그냥 넘어갔다. 또 다른 날 아침에, 귀스는 피를 토하고 다시 자리에 누웠다. 프로스프는 그를 침대에서 내려오게 하려고 애를 썼다. 이번에는 부리로 그의 팔을 쪼아 댔다. 부리는 단단하고 차가웠다. 콕콕 쪼아 대는 느낌이 고통스러웠다. 귀스는 벽에 기대어 몸을 부들거리기만 했다. 조금 지나서 머리를 들어 보니, 프로스프가 등의 깃털을 흐트러뜨린 채로 문 쪽으로 뒤뚱거리며 가더니 뒤를 돌아보지도 않고 어딘가로 사라졌다.

 프로스프는 이튿날에도 다음다음 날에도 돌아오지 않았다. 그렇게 며칠이 흘러갔다. 귀스는 다시 침대에서 일어나 바닷가에서 큰바다쇠오리를 기다리며 겨울날의 길지 않은 낮 시간을 보냈다. 한번은 큰바다쇠오리를 보았다는 생각이 들었다. 즉시 위안이 찾아왔다. 근육의 긴장이 풀리는 느낌이 듦과 동시에 바닷가를 달리고 싶은 욕구가 일었다. 어서 뛰어가서 자기가 여기에 있다는 것을, 자기가 큰바다쇠오리를 기다리고 있다는 것을 보여 주고 싶었다. 하지만 알고 보니 그건 큰바다쇠오리가 아니었다. 물범 한 마리가 헤엄치는 모습이었다. 실망감은 이만저만하지 않았다. 집에 돌아오면서 그는 다시 피를 토했다.

 신열이 났다. 시트, 셔츠, 모포가 엄청난 무게로 몸을 짓누르는 듯했다. 그런데 막상 그것들을 걷어 내자 추위가 엄습했다. 그는 모포들을 다시 덮었고, 외투까지 끌어당겨 이불로 삼았다. 대리석처럼 무거운 천을 몸에 두르고 있는 기분이었다. 그는 밤에도 자고 낮에도 잤다. 자기가 집 안에 있는지 바깥에 있는지 구분할 수 없게 되었다. 안팎이 다 추웠고 모든 것이 늘 어슴푸레했다. 열 때문에 온몸이 축축하게 젖었다. 긴 머리카락이 이마에 달라붙었다. 습기와 땀 때문에 몸에서 매캐한 냄새가 났다. 단 한 사람도 혹한에 든 그 외딴 구석을 찾아오지 않았다. 겨울철이라 할 일도, 이익이 될 일도 전혀 없는데 누가 오겠는가. 잠에서 깨어났을 때, 긴 시간은 아니고 그저 15분 정도 깨어 있을 때에, 그는 자기가 지상에 단 하나뿐인 인간이고 자기 역시 프로스프처럼 마지막 개체라고 생각했다. 한쪽 팔에 시퍼렇게 멍이 들어 있었다. 격앙된 프로스프가 떠나가기 전에 부리로 쪼아 놓은 멍이었다. 한번은 그 멍이 움직이는 것 같은 느낌이 들었다. 멍이 점점 커지더니, 마치 살갗 아래에 사는 기생충처럼 팔딱거리는 듯했다.

정신이 맑아졌을 때, 그는 엘린보르와 자식들을 생각했다. 얼마나 시간이 더 흐르면 그들이 자기의 죽음을 알게 될지 가늠해 보았다. 아마 여름이 오기 전까지는 알지 못하리라. 누군가가 우연히 이곳을 지나가지 않는 한 그가 죽었다는 사실을 알 수 없을 것이었다. 밖에서 폭풍이 몰아치는 듯한 소리가 들려왔다. 아니 어쩌면 폭풍이 아니라 그저 여느 때처럼 바람이 부는지도 모를 일이었다. 오래 지나지 않아 그는 눈을 뜰 엄두조차 내지 못하게 되었다. 어쨌거나 눈을 뜬다 해도 그 보기 흉한 집 안에는 기분 좋게 바라볼 만한 것이 전혀 없었다. 그는 꿈도 제대로 꾸지 못했다. 그가 잠결에 보는 것은 그 어느 것도 현실을 벗어나 있지 않았다. 그저 현실이 왜곡되거나 고무처럼 흐물거리는 형상으로 나타날 뿐이었다. 집의 약간 물렁거리는 벽들이 죽처럼 무너져 내리는

가 하면, 바닷속에서 긴수염고래가 큰바다쇠오리를 들이받기도 했고, 그의 침대가 땅속에 들이박히면서 거기에 누워 있던 남자가 내쳐지는 신세가 되어 큰바다쇠오리도 없이 혼자서 기름 바다에 잠긴 채 헤엄치는 듯한 모습을 보이기도 했다.

어느 날, 그는 일찍이 경험해 보지 못한 기이한 것을 느꼈다. 무언가 끈적끈적하고 차가운 것이 이마에 닿았다. 탄력이 있고 매끈매끈하고 불쾌하지 않은 것이었다. 이곳에선 무엇이든 그러하듯, 그 물건에서 바다 냄새가 났다. 그런 생각을 하다 보니 우선 안도감이 밀려왔다. 스스로 바깥의 요소를 분석하고 있는 것을 보니 몸이 아주 나쁜 상태에 있지만은 않은 듯했다. 그런데 왜 끈적끈적하고 차갑고 매끈매끈한 것이 내 이마에 닿는 것일까? 아냐, 그럴 리가 없어. 내가 아직 정신 착란에 빠져 있는 게 분명해. 그런데 이 물건이 계속 여기에 있네. 이마에서 귀 쪽으로 미끄러지고 있어. 가만히 생각해 보니 아주 조금 깔끄럽기도 해. 이거 물고기가 아닐까? 하지만 어떻게 물고기가 물에서 나와 내 베개까지 올 수가 있지? 제대로 알고자 한다면, 한 번만이라도 눈을 뜨는 게 좋을 거야. 그런데 눈을 뜰 힘이 없어. 생각이 거기에 미쳤을 때, 그는 다시 잠이 들었다.

다시 깨어나 보니, 맥박이 뛰는 따뜻하고 부드러운 부위, 프로스프의 깃털 만큼이나 부드러운 부위가 그의 뺨에 닿아 있었다. 귀스는 한순간 프로스프를 떠올리면서, 그에게 무슨 일이 벌어지고 있는지, 그 큰바다쇠오리에게 무슨 일이 생겼는지 설명하고 싶다는 생각이 들었다. 프로스프는 아직 살아 있는데 그의 모든 겨레, 그의 모든 동류는 사라져 버린 이런 상황을 만든 것에 대해서 사과하고 싶었다. 짝짓기가 아직 가능하던 때에 그에게 짝을 구해 주지 못한 것에 대해서 사과하고 싶었다. 그는 성마른 늙은 새로 변했고 함께 살던 남자를 벌하고자 곁을 떠나 버렸지만, 그렇게 만든 게 바로 자기라고 사과하고 싶었다.

귀스는 입으로 짠물이 흘러드는 것을 느꼈다. 하지만 그건 물론 별일이 아니었다. 이곳에선 모든 게 짜지 않은가. 그의 눈물이 흘러내리면서 생긴 일이었다. 그런데 이상하게도 기분이 좋아졌다. 곧이어 자그마한 울음소리가 들려왔다. 놀라는 듯한 소리 아니면 희망이 담긴 소리였다. 이어서 깃털에 덮인 목의 부드러운 힘줄이 그의 귀에, 관자놀이에 닿았다. 목의 끄트머리에는 딱딱한 물건이 있었다. 그 물건은 어떤 부리의 단단한 각질과 비슷했다. 프로스프의 부리가 다시 와 닿는 게 아닌가 하는 느낌이 들었다. 눈을 떠야 했다. 프로스프가 돌아왔는지 확인해야 했다. 하지만 두려웠다. 자기가 여전히 혼자 있음을 알게 되지 않을까 겁이 났다. 프로스프가 자기 옆에 있다고 생각하는 것, 그토록 작고 곱고 부드러운 깃털에 덮인 그 다정한 프로스프를 다시 만난다고 생각하는 것은 참 기분 좋은 일이었다. 다시 짤막한 울음소리가 들려왔다. 큰바다쇠오리의 언어로 이렇게 말하는 듯한 울음소리였다. 〈눈을 떠 봐. 나 여기 있잖아. 어서, 이제 겁낼 게 전혀 없다고.〉

귀스는 눈을 떴다. 프로스프의 머리가 귀스의 머리에 닿아 있고, 프로스프의 부리가 귀스의 코에 닿아 있었다. 그리고 프로스프의 눈길은 귀스의 눈 속에 박혔다. 귀스는 두 손을 들어 올려 큰바다쇠오리의 따뜻한 몸을 감쌌다. 귀스가 눈물을 흘렸다. 하지만 그건 기쁨의 눈물이었다. 프로스프가 울음소리를 냈다. 하지만 그 소리가 어찌나 달콤하던지 마치 어떤 노래를 흥얼거리는 것 같았다. 귀스의 베개 왼쪽에는 물고기가 한 마리 있었다. 큰바다쇠오리는 그 물고기를 잡아 그의 입 앞으로 내밀었다. 오래전부터 아무것도 먹지 않은 그에게 음식을 권하는 것이었다. 귀스는 이내 지쳐서 다시 잠이 들었다. 그는 한쪽 손을 큰바다쇠오리의 등에 올려놓고 있었다. 자기를 구한 뒤 계속 지저귀는 새를 감싸고 있는 모습이었다.

그가 치유되었다. 병상에서 일어나 다시 걸었다. 다리는 아직 무거웠지만, 그 관절의 놀림은 벌써 한결 유연해졌다. 그는 이따금 혼잣말로 무어라 중얼거리기도 하고, 자주 머리를 가볍게 흔들어 대기도 했다. 그를 보살피는 것처럼 보이던 프로스프는 그런 사실을 알아차릴 수 있었을까? 어쩌면 프로스프는 인간에 대한 포괄적인 관점은 지니고 있지만 세부적인 것을 보지는 못할지도 모르는 일이었다. 어쨌거나 프로스프는 한 달 남짓 귀스에게 먹을 것을 가져다줬다. 그가 물고기를 잡아서 가져오면 귀스는 요리를 하거나 말렸다. 바야흐로 그는 귀스의 의사이자 가장 노릇을 하게 되었다.

봄을 맞이하여 더욱 건강해진 귀스는 생필품을 구하러 마을에 다녀왔다. 마을 사람들과 관계를 맺기는 했지만, 그 방식은 더없이 간결했다. 그는 대화하려는 의욕을 잃은 터였다. 그가 집에 돌아오면 프로스프가 그를 기다리고 있었다. 그에게 그 큰바다쇠오리는 필요한 존재였다. 큰바다쇠오리 역시 자기를 필요한 존재로 여기리라 믿었다. 그들은 마치 주위의 사회에서 빠져나온 두 명의 미치광이, 마법사 멀린의 시대에서 나와 아무도 들어오지 않는 숲속에 은둔한 두 명의 마법적인 존재와도 같았다. 그들은 사라져 버린 옛 시대를 기억나게 하는 존재들이었다. 살아 있는 만물이 동등했던 시대, 프로스프가 살아 있다는 사실만으로도 귀스와 대등할 수 있었던 시대, 귀스가 꿀벌과 아무런 차이가 없던 시대, 꿀벌이 풀의 새싹이나 그들을 얼어붙게 하던 겨울의 흰 눈과 비슷하던 시대를 돌아보게 하는 존재들이었다.

어느 날, 그들은 산책을 나갔다가 자그마한 바다쇠오리, 〈토르다〉라고도 불리는 바닷새, 프로스프를 작게 줄여 놓은 듯하지만 진짜 날개를 가진 새 한 마리와 마주쳤다. 프로스프는 경이감에 사로잡힌 듯 바닷가에 멈춰 섰다. 돌 하나를 딛고 서 있던 바다쇠오리를 몇 미터 앞에 두고 꼼짝달싹도 하지 않았다. 그는 마치 덴마크에서 고양이를 처음으로 보았을 때처럼 행동했다. 그때도 그는 매료된 것처럼 꼼짝 않고 고양이를 지켜보았다. 그 냄새, 점점 더 분명하게 감지되는 그 형상, 방어하거나 공격하는 방식이 그에게는 너무나 신기한 모양이었다. 보아하니 이 바닷새가 불러일으키는 경이감도 그에 못지않은 듯했다. 물론 귀스의 생각이었다. 하기야 프로스프가 무슨 생각을 하는지 누가 알 수 있으랴?

확실히, 두 바닷새는 상대를 향해 적대적인 태도를 보이지 않았다. 바다쇠오리는 완전히 무덤덤했다. 프로스프는 꼼짝 않고 지켜보다가 그 낯선 바닷새 앞으로 목을 기울이며 나아갔다. 그러자 그 바닷새가 비로소 놀란 표정을 지었다. 프로스프는 1미터쯤 앞에 멈춰 서더니, 상대를 방해하지 않으려는 듯 자기를 축소해 놓은 것 같은 그 경이로운 바닷새를 살펴보았다. 프로스프가 뭍에서 걸을 때처럼 동작이 어설프기도 하고, 프로스프가 부리를 놀릴 때처럼 동작이 민첩하기도 한 그 바닷새는 이제 자기 배의 깃털을 문지르고 있었다.

그때 프로스프가 울음소리를 냈다. 귀스가 일찍이 들어 본 적이 없는 방식으로 내는 소리였다. 무겁고 나직한 그 소리가 공중으로 퍼져 나갔다. 절망이 서린 소리였다. 목구멍과 머리는 하늘을 향하고, 몸은 잔뜩 긴장한 채였다. 마지막 음을 내고도 진동이 멎지 않게 그 울음소리를 내려고 노력을 많이 기울인 모양이었다. 그 바닷새는 깃털 다듬기를 중단했다. 귀스는 무엇을 어찌해야 할지 엄두가 나지 않았다. 그 울음소리가 다시 들려왔다. 어떤 죄수가 20년 동안 갇혀 있다가 풀려났을 때 세상이 완전히 달라졌음을 깨닫고 낼 법한 소리와 비슷했다. 바다쇠오리는 두 날개를 흔들었다. 그 날개는 비둘기의 날개보다 크진 않았지만, 프로스프의 가엾은 퇴행 기관에 비하면 거대했다. 프로스프는 그를 따라 날개를 움직였다. 마치 자기 역시 날 수 있다는 것을, 이제까지는 자기가 멍청했던 탓에 그 두 부속 기관을 지느러미처럼 사용해 왔다는 것을 믿게 하려는 것 같았다. 아니면 그냥 우의를 다지는 뜻으로 예의를 갖추기 위해, 그리고 자기의 선의를 보여 주기 위해 그랬는지도 모를 일이었다. 바다쇠오리는 배를 불룩 내밀고 힘차게 날아올랐다. 프로스프는 그를 따라 비상하려고 했지만, 몇 초 동안 공중에 뜨는 듯 마는 듯 움직이다가 바다쇠오리가 떠나간 그 돌을 다시 뚫어져라 바라보았다. 그러다가 또다시 울음소리를 냈다. 처음 냈던 것과 똑같은 그윽하고 긴 울음소리였다. 귀스는 확신했다. 프로스프는 울고 있었다.

그들은 집으로 돌아왔다. 귀스는 프로스프를 품에 안고 와야만 했다. 프로스프는 바다쇠오리가 올라서 있다가 공중으로 날아가 버린 그 돌에서 멀어지려 하지 않았다. 저녁 식사 때, 큰바다쇠오리는 귀스가 포크로 찍어서 내미는 먹이를 받아먹으려 하지 않았다. 그는 아무것도 요구하지 않았다. 그저 단칸집 한쪽 구석에서 꼼짝 않고 있을 뿐이었다. 잠을 자지 않았고, 울음소리를 내지 않았으며, 웅얼거리는 소리조차 내지 않았다. 귀스가 손으로 깃털을 쓰다듬어 주어도 아무런 반응을 보이지 않았다. 거의 캄캄한 벽에 눈길을 박은 채로 그냥 오도카니 앉아 있었다. 그렇게 시선을 움직이지 않고 있으니 마치 눈먼 새가 된 것만 같았다.

〈어떤 동물도 세상에 하나 남은 개체가 될 수는 없고, 어떤 사람도 세상에 하나 남은 인간이 될 수는 없을 거야〉라고 귀스는 생각했다. 세상에 하나 남은 인간이 될 수는 없다 해도, 나처럼 될 수는 있어. 나는 두서없는 말을 중얼거리면서 머리를 가로젓다가, 얼마쯤 시간이 지나면 언어를 잃게 될 거야. 그러면 나뭇잎을 상대로 말하고 먼지를 보며 말하기 위해서, 집 안 구석구석에서 찍찍거리는 생쥐들에게 말하기 위해서 휘파람 소리를 내게 될지도 몰라. 프로스프는 동종의 개체들과 사귀지 않고 살았어. 하지만 어떤 피조물도 자기랑 닮지 않았다는 사실을 알아차렸고, 자기가 일찍이 존재한 적이 없는 가장 외로운 존재임을 알게 되었을 거야. 프로스프는 인간이 아니야. 손이 없잖아. 프로스프는 바다쇠오리가 아니야. 공중으로 날아오를 수 있는 날개가 없거든.

프로스프는 그게 무엇이든 어떤 생명에 접근할 때마다 자기가 고약스럽게 특이하다는 것을 느낄 수밖에 없어. 그는 바닷새이지만 바다에서 별로 많은 시간을 보내지 않아. 그는 큰바다쇠오리이지만 퇴화한 개체야. 자기네 종의 세력을 키워 주는 일과 단절되어 있어. 만약 그가 여기서 지금 당장 죽는다면, 그는 자기가 속한 종의 비장한 종말을 구현하는 거야. 그가 바닷가에서 마주친 바다쇠오리는 그런 장엄한 운명을 지니지 않은 존재이지만, 그는 그런 초라한 존재를 시샘하며 단칸집 안에서 죽는 거야.

이튿날, 그들은 다시 바닷가로 나갔다. 그들은 수평선을 바라보고, 해안 절벽에 둥지를 짓는 새들을 건너다보았다. 프로스프의 적인 북극여우들도 보았다. 겨울철에 흰색이던 그들의 털은 갈색으로 변해 있었다. 프로스프는 북극여우들을 보고도 반응을 보이지 않았다. 뭍에 갇혀 사는 포유류는 이제 그의 관심을 끌지 않았다. 이젠 그들을 두려워하지도 않았다. 프로스프와 귀스는 바다를 되도록 멀리 바라보면서 그 자리에 그대로 앉아 있었다. 한 시간이 흐르고, 세 시간이 더 흘렀다. 그들은 입을 다물고 있었지만, 귀스에게는 그런 침묵이 마치 둘이서 서로 말을 주고받는 것이나 다름없었다.

그들은 바닷속 나라의 이야기, 범고래들을 상대로 벌인 전쟁에 관한 이야기, 물범들과 겨룬 경주의 이야기를 서로에게 들려주었다. 그들은 바닷가 근처에서 흰곰들을 만나기도 했다. 흰곰들은 매우 위험했다. 그들은 물속에 들어가면 민첩한 수영 선수가 되었다. 프로스프와 귀스는 자기들이 눈에 띄지 않기를 바라면서, 그들과 눈이 마주치는 것을 피했다. 어느 날 프로스프는 헤엄을 치다가, 화살처럼 물속으로 날아들던 북방가넷과 부딪쳤다. 북방가넷의 부리가 그의 머리통을 때렸다. 두 바닷새는 머리가 띵해진 채로 각자 가던 길로 갔다. 프로스프는 정신이 얼떨떨하여 헛소리를 내면서 돌아왔다. 그들은 저마다 자기가 노리던 물고기를 잃은 터였다.

프로스프와 귀스는 바닷말의 두께를 견주어 보기도 하고, 대구와 갑각류의 맛을 비교해 보기도 했다. 어쩌면 프로스프는 알 껍데기를 깨고 밖으로 나오던 시절에 자기를 품어 주던 어버이의 배가 따뜻했음을 기억하고 있을지도 모를 일이었다. 어버이가 자기 목구멍에 넣어 주던 먹이의 맛, 처음으로 헤엄을 치던 때 느꼈던 추위, 그 한기를 견디고 살아남기 위해 기울인 노력, 그가 큰바다쇠오리 무리에 섞여 대양에서 몇 달 동안 겨울을 보내던 시절에 처음으로, 혼자서 감행한 바다 여행도 아마 기억하고 있을 것이었다.

그 시절에 그들은 무리를 지어 심해로 나아갔고, 사방을 둘러봐도 뭍이 전혀 보이지 않는 망망대해에서 떠다니기도 했다. 그들은 앨버트로스를 보았다. 하지만 그게 앨버트로스인 줄은 알지 못했다. 그들은 갈매기도 거의 매일같이 보았다. 그런데 이유를 알 수는 없지만, 그 갈매기들을 별로 좋아하지 않았다. 아마 그 새들의 울음소리가 짜증을 돋우기 때문일 것이다. 한번은 프로스프가 고래의 턱뼈를 피해 달아난 적이 있었다. 프로스프는 어떤 압력 같은 것을 감지했다. 옆쪽의 물살이 갑자기 거세어졌다. 그래서 그는 공격해 오는 그 동물의 얼굴 위쪽으로 얼른 방향을 틀었다. 곧이어 자기 대신 한 친구가 잡아먹히는 장면이 눈에 들어왔다. 그게 큰바다쇠오리들의 삶이었다.

이제 프로스프는 자기 목을 귀스의 한쪽 다리에 올려놓고 있었다. 그건 바다쇠오리를 만난 뒤로 처음 보여 주는 애정의 몸짓이었다. 귀스는 그 목을 쓰다듬어 주었다. 프로스프의 목이 귀스의 손을 감쌌다. 프로스프가 구구 소리를 냈다. 장중한 소리가 나면서 새의 가슴이 바르르 떨렸다. 귀스는 자장가를 한 곡 불렀다. 페로 제도에 살던 시절에 배운 구성지고도 슬픈 노래, 느리고도 장중한 노래였다. 잊어버렸다고 생각하고 있던 노래가 다시 떠오른 것이었다. 큰바다쇠오리들의 노래와 가장 비슷한 노래였다. 그가 상상하던 큰바다쇠오리들의 언어와 가장 비슷한 노래였다.

프로스프가 그의 손길에서 벗어났다. 귀스는 자기 손을 무릎에 내려놓았다. 큰바다쇠오리는 물속으로 들어갔다. 마치 수영객처럼 천천히 나아갔다. 그러다가 물이 가슴에 닿을 즈음, 귀스를 돌아보았다. 그 순간 귀스는 몸이 굳은 듯 꼼짝달싹하지 않았다. 그저 한쪽 손만 흔들어 댈 뿐이었다. 왜냐하면 사람들은 그런 식으로 작별 인사를 하고 그런 식으로 서로에게 용기를 불어넣기 때문이었다. 그 손짓은 자기가 상황을 이해하고 있다는 것, 이게 서로가 가야 할 길이라는 것을 프로스프에게 보여 주고 있었다. 프로스프는 그에게서 눈길을 거두고 자기 앞을 바라보다가 조금씩 나아갔다. 귀스의 눈에 큰바다쇠오리의 등이 보였다. 큰바다쇠오리가 물에 잠겼다. 이번엔, 그가 물에서 다시 나오지 않았다.

두 해 동안 귀스는 프로스프가 돌아오기를 기다렸다. 그는 선돌처럼 생긴 바위를 수평 방향으로 뉘어 놓고 그 바위를 벤치처럼 쓰고 있었는데, 거기에 앉아 새를 기다렸다. 반 시간쯤 지나면 추위 때문에 손발이 곱았지만 눈살을 모은 채로 바닷가를 하염없이 바라보았다. 그러던 6월의 어느 날, 배 한 척이 만으로 들어와서 닻을 던지는 게 보였다. 한 남자가 보트를 띄우고 바닷가로 노를 저어 왔다.

그는 뷰캐넌을 알아보았다. 오래전부터 짐작해 온 대로, 엘린보르가 결국 뷰캐넌을 찾아가 남편을 데려와 달라고 부탁한 것이었다. 그 스코틀랜드인은 생김새가 달라지지 않았다. 얼굴은 여전히 기름하고 핼쑥했다. 바닷가에 표착한 오징어 뼈를 닮은 그 모습 그대로였다. 귀스는 그가 자기 옆에 와서 앉도록 내버려두었다. 그에게 말하고 싶지 않았다. 그가 온 것을 알아차리지도 못한 척하고 싶었다.

「귀스, 내가 왔어요. 선생님을 모시러 왔습니다.」

그는 이리저리 둘러대지 않고 직선적으로 나왔다.

문득 눈앞에 영상이 하나 나타났다. 부식된 것처럼 낡은 영상, 소금을 뿌려 놓은 것 같은 영상이었다. 그가 배우자로 맞은 한 여인과 그의 자식으로 태어난 아이들이 불투명한 칸막이에 손을 올려놓고 있었다. 마치 창유리에 달라붙은 빨판을 시늉하는 듯한 모습이었다. 하지만 누가 누구인지 얼굴을 구별할 수가 없었다. 그들의 천진무구함, 별다른 특징이 없는 그들의 회색 그림자가 보여 줄 수 있는 매력에 대한 자신감, 선을 위해 행동한다는 그들의 확신, 어찌 보면 그것이 우습기도 하고 비장하기도 했다. 그의 머릿속으로 대답이 흘러갔다. 이곳에서 절대로 떠나지 않을 겁니다. 낮에는 이 벤치를 지킬 것이고, 밤에는 집을 지킬 것입니다. 눈이 밝지는 않습니다. 내가 무엇을 바라보면, 그게 흔들려 보입니다. 왜 그런지 나는 알아요. 내가 계속 머리를 가볍게 흔들고 있으니 그리 보일 수밖에 없지요. 그런데 이렇게 눈도 밝지 않고 머리도 텁수룩한 내가 왜 집으로 돌아가야 하는 거죠? 나는 생선 비린내를 풍기는 사람입니다. 나는 이 냄새를 지우고 싶지 않아요. 나는 프로스프를 떠나고 싶지 않습니다. 프로스프를 다시 만날 수도 있는데, 왜 그런 기회를 저버리겠어요? 프로스프가 파도를 헤치고 나와서 나한테 인사를 할 수도 있어요. 나는 그 모습을 보고 싶어요.

「귀스, 잘 기억하시겠지만, 나 역시 프로스프를 좋아했어요. 선생님 심정을 이해합니다. 하지만 이젠 댁으로 돌아가셔야 해요. 나중에 다시 오시더라도, 우선 돌아가서 치료를 받으셔야 해요. 선생님이 어떠신지 보세요. 손이 떨리고 있잖아요. 틀림없이 이도 많이 빠지셨을 겁니다.」

귀스는 이가 아직 그대로 있었다. 단 하나도 빠지지 않은 터였다. 그는 얼굴을 찌푸리고 훨씬 더 결연하게 수평선을 응시했다. 그는 마치 뷰캐넌이 옆에 없는 것처럼 행동하고 싶었다.

종종 꿈결에 프로스프가 보였다. 바닷가에 길게 누운 형상으로 나타나곤 했다. 큰바다쇠오리는 머리를 길게 뻗다가 물결이 닿자마자 지친 기색으로 툭 떨구었다. 새의 맥박이 느려지고 있었다. 새의 가슴이 미세하게 움직이는 것을 보고 그것을 알 수 있었다. 조금 떨어진 곳에서 갈매기 몇 마리가 빈둥빈둥 놀고 있었다. 조금 더 떨어진 곳에는 까마귀들이 보였다. 시체를 먹고 사는 이 새들은 무언가를 얻으려고 동정을 살피고 있었다. 그때 귀스는 잠에서 깨어났다. 숨쉬기가 어려웠다.

귀스는 뷰캐넌의 어깨가 자기 어깨를 툭 치고 있음을 느꼈다. 생각을 이어 가고 싶었다. 뷰캐넌은 바닷가에서 프로스프의 편일까, 까마귀의 편일까? 보아하니 그는 까마귀의 편이다. 그렇다면 나는 어디에 있지? 아마도 나는 포말에 젖은 채 프로스프와 함께 누워 있을 것이다. 힘을 내서 뷰캐넌에게 설명해야 한다. 왜 내가 그와 함께 떠나지 않는지, 그가 여기에 온 게 왜 시간 낭비인지 설명해야 한다. 그리고 나의 벤치에서 시체나 다름없는 나를 데려가리라 생각하면서 까마귀 흉내를 내는 것은 쓸데없는 짓이라고 일러 주어야 한다. 그런데 내가 어떻게 말할 수 있지? 나를 데리러 온 그가 싫다는 말을 어떻게 그에게 할 수 있지? 어떤 관점에서 보면, 나는 그를 인정하고 있어. 그는 호감이 가는 스코틀랜드 사람이야. 그건 그렇고, 스코틀랜드 사람들도 하나의 종이라고 봐야 하지 않을까? 예전에, 내가 지금과 다르게 살던 시절이 있었지. 그래, 내가 남들처럼 하나의 인간으로 살던 그 시절에는 답을 알고 있었어. 굳이 그 답을 알릴 필요도 느끼지 않았지. 그 답은 이래. 스코틀랜드 사람들은 덴마크 사람들이나 지구 건너편에 사는 일본인들처럼 인간이라는 종에 속해 있다. 이런 종류의 질문은 사람을 지치게 하지. 어쨌거나 뷰캐넌에게 말해야 할 것은 바로 이거야. 당신이 옆에 있으니 아무 쓸모가 없는 피곤한 문제들을 생각하게 됩니다. 만약 당신이 나에게 도움을 주고 싶다면, 이왕에 여기까지 오는 수고를 하셨으니, 다른 일에는 마음을 쓰지 마시고 나와 함께 바다를 살펴보십시오.

하지만 가엾고 순진한 뷰캐넌은 무슨 생각을 하고 있었을까? 사실 귀스는 자기 나름대로 이미 대답을 한 셈이었다. 그래도 그는 힘을 내어 말했다.

「하늘을 보세요. 검은 것들이 눈에 띌 겁니다. 티끌만 한 반점들이 보입니다. 잘 아시겠지만, 저건 먼지가 아니라 새들입니다. 그다음으로 저 바다를 보세요. 표면이 올라갔다 내려왔다 합니다. 우리는 저 움직임을 물결이라 부릅니다. 세상은 그냥 이런 겁니다.」

「아닙니다. 나도 선생님과 비슷할 때가 있습니다. 마음이 우울할 때는 살아 있는 모든 것이 종말을 맞을 것 같은 기분이 들죠.」

그런데 정작 귀스는 우울증 환자가 아니었다. 그는 적극적이고 정신이 맑았다. 만약 뷰캐넌이 귀스가 보는 것을 보았다면, 너무 놀란 나머지 그 자리에서 소진되어 버리거나 귀스처럼 어딘가에서 홀로 동포나 동류 없이 살고 싶어 했을 것이었다. 귀스가 바라보는 바다는 사람들이 고래들을 몰아 놓고 잡아 올리던 광막한 수면이었고, 그 위쪽의 하늘은 고래들과 함께 여행하는 제비갈매기들이 사라져 버린 텅 빈 공간이었다. 한가로울 때면, 그는 아직 탐사해 본 적이 없는 동물에 관해서 깊이 생각하곤 했다. 예를 들어 아프리카의 한 평원에서 생식력이 없는 치타 한 마리가 — 무엇보다 홀로 살아가는 탓에 — 몹시 따분해하는 상황을 머릿속에 그리곤 했다. 귀스는 주위에서 소음이 들려오면, 불협화음 세계의 소리가 들려오는 것으로 여겼다. 그 세계의 화음에는 행복한 큰바다쇠오리의 음이 빠져 있기 때문이었다. 그의 눈앞에는 세상의 조악한 밑그림이 펼쳐졌다. 생명이 더 추가되지 않는 방식으로 질서가 바뀐 세계, 그런 세계를 엉터리로 그린 그 크로키에서는 아주 별나고 기이한 형상, 더없이 아름다운 형상, 아티초크, 표범, 박쥐, 맨드레이크가 사라지고 있었다. 그건 마치 그가 해마다 색깔을 하나씩 잃는 것과 같은 일이었다.

귀스의 생각이 거기에 이르렀을 때, 뷰캐넌이 무언가를 말했다. 짤막한 문장이었다. 하지만 귀스의 귀에는 그저 부지불식중에 건듯 일어난 바람을 타고 단조롭고 매끈한 리본이 노래를 부르는 것 같은 소리로 들렸다. 사실을 말하자면, 그는 이름 모를 어느 나라의 바닷가로 돌아가던 중이었다. 그 바닷가에서 프로스프가 죽어 가고 있었다. 예전의 큰바다쇠오리들이 죽었듯이, 종의 마지막 개체가 종을 영원하게 만들 수는 없으므로 죽음을 맞는 것이었다. 귀스는 자기의 벗이었던 그 새에게 들려주어야 할 말이 있었다. 즉, 그 새가 결론적으로 볼 때 큰바다쇠오리의 삶을 살았다고 말해 줘야 했다. 그래서 귀스는 바닷가에 다다르자, 포말에 젖은 채 누워 있는 프로스프를 향해 엉금엉금 기기 시작했다. 프로스프는 두 날개로 모래를 휘젓고 있었다. 마치 바다로 돌아가는 거북들이 발을 움직이는 것과 비슷한 동작이었다.

〈프로스프, 내 친구야.〉 그가 큰바다쇠오리에게 말했다. 〈겁내지 마. 네가 기억해야 할 것이 많아. 네 깃털이 얼마나 가벼운지, 네가 물속에 들어가면 얼마나 힘이 센지, 네가 물고기를 잡을 때 얼마나 민첩한지 기억해야 해. 한번은 네가 잽싸게 방향을 튼 덕분에 고래의 주둥이를 피했어. 그날을 기억하지? 또 한번은 바닷속 깊은 곳의 해류 속에서 다른 큰바나쇠오리와 함께 놀았어. 그 해류는 일종의 통로와 비슷했지. 한 통로가 다른 통로로 이어지는 것처럼 바닷물이 흐르고 있어서, 그냥 그 흐름을 타기만 하면 빠르게 이동할 수 있었어. 그때 일도 기억하지? 프로스프, 기억해야 할 것이 또 있어. 물속에 들어가면 눈알을 보호해야 하는데, 눈알의 표면을 덮어 주는 막이 있어서 별 탈이 없었지. 여름에 네 입천장이 노랗게 변하던 일도 있었어. 네가 부리를 벌려 역시 부리를 벌리고 있는 짝짓기 상대를 부를 때 그런 현상이 벌어졌지. 그때 너희 둘의 볼에는 흰 반점이 생겨났다가 사라지곤 했어. 너희 둘이 해마다 여름이면 다시 만났던 일을 기억해야 해. 내가 너를 사랑했듯이, 네가 나에게 애착을 가졌듯이, 그 짝꿍도 너를 사랑했어. 그것을 기억해야 해.〉

「귀스, 이제 미소를 지으시는군요.」

귀스가 미소를 지은 것은 프로스프에게 말을 했기 때문이고, 모든 것이 아름답고 소박한 상태로 돌아갔기 때문이었다. 뷰캐넌은 그 점을 이해하고, 그저 바람결 같았던 아까의 목소리와는 다른 목소리로 말했다.

「저와 같이 돌아가요. 프로스프는 이제 너무 나이가 많아서 아직 살아 있기가 쉽지 않아요. 열여덟 살쯤 되었을걸요. 어떤 큰바다쇠오리도 그렇게까지 산 적이 없어요.」

그건 프로스프가 죽었다는 말이었다. 사실 귀스는 알고 있었다. 프로스프와 함께 바닷가에 있었으니까. 프로스프가 원기를 되찾도록 도와주었으니까. 여기서 좌초했다면 했을 법한 일을 그에게 해주었으니까. 정말이지 귀스는 혼자였다. 귀스는 혼자서, 마지막으로 그를 보았다. 귀스는 그 바닷가 까마귀 같은 전설적인 종을, 그 물범처럼 생긴 난생 동물을, 북반구의 유일한 새이자 물고기로서 남반구의 오리너구리보다 아름다운 그 변칙성 동물을 마지막으로 본 사람이었다.

귀스는 자기가 왜 뷰캐넌의 요청을 따라야 하는지 알 수 없었다. 하지만 그는 자리에서 일어섰다. 아직 뷰캐넌에게 할 말이 있었다.

「보세요(그는 기력을 다시 모아 이 말을 꺼냈다), 보세요. 이제 아무것도 없어요.」

그는 손가락으로 멀리 앞을 가리켰다. 그가 하고 싶었던 말은, 〈이제 큰바다쇠오리들이 없어요〉였다. 끝으로 그는 과장된 말이긴 했지만, 이렇게 덧붙였다.

「동물이 남아 있다고 해도 죽은 동물들밖에 없어요. 우리 역시 거의 죽어 있죠.」

하지만 다시 뷰캐넌을 경멸하는 마음이 생겨서 말을 계속할 수가 없었다. 그는 뷰캐넌을 멸시했다. 그러면서도 그와 나란히 걸었다. 뷰캐넌이 자기에게 아무런 해를 끼치려 하지 않는다는 것을, 어떤 식으로 보면 뷰캐넌이 자기를 사랑하고 있음을 알기 때문이었다. 귀스는 사람들이 남을 향해 연민을 품을 때 나타나는 그 푸근하고 든든하고 그윽한 온기를 느꼈다. 그러면서도 그는 뷰캐넌을 경멸했다. 뷰캐넌이 아무것도 이해하지 못했기 때문이었다. 만약 지구가 평평했다면, 그런 지구가 접시처럼 기울어졌다면, 그 내용물이 허공으로 굴러떨어질 것이었다. 하지만 귀스가 보기에 그 스코틀랜드인은 그런 상황에서도 마치 아무 일도 없었던 것처럼 자기 앞으로 나아갈 것 같았다. 그는 귀스에게 말을 걸 때, 마치 존중받는 반려동물을 대하듯이 했다. 충직한 개에게 휘파람을 불어서 조금 더 빨리 가자고 요구하듯이 말을 건네는 것이었다. 귀스는 집에서 동물을 기른 적이 없었다. 그에겐 가축이 아니라 반려자가 있었다. 그는 누군가의 주인이 되어 본 적이 없었다. 그는 한 명의 친구로 반려자와 함께 살았다. 그래도 그는 계속 뷰캐넌을 따라가서 함께 작은 배에 올라탔다.

결국 그가 순순히 복종하는 것으로 여기고 뷰캐넌이 기뻐한다면, 그에게도 나쁠 것이 없어 보였다. 어쨌거나 접시는 계속 기울어지고 있었다. 이제 접시는 수직이 되도록 기울어졌다. 마치 하나의 징처럼 똑바로 서 있는 상태가 된 것이었다. 작은 배에는 뷰캐넌과 노를 젓는 뱃사람들이 있었고,

그가 있었다. 그를 둘러싸고 있는 허허로운 공간 속에서 프로스프가 물처럼 흘러가고 있었고, 바오바브나무 한 그루가 외따로 서 있었다. 문득 프로스프가 사라지는가 했더니 엘린보르의 치마 속에서 응석을 부리고 있었다. 귀스가 보지 못하는 사이에 그녀가 나타난 것이다. 엘린보르는 오귀스틴의 머리카락에 가려져 있었고, 그 누나의 외투에 매달려 있던 오타르는 큰바다쇠오리의 목을 잡고 있었다. 그러는 동안 조금 더 떨어진 곳에 브리지 부인이 나타났다. 몸이 뒤집힌 채로 나타난 터라 속치마가 그녀의 어깨에 닿아 있고, 헝겊 모자가 옆으로 뒤집어져 있었다. 바람결에 귀스의 머플러가 날아갔다. 한순간 그는 머플러를 도로 잡으려다가 포기해 버렸다. 머플러가 바오바브나무에 떨어졌기 때문이다. 아니, 바오바브나무가 아니라 이제껏 숨겨져 있던 대성당 위에 떨어졌기 때문이다.

뒤쪽으로, 아주 먼 곳에서, 프로스프가 오타르의 손에서 벗어나 뒤뚱거렸다. 그의 발들이 마치 모래를 다지듯이 허공을 이리저리 디뎠다. 그의 몸은 기우뚱기우뚱 왼쪽으로 기울었다가 오른쪽으로 기울기를 되풀이했다. 귀스는 그를 향해 손을 내밀고 이름을 불렀다. 하지만 큰바다쇠오리에게는 그 소리가 들리지 않았다. 이어서 모두가 미끄러졌다. 앙가발이이자 뒤뚱발이인 큰바다쇠오리도, 다른 존재들도 아주 빠른 속도로 미끄러지고 있었다. 마치 그들에게 날개가 달린 것만 같았다. 하지만 그들에게 날개가 달린들 무슨 소용이 있을까? 〈정말이지 현기증 나는 추락이로군, 허무 속으로 추락하는 거잖아. 허무, 그게 프로스프판 세계야〉라고 귀스는 생각했다.
 곧이어 그는 뷰캐넌의 부축을 받으며 큰 배에 올라탔다.

## 작가 후기


인간과 큰바다쇠오리 사이의 우정을 다룬 역사적인 이야기는 단 한 자락도 우리에게 전해지지 않았다. 그러함에도 나는 귀스와 프로스프의 이야기를 상상하기 위해 공식적으로 1844년에 사라진 그 종에 관한 풍부한 참고 자료를 활용할 수 있었다. 인류는 적어도 2만 년 전부터 이 종을 알고 있었다. 분명코 훨씬 오래전부터 존재했겠지만 말이다. 그렇게 말하는 까닭은 마르세유 근처 코스케르 동굴에서 발견된 벽화 예술의 걸작 중에 북반구에 사는 바다쇠오리의 사촌쯤 되는 이 종의 세 표본이 들어 있기 때문이다. 북반구의 큰바다쇠오리는 키가 80센티미터쯤 되어서 남반구의 임금펭귄과 크기가 거의 비슷했지만, 이 큰바다쇠오리와 펭귄을 혼동하지 않도록 유의해야 한다.

내가 이 소설을 쓸 수 있도록 도와준 여러 책들에 경의를 표하고 싶다. 그 책들이 없었다면 나는 이 소설을 쓰지 못했을 것이다. 먼저 앙리 구르댕Henri Gourdin의 『큰바다쇠오리*Grand Pingouin*』(악트 쉬드Actes Sud, 2008)에 경의를 바친다. 이 책은 내가 큰바다쇠오리와 관련하여 처음으로 읽은 책이고, 재독을 그치지 않은 책이다. 앙리 구르댕의 또 다른 책인 19세기 박물학자 장자크 오뒤봉의 멋진 전기도 정말 권하고 싶다. 내가 이 소설의 교정쇄를 읽던 때인 2022년 봄에 그가 르 포미에Le Pommier 출판사에서 낸 『바다쇠오리가 많던 시절에*Du temps où les pingouins étaient nombreux*…』도 이참에 소개하고 싶다.

제러미 개스켈Jeremy Gaskell의 『누가 큰바다쇠오리를 죽였나?*Who Killed the Great Auk?*』(옥스퍼드 대학 출판사 Oxford University Press, 2001)는 윌리엄 프록터의 생애를 나에게 가르쳐 주었다. 윌리엄 프록터는 1837년부터 큰바다쇠오리가 사라졌다고 믿었던 사람이다. 그는 아이슬란드에서 아직 큰바다쇠오리를 키우고 있다는 사실을 알아내지 못한 채로 그런 주장을 하긴 했지만 중요한 일을 몸소 겪었고, 나는 그 체험을 귀스에게 빌려주었다. 어떤 일이 실재하는데 당대의 고유한 관념이나 이론이나 사고방식의 한계 때문에 그것을 이해할 수 없을지라도 그 실재성을 깨닫는 것, 그것이 바로 프록터의 체험이다. 그러니까 프록터는, 그리고 귀스는 우리가 바야흐로 겪고 있는 실상을 당시에 직관했던 것이다. 대다수 전문가들에 따르면 6차 대멸종이 시작되었던 시기에 말이다.

1835년에서 1850년에 이르는 시기를 살던 사람에게 멸종을 떠올리기가 얼마나 어려운 일이었는지를 알고자 한다면, 쥘리앵 들로르Julien Delord의 기본적인 도서인 『멸종 — 한 개념과 윤리적 쟁점의 역사*L'Extinction d'espèce*, *histoire d'un concept & enjeux éthiques*』(국립 자연사 박물관 과학 출판Publications scientifiques du Muséum, 2010)를 읽어야 한다. 다윈이 비글호를 타고 여행을 떠났다가 돌아온 것은 귀스가 엘데이섬을 다녀간 뒤의 일이었고, 『종의 기원』은 1859년이 되어서야 출간되었다. 귀스와 그의 동료들에게는 진화라는 개념이 고려의 대상에 들지 않았다. 그들의 세계사는 오늘날 우리가 자명한 이치로 받아들이는 것을 전혀 담고 있지 않았다. 종들이 사라질 수 있다는 생각도 아직은 고생물학하고만 관련된 것으로 여겨지고 있었다. 18세기 말에 매머드의 뼈가 발견되면서 널리 퍼지기 시작한 멸종이라는 개념은 그저 고생물학 분야의 일일 뿐이었다.

파리 자연사 박물관에는 사라진 종 전시실이 있다. 큰바다쇠오리의 박제 표본을 소장하고 있는 이 전시실의 입구에서 우리를 맞아 주는 것은 도도라는 새이다. 이 새가 인기를 얻기 시작한 것은 귀스의 모험이 끝날 무렵인 1848년이다. 그것은 조류학자 휴 에드윈 스트릭랜드Hugh edwin strickland와 그의 저서 『도도와 그의 친척*Dodo and its Kindred*』 덕분이다. 하지만 도도가 세계적으로 유명한 새가 되기 위해서는, 1865년 루이스 캐럴의 『이상한 나라의 앨리스』가 출간되기를 기다려야 했다. 우리 모두가 아는 바대로, 이 동화에서 도도는 중요한 역할을 수행한다.

도도에 관해서 읽을 만한 것으로는 1852년 『문학 가제트 겸 순문학·과학·예술 저널*The Literary Gazette, and Journal of Belles Lettres, Sciences and Arts*』에 실린 윌리엄 브로더립William Broderip의 기사 「도도The Dodo」가 있고, 훨씬

더 최근의 기사로는 앤서니 S. 체키Anthony S. Cheke와 새뮤얼 T. 터비Samuel T. Turvey의 「도도로 죽기. 우연히 멸종의 아이콘이라는 명예의 경지로 올라가기Dead as a Dodo: The fortuitous rise to fame of an extinction icon」, 『역사 생물학Historical Biology』(vol. 20, n° 2, 2008)가 있다. 또 클라라 핀투코레이아Clara Pinto-Correia의 저서 『미친 새의 귀환: 도도의 슬프고도 기이한 이야기Return of the Crazy Bird: The Sad Strange Tale of the Dodo』(코페르니쿠스북스Copernicus Books, 2003)도 읽을 만하다.

귀스가 머물던 시절에 페로 제도가 어떠했는지를 구상할 때는, 작가이자 번역가인 그자비에 마르미에Xavier Marmier가 이 섬들에 할애한 흥미진진한 기사를 읽고 영감을 받았다. 1839년 『두 세계 평론La Revue des deux mondes』에 실린 이 기사에서 나는 다른 무엇보다 그 섬사람들의 노래가 심오하고 최면 효과를 낼 법하다는 사실을 알아냈다.

오귀스틴과 오타르라는 젊은이들의 초상화에 관한 에피소드를 쓸 때는, 2020년에서 2021년 사이에 파리의 프티 팔레 미술관에서 열린 〈덴마크 회화의 황금시대〉라는 전시회와 파리 미술관Paris Musées 출판사에서 나온 그 카탈로그에서 많은 도움을 받았다.

동물들의 행동과 감정과 생각에 관한 책들도 나에게 큰 영향을 주었다. 그런 책들의 목록은 너무나 길어서 여기에 간단히 적어 놓기도 쉽지 않다. 그래도 카를 사피나Carl Safina의 저서, 특히 『무엇이 동물들을 미소 짓게 하는가?Qu'est-

*ce qui fait sourire les animaux*』(뷔이베르Vuibert, 2018)나 사회학자 도미니크 기요Dominique Guillo의 저서(『개와 인간*Des Cheins et des humains*』, 르 포미에, 2009 ; 『문화의 망각된 원리*Les Fondements oubliés de la culture*』, 르 쇠유 Le Seuil, 2019 등)를 언급하지 않을 수 없다. 이 책들은 〈차이의 상호 조절〉이라는 개념을 통해서, 인간과 동물 사이에 벌어지는 일을 서술하는 데 필요한 엄청나게 풍부한 틀을 제공해 주는 것 같다.

끝으로, 나는 출판인으로서 위대한 조류학자 조애나 버거 Joanna Burger의 책 *The Parrot Who Owns Me*을 맡아 『나를 사랑하던 앵무새*Le Perroquet qui máimait*』[8](플랭 주르 Plein Jour, 2020)라는 제목으로 출간했다. 만약 내가 그 행복을 누리지 못했다면, 이 소설이 존재하지 않았을지도 모른다. 조애나 버거에게, 그리고 그이의 친구였던 티코에게 감사한다.

---

8 한국에서는 〈나를 소유한 앵무새〉라는 제목으로 출간되었음.

## 옮긴이의 말

### 큰바다쇠오리야 펭귄이야?[9]

펭귄을 모르는 한국 사람은 없다. 어린아이들도 펭귄을 금방 알아본다. 펭귄 인형을 가지고 노는 아이들도 있다. 그런데 프랑스어를 좀 아는 사람에게 〈펭귄이 프랑스어로 뭐야?〉라고 물으면, 대개는 무심코 팽구앵pingouin이라 대답한다. 불한 대역사전도 pingouin을 펭귄이라 알려주고 있으니, 그렇게 말할 만도 하다. 프랑스 대중이 널리 사용하는 프랑스어 사전 『라루스Larousse』에는 pingouin이 뭐라고 나와 있을까? 〈덩치가 크고, 발가락 사이에 물갈퀴가 있으며, 부리가 납작하고, 깃털이 검은색과 흰색으로 된 북극 지방의 바닷새〉라고 되어 있다. 그 설명 밑에 낱말을 사용할 때 주의할 점도 적혀 있다. 먼저 팽구앵pingouin과 망쇼

---

9 이 대목의 큰바다쇠오리에 관한 정보는 주로 파리 자연사 박물관 보존 담당 대표 자크 퀴이쟁이 〈자연사 박물관의 신기한 이야기〉라는 팟캐스트에서 들려준 이야기에서 얻은 것이다.

manchot의 의미를 비교한 뒤에 망쇼를 팽구앵으로 잘못 말하는 경우가 흔하다는 점을 알려 준다. 그 비교에 따르면, 팽구앵은 덩치가 크고 부리가 납작한 북반구의 바닷새이고, 망쇼는 깃털이 검은색과 흰색으로 되어 있는 남반구의 바닷새인데 서 있는 모습이 사람의 형상을 연상시킨단다. 모두가 짐작하다시피, 팽구앵은 북반구의 바닷새이니 펭귄이 아니다. 망쇼가 펭귄을 가리키는 것은 분명하다. 망쇼라는 말은 차별 또는 비하의 의미가 담겨 있다 해서 요즘에는 쓰지 않는 말인 곰배팔이를 뜻한다. 새의 모습이 팔뚝이 없거나 팔이 꼬부라져 붙어 펴지 못하는 사람처럼 보인다 해서 그런 이름을 붙인 것이다. 그렇다면 북반구에 사는 팽구앵은 무어라 불러야 할까? 영어의 오크auk에 해당하는 바다쇠오리이다. 영어에서는 남반구의 바닷새를 펭귄이라 하고 그와 비슷하게 생긴 북반구의 바다쇠오리를 오크라 하는데, 프랑스어에서는 펭귄을 망쇼라 하고 바다쇠오리를 팽구앵이라 하는 것이다.

같은 뿌리에서 나온 말들이 이렇게 서로 다른 것을 가리키며 〈거짓 짝faux-ami〉이 된 데에는 무슨 이유가 있을까? 그건 바다쇠오리, 특히 이 소설의 주인공인 큰바다쇠오리가 겪은 슬픈 운명의 드라마와 관련이 깊다.

큰바다쇠오리는 날개가 퇴화하고, 몸길이가 80미터쯤 되는 새이다. 부리가 면도날처럼 예리해서 잠수를 잘하는 터라, 작은 물고기를 잡는 데에 능숙하다. 깃털의 색깔을 보면, 등 쪽은 아주 어두운 색이고, 앞쪽 아랫부분은 아주 밝은 흰색이다. 검은색과 흰색의 그런 배합은 위장을 하는 데에 아주 긴요하다. 물속에서 올려다보면 하늘처럼 보이고 위쪽에서 내려다보면 깊은 바닷속의 어슴푸레한 기운과 혼동된다. 그래서 포식자들로부터 스스로를 지켜 내는 데에 유리하다. 큰바다쇠오리는 날개가 퇴화하여 날지 못하게 된 새이지만, 뭍살이를 하도록 진화하여 추운 지역의 바위섬들 등지에서 군집 생활을 했다. 추운 지방의 찬 바닷물 속에 몇 분 동안 잠수하여 물고기를 잡을 수 있었던 것은 아주 조밀하게 몸을 덮고 있던 깃털이 담요처럼 체온을 유지해 준 덕이었다. 그렇게 별다른 문제 없이 잘 살아가던 큰바다쇠오리가 왜 지구에서 완전히 사라졌을까?

마지막 빙하기가 끝나가던 1만8천 년 전부터 홀로세의 기후 최적기인 약 8천 년 전 사이에 지구가 따뜻해지면서 유럽 대륙에 있던 빙상(氷床)이 녹아 버리고 바닷물의 수위가 높아지는 일이 벌어졌다. 큰바다쇠오리에게 고난의 시기, 개체 수 감소의 위기가 닥쳤다. 군집 생활을 할 수 있는 지역이 줄어들고, 적응과 번식에 어려움이 생기면서 곳곳에서 큰바다쇠오리가 사라졌다. 큰바다쇠오리는 몇 단계를 거치며 소멸되었는데, 그 첫 단계가 바로 이 시기에 해당한다. 작가 후기에 마르세유 근처 바닷속 코스케르 동굴의 벽에 큰바다쇠오리가 그려져 있다는 이야기가 나오는데, 바로 그 벽화가 첫 단계 소멸의 증거이다. 마지막 빙하기에는 그곳이 바다가 아니라 뭍이었고, 후기 구석기 시대 사람들이 머물던 동굴이었다. 그래서 그들이 거기에 자기들과 가깝거나 밀접한 관련을 맺고 있던 동물들, 즉 말, 산양, 사슴, 들소, 물범, 고래, 물고기, 해파리 등과 함께 큰바다쇠오리를 그린 걸작 벽화를 남겨 놓은 것이다. 그것은 작가가 말한 대로 인류가 적어도 2만 년 전부터 큰바다쇠오리와 관계를 맺어 왔다는 증거일 뿐만 아니라, 오늘날의 지중해 연안까지 내려와 있던 큰바다쇠오리들이 기후 온난화와 함께 대부분 소멸하고 일부만 북쪽의 추운 지방으로 이동하여 살아남았다는 점을 보여 주는 증거이기도 하다.

작가가 그 대목에서 큰바다쇠오리와 펭귄을 혼동하지 말아야 한다고 말하듯이, 프랑스 사람들도 둘의 생김새와 크기가 비슷하다는 점 때문에 흔히 혼동한다.

문득, 우리나라 TV에서 우연히 보았던 토크쇼의 흥미로운 장면이 생각난다. 그 토크쇼는 남의 나라에 사는 국제 가족들의 생생한 일상을 보여 주면서, 인종·문화·언어·국경을 초월한 국제 가족들의 외국살이와 그 속에 숨은 〈한국인의 멋〉을 발견해 가는 프로그램이다. 프랑스에 사는 아름다운 한국 여자의 가족이 남프랑스 휴양지의 매력을 즐기는 장면이 펼쳐진다. 그들은 바로 우리가 위에서 본 마르세유 근처 지중해의 바위로 둘러싸인 작은 만을 항해한다. 자연이 빚어낸 절경에 놀라던 그들이 수중의 동굴로 들어가 구석기 시대의 벽화를 보며 감탄한다. 여자가 벽화를 가리키며 〈물소, 말, 순록, 아이벡, 펭귄 등 5백여 개의 벽화가 있어요.〉라고 알려 준다. 그러자 그 동영상을 보던 출연진 중 프랑스의 젊은 남자가 〈펭귄? 펭귄이 나오니까 너무 신기하네요〉 하면서 놀라움을 표시한다. 연예인으로 변신한 유명한 축구 선수가 웃음을 지으며, 〈펭귄은 추운 데만 살진 않아요.

아니면 저기도 추웠었던 거지〉라고 설명한다. 우리 독자들은 이 장면에 감춰진 비밀을 금방 알아차릴 것이다. 구석기 시대 사람들이 벽에 그린 바닷새는 펭귄이 아니라, 〈그랑 팽구앵〉, 즉 큰바다쇠오리이다. 빙하기에 그 지역에 살던 그 새들은 빙하가 녹고 바다의 수위가 높아지고 군거할 장소가 없어지면서 소멸하거나 더 추운 북쪽으로 이동했다. 그런 비밀을 모르면, 왜 남극 펭귄이 프랑스 지중해 연안에 있을까 하는 의문에서 벗어날 수 없다.

북쪽 지방으로 이동한 큰바다쇠오리에게 다시 시련이 닥친 것은 유럽인들이 북아메리카를 탐험하고 대양 무역을 활성화해 가던 16세기 초반에 이르러서였다. 이 시기에 캐나다를 탐험했던 자크 카르티에는 여행기를 통해 유럽의 뱃사람들과 수병들이 큰바다쇠오리를 어떻게 학살했는지 설명한다. 그들은 작은 섬에 몰려가 큰바다쇠오리들을 잡은 뒤에, 먹기 위해서가 아니라 연료로 쓰기 위해 그 새들의 기름을 짜냈다고 한다.

몇 세기 뒤인 19세기 초가 되면, 박물학자들이 새로운 박제 기술을 개발함에 따라 수집 취향이 나타나고, 박제 표본을 얻기 위한 경쟁이 벌어진다. 사람들이 아직 자연은 무궁무진하다고 생각하던 시절인데도 그런 경향이 퍼져 나간 것이다. 큰바다쇠오리를 구하기가 점점 더 어려워졌다. 그러자 부유한 수집가들은 서로 그 새들을 사들이려고 애썼다. 그런 현상은 큰바다쇠오리의 소멸을 가속화했다. 왕년에는 넓은 지역에 분포하고 있었고 개체 수도 많았지만, 이제 스코틀랜드와 아이슬란드 사이로 피난해 살아가던 이 잔존종

(殘存種)이 세상에서 완전히 사라질 위기를 맞은 것이었다.

1832년에는 수집벽에 사로잡혀 있던 한 사냥꾼이 아이슬란드에서 상당히 많은 수의 큰바다쇠오리를 잡아 온 뒤에, 그 중 한 마리의 박제 표본을 파리 자연사 박물관에 팔았다. 그 뒤로 12년밖에 지나지 않은 1844년, 세상에 마지막으로 남아 있던 두 개체가 아이슬란드 난바다에서 잡혔다. 그 뒤로는 아무도 살아 있는 큰바다쇠오리를 보지 못했다.

## 큰바다쇠오리라고 할까 큰바다오리라고 할까?

이 소설을 처음 읽고 나서 든 의문은 〈grand pingouin〉를 큰바다쇠오리로 할까, 큰바다오리로 할까 하는 것이었다. 학명이 붙어 있는 새이지만 이미 실종된 종이라서 한국어 이름이 없다. 영어로는 great auk라고 하는데, 영한사전에 번역어가 흥미롭게 제시되어 있다. auk는 여러 사전이 모두 바다쇠오리라 해놓고, great auk는 큰바다오리로 옮겨 놓았다. 이런 경우에는 어떻게 할까? 온라인 문서를 뒤져 보고, 절친한 과학자에게 전화를 해봐도 결론이 나지 않는다.

그때 놀라운 정보를 얻었다. 그 새의 박제 표본이 우리나라에 있다는 소식이었다. 작가가 알려 준 대로, 파리에 가서 자연사 박물관에 전시된 박제 표본을 꼭 보러 가리라 생각하고 있던 터인데, 그런 표본을 상주 국립 낙동강 생물 자원관에 가면 볼 수 있다지 않는가. 나는 곧바로 상주로 달려갔다. 어머니의 고향이라서 늘 친숙하게 느끼던 그곳의 풍광

좋은 낙동강 변에 전시·교육 시설이자 연구 시설인 그 생물자원관이 자리해 있다. 전화로 미리 약속을 잡은 연구관이 따뜻하게 맞아 준다. 전시 교육실 책임자와도 인사를 나누고, 방문 목적을 설명한 뒤에 3층 전시실로 올라가 꿈에 그리던 박제 표본을 보았다. 엄청난 감동이 밀려왔다. 전 세계에 78개가 남아 있다는 희귀한 박제 표본이 정말 그곳 전시실의 가장 멋진 자리를 차지하고 있었다. 나는 긴 시간을 들여 표본을 살펴보고 사진을 찍었다. 이미 〈큰바다쇠오리〉라는 이름으로 전시되고 있으니, 이름을 어떻게 옮길 것인가 하는 고민도 저절로 해결되었다. 나는 친절한 연구관과 전시실 책임자를 상대로 많은 질문을 퍼부었다. 내가 번역을 시작한 이 소설에 관한 얘기를 들려주자, 두 분 모두 기뻐하며 지대한 관심을 보였다. 나중에 전시실의 박제 표본 앞에서 독자들과 함께 토론 모임을 갖는 등 출판사와 생물 자원관이 서로 협력하는 몇 가지 방안에 관한 얘기도 나누었다. 나중에 번역이 끝난 뒤에도 나는 그 전시실을 다시 찾아가 그 박제 표본을 살펴보았다. 한 해가 지나 파리에 갔을 때 자연사 박물관의 사라진 동물 전시실에서 큰바다쇠오리의 박제 표본을 보았다. 그 역시 흥미로운 일이었지만, 상주에서 처음 보았을 때만큼 감동적이지는 않았다. 상주에 처음 갔던 날, 내가 전화로 그 소식을 전했을 때, 편집장의 경탄과 나한테 들려준 말이 기억에 생생하다. 〈그런 희귀한 표본이 우리나라 지방 도시의 전시실에 있다고요? 정말 신기하네요. 큰바다쇠오리 얘기도 흥미롭지만, 그런 박제 표본이 어떻게 거기에 있게 되었는지를 들려주는 것도 한 편의 멋진 소설이 될 것 같아요.〉그 말을 듣고, 나는 한 편의 소설을 구상하려 했지만, 아직 그 박제 표본이 어떻게 상주에 오게 되었는지 알아내지 못했다. 나와 친분을 맺은 연구관도 자기가 오기 전에 이루어진 일이라서 그 연유를 알지 못한다고 했다. 정말 그 박제된 큰바다쇠오리는 어떻게 상주에 오게 되었을까?

## 도도에서 큰바다쇠오리까지, 시빌 그랭베르의 아름다운 모험[10]

시빌 그랭베르는 25년의 창작 이력을 지닌 중견 소설가이다. 1967년 파리에서 태어났다. 정치가들과 예술인들이 좋아하는 최고급 남성복 브랜드 아르니스를 소유하고 경영하는 그랭베르 가문 출신이지만, 책을 출판하고 소설을 쓰는 외길 인생을 쭉 걸어온, 독립성과 개성이 아주 강한 작가이다.

작가의 시빌Sibylle이라는 이름은 뜻이 매우 강하고 상징적이다. 시빌은 그리스 로마 신화에서 시빌레 혹은 시빌라라는 이름으로 나오는 여사제이다. 아폴론의 신탁을 전하는 이 여사제에 관해서는 수많은 전설이 있다. 여러 전승에 따르면 최초의 시빌레는 테우크로스의 딸 네소와 트로이아 사

---

10 이 대목의 글은 〈프랑스 퀼튀르〉 라디오가 2022년 10월 20일 방송한 시빌 그랭베르 인터뷰, 그리고 시빌 그랭베르가 2025년 4월 28일, 이브통의 레몽 크노 고등학교 학생들과 나눈 대담에서 나온 작가의 진술한 이야기를 바탕으로 작성된 것이다.

람 다르다노스 사이에 태어난 여자였는데, 선견의 능력을 가지고 태어나 예언자로서 명성을 떨쳤으며, 이후로 모든 여자 예언자를 시빌레라 부르게 되었다고 한다.[11] 나만의 생각일 수도 있지만, 나는 이 소설 『그 바다의 마지막 새』를 처음 읽을 때부터, 시빌이 작가의 이름으로 아주 잘 어울린다고 생각했다.

시빌 그랭베르는 여러 소설에 걸쳐서, 불확실한 정체성, 가족 문제로 인한 신경증, 사회의 위선이라는 주제를 탐구하는 독특한 작품 세계를 만들어 왔다. 2000년에 출간된 첫 소설 『버스 데이 Birth days』에서 그런 문제들을 제기한 뒤, 2002년의 『무게 중심 Le Centre de gravité』부터 2016년의 『원숭이들 이전 Avant les singes』에 이르기까지 더 깊이 파고들며 탐구를 이어 갔다. 그러다가 2018년에는 『유목 부족 La Horde』이라는 소설을 출간하여 공포 장르로 방향을 트는 새로운 면모를 보여 주었다. 2022년에는 완전히 다른 종류의 작품으로 활기를 불어넣었다. 이 소설 『그 바다의 마지막 새 Le Dernier des siens』는 북극 지방에 마지막으로 남아 있던 큰바다쇠오리를 운명의 행선지로 이끄는 박물학자의 탐사 활동을 통해 홀로세 멸종, 또는 인류세 멸종에 관한 이야기를 우리에게 들려준다.

이미 많은 책을 썼고, 〈호평의 성공 succès d'estime〉, 즉 비평가들의 칭찬은 받지만 대중의 반응은 별로 얻지 못하는 수준의 성공을 거두었고, 언론에 서평은 실리지만 책은 별로 팔리지 않는 소설가로 살아왔다. 하지만 끝까지 그대로

---

11 피에르 그리말, 『그리스 로마 신화 사전』, 열린책들, 2003.

가도 좋다고 생각했고 판매에는 관심이 없었다던 시빌 그랭베르. 그가 왜 이런 소설을 쓰려고 했을까?

그는 어느 날 아침, 〈자, 멸종 현상에 관한 이야기를 해보자〉라고 하면서 일을 시작한 것은 아니었다. 처음에 도도라는 새가 멸종했다는 얘기를 듣고 큰 충격을 받았다. 같은 종의 다른 개체들과 함께 태어났다가 혼자 남은 채로 죽음을 맞은 새를 머릿속에 그리자, 너무나 비통한 기분이 들었다. 그런 상황이 너무도 극적이라고 생각했다. 만약 도도가 아니라 인간이 홀로 남았다면 어떤 일이 벌어질까 하며 이러저러한 상상을 하기도 했다. 그런 식으로 자연스럽게, 지상에서 사라진 종을 연구하기 시작했고, 가능하면 지금 우리가 사는 사회와 어느 정도 비슷했던 시대에 사라진 종이 있는지 찾아보았다. 그러다가 큰바다쇠오리라는 바닷새의 존재를 알게 되었다. 그뿐만 아니라 다른 이유도 있었다. 그는 동물에 관심이 많았고, 여느 사람들처럼 동물을 무척 좋아한다. 또한 동물의 행동에 강한 흥미를 느꼈다. 인성학이라고도 하고 동물 행동학이라고도 하는 에톨로지éthologie가 동물의 행동에 관한 연구를 통해 비약적인 발전을 이루었다는 사실도 알게 되었다. 그가 보기에 동물은 저마다 개성을 가진 존재이고, 각 동물에게는 저마다의 특성이 있다. 곤충들에게도 개별적인 특성이 있다는 점을 발견한 곤충학자의 이야기를 들은 적도 있다. 곤충은 여러 요소로 이루어진 기계 장치 같은 종이라서 모두가 똑같이 반응한다고 생각하기 십상이지만, 어떤 곤충은 불평꾼이고, 또 어떤 곤충은 남달리 모험심이 강해서 주위의 구역들을 점령해 나가기도 한다는 것이다. 요컨대 곤충들이 저마다 개성을 지니고 있다고 그는 생각한다.

하지만 그런 점 때문에 이 소설을 바로 쓰게 된 것은 아니다. 집필은 코로나 바이러스 감염증이 광범위하게 퍼져 나가고 봉쇄 조치 때문에 집에 갇혀 있던 시기에 시작되었다. 사람들이 카뮈의 『페스트』를 다시 읽고, 보카치오의 『데카메론』에 새삼스럽게 관심을 보이던 그 불행한 시절에, 그는 멸종이라는 문제, 다른 개체들이 전부 사라지는데 혼자 남는 문제에 대해 다시금 생각했고, 큰바다쇠오리 이야기를 써보리라 결심했다.

그는 글을 빨리 쓰는 작가가 아니라서 첫 부분을 쓰는 데에 시간이 많이 걸렸다. 그는 소설을 쓸 때 언제나 첫 페이지부터 쓰고, 처음 세 페이지가 완성되지 않으면 더 나아가지 못한다. 건너뛰어 가며 쓰거나 뒷부분을 먼저 쓰는 방식은 시도한 적이 없다. 그런데 이번에는 그런 글쓰기 버릇보다 더 중요한 문제가 빠른 진행을 막았다.

글을 쓰기 전에 큰바다쇠오리에 관한 몇 권의 책을 읽었다. 그 새들이 어떻게 살았는지, 어떻게 소멸했는지 얘기하는 책들이었다. 그런 다음 만족스러운 마음으로 소설을 쓰기 시작했는데, 문득 자기가 잘 모르는 게 있다는 점을 알아차렸다. 주인공 귀스가 멸종의 문제에 대해서 알고 있었는지 판단할 수가 없었다. 종들이 사라질 수 있다는 사실을 그 시대 사람들이 알고 있었는지 너무나 궁금했다. 그는 소설 쓰기를 중단했다. 어떻게 나아가야 할지 알 수가 없었다. 다른 책들을 더 많이 구해서 읽으며 탐구해야 한다고 생각했다. 몇 권의 책을 더 읽다가 굉장한 책을 찾아냈다. 쥘리앵 들로르가 쓴 『멸종 — 한 개념과 윤리적 쟁점의 역사』가 바로 그 책이었다. 고대 이후로 생태학에 대해서, 더 구체적으로 멸종에 대해서 세상 사람들이 알고 있던 바가 무엇인지 말해 주는 그 책을 읽고, 당시 사람들이 아무것도 모르고 있었음을 알게 되었다. 그게 너무 신기하게 느껴졌다. 아주 중요한 아이디어가 떠올랐다. 〈세상 사람들이 다들 모르고 있을 때에, 우리는 무엇을 알 수 있을까?〉라고 스스로에게 물었다. 만약 지구가 둥글다고 사람들이 나에게 알려 주지 않는다면, 나는 지구가 그냥 평평하다고 생각할까? 아니면 그저 걷는 것만으로도 지구가 둥글다는 것을 깨닫게 될까? 그런 식으로 자문하면서, 역사학자 알랭 코르뱅의 흥미로운 책 『테라 인코그니타: 무지의 역사 Terra Incognita: Une histoire de l'ignorance』(2020)를 읽었고, 무지의 역사는 기지의 역사만큼이나 우리를 자극한다는 점을 깨달았다. 그에게 『그 바다의 마지막 새』를 계속 쓸 수 있도록 큰 힘을 불어넣은 책이었다.

그는 계속하여 글을 썼고 코로나 바이러스 감염증으로 인한 봉쇄 조치가 해제될 무렵에 전체의 반 이상을 써냈다. 결국 8개월 만에 완성된 이 소설은 그에게 큰 성공을 안겼다. 놀랍게도 책이 많이 판매되고, 독자들이 크게 감동하고, 3개 문학상(페미나, 르노도, 고교생 페미나) 의 최종 후보에 오르고, 〈동물들의 공쿠르〉라 불리는 3천만 친구 문학상을 수상하는 영예를 안고, 세계 각국에 번역되는 아주 행복한 성공이었다.

## 소설 출간 3년 뒤에 시빌이 들려준 놀라운 이야기

2025년 4월 28일, 시빌 그랭베르는 노벨 문학상 수상 작가 아니 에르노의 도시 이브토에 있는 레몽 크노 고등학교에서 학생들과 『그 바다의 마지막 새』에 관해 대담을 나누었다. 이러저러한 주제로 대화를 나누다가, 시빌이 마지막으로 말한다.

「이제 여러분에게 이야기 하나를 들려주고 싶어요. 실제로 벌어진 이야기, 나를 깜짝 놀라게 한 이야기예요. 두 달 반 전에 한 여성 독자에게서 편지를 받았어요. 『그 바다의 마지막 새』를 무척 재미있게 읽었다면서 나에게 보낸 편지에요. 아주 기분이 좋았습니다. 그 독자는 나한테 들려주고 싶다며 한 가지 이야기를 했어요. 그 내용은 이러해요. 그녀의 할아버지에게는 브르타뉴에 집이 있어요. 어느 해 여름 방학에 그녀의 할아버지와 온 가족이 거기에서 바다쇠오리 한 마리를 맞아들였어요. 큰바다쇠오리와 달리 바다쇠오리는 날 수가 있고 여전히 존재하고 있는 새예요. 소멸의 길을 가고 있지 않은 새이죠. 그 바다쇠오리가 새끼였을 때 둥지에서 떨어져 암초에 얹힌 적이 있어요. 그들은 새를 돌보아 주기 시작했고 새는 여느 동물처럼 여름 방학 동안에 잘 자랐지요. 그들은 파리로 돌아왔다가, 이듬해 여름 방학에 다시 거기로 갔어요. 그랬더니 그 바다쇠오리가 거기에서 그들을 맞아 주었어요. 이런저런 생각 끝에 그들은 그 바다쇠오리와 다시는 헤어지지 않기로 했습니다. 바다쇠오리는 가족의 온전한 친구가 되었지요. 그래서 할아버지가 파리로 돌아올 때 바다쇠오리를 데리고 왔어요. 할아버지는 그 새와 함께 여름 방학 때는 브르타뉴에서, 다른 때는 파리에서 8년을 살았어요. 파리에 있을 때는 바다쇠오리를 뤽상부르 공원에 데려갔어요. 그 공원에는 샘도 있고 커다란 못도 있어요. 할아버지는 바다쇠오리의 다리에 끈을 매달고 이틀에 한 차례씩 뤽상부르 공원의 못에서 미역을 감겼어요. 그녀는 나에게 신문 기사 스크랩을 동봉해서 보냈어요. 브르타뉴 지방에 그 새에 관한 소문이 났나 봐요. 지방 신문에서 기사를 낸 거예요. 어찌나 놀랍던지 믿기지가 않았어요. 그 바다쇠오리가 프로스프와 똑같다는 생각을 했지요. 만약 내가 이 소설을 쓰기 전에 그 이야기를 들었다면, 소설을 쓰지 않았으리라는 확신이 들었어요. 정말 혼란에 빠지지 않을 수 없었습니다. 현실에 벌어진 일을 들려주는 그 이야기가 머릿속을 떠나지 않았어요. 난처하기가 이루 말할 수 없었죠. 마치 내가 다른 누군가의 이야기를 훔치기라도 한 것 같은 기분이 들었어요.」

2025년 10월<br>
이세욱

옮긴이 **이세욱** 1962년에 태어나 서울대학교 불어교육과를 졸업하였으며, 현재 전문 번역가로 활동하고 있다. 옮긴 책으로 베르나르 베르베르의 『개미』, 『웃음』, 『신』(공역), 『인간』, 『나무』, 『상대적이며 절대적인 지식의 백과사전』(공역), 『뇌』, 『타나토노트』, 『아버지들의 아버지』, 『천사들의 제국』, 『여행의 책』, 움베르토 에코의 『프라하의 묘지』, 『로아나 여왕의 신비한 불꽃』, 『세상의 바보들에게 웃으면서 화내는 방법』, 『세상 사람들에게 보내는 편지』(카를로 마리아 마르티니 공저), 장클로드 카리에르의 『바야돌리드 논쟁』, 미셸 우엘벡의 『소립자』, 미셸 투르니에의 『황금 구슬』, 카롤린 봉그랑의 『밑줄 긋는 남자』, 브램 스토커의 『드라큘라』, 파트리크 모디아노의 『우리 아빠는 엉뚱해』, 장자크 상페의 『속 깊은 이성 친구』, 에리크 오르세나의 『오래오래』, 『두 해 여름』, 마르셀 에메의 『벽으로 드나드는 남자』, 장크리스토프 그랑제의 『늑대의 제국』, 『검은 선』, 『미세레레』, 드니 게즈의 『머리털자리』 등이 있다.

# 그 바다의 마지막 새

| | |
|---|---|
| 발행일 | 2025년 11월 5일 초판 1쇄 |

| | |
|---|---|
| 지은이 | 시빌 그랭베르 |
| 옮긴이 | 이세욱 |
| 발행인 | 홍예빈 |
| 발행처 | 주식회사 열린책들 |

경기도 파주시 문발로 253 파주출판도시
전화 031-955-4000 팩스 031-955-4004
홈페이지 www.openbooks.co.kr 이메일 literature@openbooks.co.kr

Copyright (C) 주식회사 열린책들, 2025, *Printed in Korea.*
ISBN 978-89-329-2545-5 03860